君主論

이원호 장편소설

1998 - 2003
② 김대중 편

君主論
군주론

스토리뱅크
story bank 2010

저자의 말

군주론(君主論)은 실명 소설입니다.

1권 김영삼 편(1993~1998)

2권 김대중 편(1998~2003)

3권 노무현 편(2003~2008)

4권 이명박 편(2008~2013)

으로 구분되어 있으며 각각 실명 소설로 썼지만 일부분은 가명으로 채웠습니다.

그리고 각 소설은 임기 말쯤에 1권씩 출간되었던 것을 이번에 모아서 한꺼번에 4권으로 출간합니다.

따라서 따로 읽으셔도 지장이 없을 것이며 그 당시의 생생한 현장을 다시 떠올리게 되실 것입니다.

마키아벨리의 군주론(君主論)에서 제목만 가져왔을 뿐 각각의 사건에 다른 행동과 결과가 펼쳐집니다.

읽으시고 대리만족을 느끼시거나, 공감을, 또는 차기 군주에 대한 기대감을 품게 되신다면 보람이 있겠습니다,

1993년부터 2013년까지 4대(代) 20년을 겪었고 각 군주(君主) 말년에 각 권을 출간했지만 쓰면서 느끼는 공통점은 항상 같았습니다.

첫째, 쉬운 것을 어렵게 풀었던 군주는 실패했고,

둘째, 군주의 일은 결코 쉬운 일이 아니었다는 것입니다.

그리고 백성의 입장에서는 오직 하나, 등 따습고 배부른 세상을 만드는 군주(君主)가 명군(名君)이었다는 것입니다.

2016년 6월 25일 이원호

차례

1장
변신

2001년 3월 20일 화요일 오후 7시 40분.

광화문의 코리아나 호텔 아래쪽 택시 정류장에 서 있던 두 사내 중의 하나가 마스크 사이로 말했다.

"저그, 일반 택시를 타지."

"예."

건장한 사내가 얼른 대답했지만 앞쪽에는 모범택시만 늘어서 있는 터라 일반 택시는 그냥 지나갔다. 마스크를 낀 사내가 추운 듯이 가을 점퍼 주머니에 두 손을 넣더니 어깨를 웅크렸다. 머리에는 모직으로 된 사냥모를 쓰고 마스크를 쓴 데다 안경까지 끼어서 드러난 곳은 두 눈뿐인 사내는 바로 대통령 김대중(金大中)이다. 그가 옆에 선 경호실과장 이영택을 바라보았다.

"모범택시 타는 사람들도 많구먼."

"예, 그렇습니다."

"경제가 조금 나아진 건가?"

"예, 그렇습니다."

이영택의 굳어진 대꾸에 대통령의 마스크 사이로 입맛 다시는 소리가 났다.

"이 사람아, 긴장 좀 풀어."

"예."

이영택은 냉큼냉큼 대답했지만 어깨를 늘어뜨렸다. 오늘로 대통령을 모시고 밀행을 시작한 지 두 번째이다. 첫날인 지난 수요일 저녁에는 모범택시를 타고 강남으로 나갔다가 한남대교를 거쳐 테헤란로를 지나는 데만 무려 세 시간을 잡아먹었다. 그 날의 소득이라면 퇴근 무렵의 강남 지역 교통 상황을 체험한 것뿐이었는데 청와대로 돌아온 대통령은 이영택에게 그것을 교통이 엉망이라고 표현했다.

"어, 저기 온다."

대통령이 이렇게 말했을 때 이영택도 이미 깜박이를 켜고 다가오는 일반 택시를 보았다. 다행히 개인택시였다. 택시가 멈추자 이영택은 다리가 불편한 대통령을 위해 먼저 뒷좌석의 문을 열고 모셨다. 그리고 대통령이 차에 오른 후에 이영택은 조수석에 올랐다.

"어디로 가실까요?"

차를 발진시키면서 운전사가 물었다.

"예, 영등포 시장 로터리로 갑시다."

이영택이 서둘러 대답했다. 오늘은 대통령이 영등포를 둘러보자고 했는데 지난번처럼 차가 막히면 그냥 돌아갈 수도 있다. 이영택이 힐끗 머리를 돌려 뒤쪽을 보았다. 건성으로 보아서 잘 보이지 않았으나 아마 7~8대의 경호실 승용차가 뒤를 따르고 있을 것이다. 대통령은 자신과 이영택 둘만의 밀행인 줄 알고 있지만 천만의 말씀이다. 지휘 차에 타고 있는 경호실 차장 안승수는 전화 한 통으로 영등포 전 지역의 차량

통행을 중지시킬 수가 있었다. 택시가 시청을 좌측으로 스치고 지나갈 때 대통령이 불쑥 입을 열었다.

"요즘 살기가 어떠쇼?"

목소리를 높인 데다 마스크까지 끼어서 전혀 대통령 목소리로 안 들렸다. 그러자 운전사가 힐끗 백미러를 보았다.

"머, 그저 그렇지요."

그러더니 이영택에게 머리를 돌렸다.

"어른 모시고 가쇼?"

어른이란 말에 놀란 이영택이 눈을 치켜떴다. 운전사가 대통령을 알아본 줄로 들은 것이다. 그때 대통령이 헛기침을 했다.

"맞소, 내가 얘 아비요."

그러자 운전사가 머리를 끄덕였다.

"고향이 어디신디요?"

"전라도 광주요."

"저는 장성인디 나주에서 소싯적을 보냈다가 서울 온 지 30년이 되었습니다."

이영택이 앞에 있는 기사증을 살폈다.

이름이 박대구이고 나이는 49세였다. 박대구가 앞만 보고 다시 물었다.

"어르신은 지금 광주 사시는가요?"

"왔다갔다 허요."

"광주 인심은 어떻습니까?"

"뭐 말이요?"

대통령이 되묻자 서울역 앞 신호등에서 멈춘 박대구가 답답한 듯 손으로 핸들을 가볍게 두드렸다.

"대통령 인기 말입니다."

"그거야."

"광주 손님들도 여럿 태웠는디 그쪽에서도 인기가 뚝 떨어졌다면서요?"

"그런 것 같습디다."

이영택은 침만 삼켰고 박대구가 머리를 끄덕였다.

"그 양반은 야당 총재를 할 때가 좋았어요. 그것으로 끝냈어야 했습니다."

"허어, 그래요?"

"이 나라가 곧 빨갱이 세상이 될 것 같지 않습니까? 어르신도 6·25 겪으셨지요?"

"암먼, 겪었지요."

"세상에 이런 법이 어디 있습니까? 간첩이, 빨치산이 영웅이 되면서 판문점을 넘어가는디 우린 납북자나 전쟁 포로 보내 달라는 말도 꺼내지 못허고 있지 않습니까?"

흥분한 박대구가 목소리를 높였으므로 이영택이 정색하고 쏘아보았다. 그러나 눈치 못 챈 박대구가 말을 이었다.

"급허게 통일혀서 뭘 허겠다는 겁니까? 한국에도 끼니를 잇지 못하는 사람이 천진디, 금쪽같은 국민 세금을 수천 억씩 김정일이한티 퍼주는 이유가 뭔지 아십니까?"

"나는 모르겠는디."

"옛날에 박통 때 그 양반이 대통령 후보로 나왔을 때 빨갱이라고 소문이 났었지요. 어르신은 아시지요?"

"들은 것 같혀."

"그 말이 맞다고들 합디다. 이제 땅을 칠 노릇이지요."

"…"

"큰일 났단 말입니다, 어르신."

"…"

"머, 낮은 단계니 앉은뱅이 단계니 하고 어려운 말만 늘어놓는 것이 그 양반 특긴디, 다 거짓말입니다. 우리 같은 놈들도 아, 하고 금방 알아들을 수 있게 하는 것이 정치지요."

그러고는 박대구가 머리를 돌려 이영택을 보았다.

"선생님도 어른 모시고 어디 호주나 뉴질랜드로 이민 갈 준비나 허쇼. 나도 불안혀서 택시 팔고 떠날라고 헙니다."

박대구의 택시에서 내린 곳은 영등포역 앞이었다. 인파가 많은 데다 소란스러워서 이영택은 대통령의 옆에 바짝 붙어 섰다. 그때 대통령이 마스크만 벗고 이영택을 보았다. 정색한 표정이었다.

"다시 돌아가지"

"예, 대통령님."

갈라진 목소리로 대답한 이영택은 이를 악물었다. 대통령은 충격을 받은 것이 틀림없었다. 이런 말은 어느 누구한테도 듣지 못했을 것이다.

2001년 3월 24일, 토요일 오후 2시.

점심을 마치고 당사 총재실로 들어선 이회창(李會昌)에게 비서실장 주진우가 다급하게 다가와 섰다.

"총재님, 저, 지금 김 대통령이."

이회창이 또 무슨 일이냐는 표정으로 안경알 밑의 시선만 들었다.

"김 대통령이 지금 명륜동으로 가고 있습니다. 조금 전에 댁에서 연락이."

"명륜동이라니?"

마침내 이회창이 눈을 치켜떴다.

"그게 무슨 말이야?

"예, 댁으로 지금"

"아니, 우리 집으로?"

턱까지 치켜들었던 이회창이 이윽고 어이없다는 표정으로 헛웃음을 지었다.

"그 양반 도대체 무슨 일로"

"아버님께서도 그렇게 물으시던데요. 그러니 총재님께서 연락을 해 보시는 것이."

이회창이 머리를 끄덕이자 주진우는 곧 전화기를 들더니 다이얼을 눌렀다. 전화가 연결되었을 때 이회창은 헛기침을 하고 전화기를 귀에 붙였다.

"아버님, 접니다."

"어, 그래, 그런데 이게 무슨 일이냐?"

부친 이홍규 옹의 목소리는 백수를 바라보는 노인답지 않게 팽팽했다.

"김 대통령이 우리 집에 온다는 연락이 왔어, 널 만나러 오는 것이 아니냐?"

"글쎄요, 저를 만나려면 이 곳으로 와야 하는데요, 아버님."

"그 사람이 잘못 찾아온 거 아녀?"

"그럴 리가 있겠습니까?"

"어, 왔나 보다."

이 옹의 목소리가 조금 다급해졌다.

"내가 나중에 전화하마."

그러고는 전화가 끊겼으므로 이회창이 아연해진 얼굴로 주진우를 보았다.

"지금 집으로 사람을 보내 봐."

이홍규 옹은 서울 지검 검사로 법조인 생활을 시작하여 법무부 교정국장(대검 검사)을 역임하고 1961년 변호사를 개업했는데, 검사 재직 시에는 대쪽 검사라는 별명을 들었다. 1950년에 상부의 지시를 어기고 시국 사범을 풀어줬다가 현직 검사로는 처음으로 구속된 전력이 있었던 것이다. 대통령이 응접실로 들어서자 이 옹은 먼저 헛기침을 했는데 그로서는 황당한 사건이었을 것이다.

"어서 오십시오."

이 옹이 말하자 대통령이 웃음 띤 얼굴로 머리를 숙여 보였다.

"어르신, 갑자기 찾아뵈서 죄송합니다."

"아니, 뭐, 그럴 것까지는…."

"진작 찾아뵈었어야 했는데, 제가 원체…."

"어쨌든 잘 오셨습니다. 어서 앉으시지요."

비로소 냉정을 되찾은 이 옹이 손을 들어 소파를 가리켰다.

"각하, 앉으시지요."

그에게는 각하라는 호칭이 익숙해 있었다. 대통령의 뒤에는 비서실장 한광옥과 의전 비서관 한 사람이 서 있었는데 벽 쪽에는 놀라 나온 한인옥 여사가 아직 인사도 못 하고 서 있었다. 이번에는 대통령이 이 옹에게 소파를 손으로 가리켰다.

"어르신이 먼저 앉으시지요."

"그럼 앉겠습니다."

이 옹이 소파에 앉았을 때였다. 대통령이 양탄자 위에 무릎을 힘들게 꿇더니 두 손을 짚고 큰절을 올렸으므로 이 옹은 놀라 몸을 반쯤이나 일으켰다.

"각하, 이러시면"

"어르신을 뵙는데 당연한 일입니다요."

머리를 든 대통령이 정색하고 말하자 이 옹이 두 손을 벌려 일으키려는 시늉을 했다.

"각하, 어서 일어나십시오."

그러자 대통령은 비서관의 부축을 받고 일어서더니 놀랍고 당황하여 얼굴을 붉히고 서 있는 한인옥 여사를 돌아보았다.

"부인, 안녕하셨습니까?"

한인옥은 목이 막혀 말은 못하고 머리만 숙였다.

"별 이야기는 없었다."

그 날 저녁, 일찍 빌라에 돌아온 이회창은 응접실에서 부모님과 한인옥까지 포함한 넷이서 둘러앉아 있었는데 이 옹이 말을 이었다.

"내 건강을 묻고는 그리고"

이 옹이 턱으로 탁자 위에 놓인 상자를 가리켰다.

"저게 150년 된 산삼이란다, 날더러 먹으라고 가져왔다."

대통령이 머문 시간은 20분이 조금 넘었을 뿐이다. 이 옹과 함께 대통령을 맞았던 한인옥으로부터 내막을 이미 들은 터였지만 이회창은 부친의 이야기를 정색하고 들었다. 이 옹이 열기 띤 시선으로 이회창을 보았다.

"내가 그 사람이 왔다 갔대서 하는 소리 같다만은 생각했던 것보다는 다른 사람이었다. 사람은 겪어봐야 안다는 말이 실감나더구나."

머리를 끄덕인 이회창이 힐끗 한인옥을 보고는 입맛을 다셨다. 다감한 한인옥도 같이 머리를 끄덕이고 있었던 것이다.

"그 양반이 쇼를 하셨구먼."

폭탄주 두 잔째를 들이킨 김종필이 가늘게 뜬 눈으로 김종호를 보았다. 저택의 응접실에는 이양희까지 셋이 둘러앉아 있었는데 분위기는 밝지 않았다. 아마 오늘밤 정치인 대부분의 표정이 이럴 것이었다. 새천년 민주당이나 한나라당 인사들은 머리를 갸웃거릴 것이 분명했고, 자민련은 소외감을 느낄 것이다. 그것은 대통령이 민주당 쪽에다도 아무 소리 않고 명륜동 행차를 했기 때문이다. 당은 당대로 거기에다 개개인의 속셈까지 따로 있는 터라 대통령의 비밀 행차에 대한 추측도 수백 가지일 것이다.

"이회창과 합종은 안 돼."

다시 만든 폭탄주 잔을 들며 김종필이 단언하듯 말했다.

"그랬다간 동교동 애들이 가만 안 있어."

"이인제나 노무현, 거기에다 한화갑까지 가만있지 않을 겁니다."

김종호가 동의했지만 이양희가 찌푸린 얼굴로 머리를 저었다.

"머, 그런 계산을 떠나서 대국적으로 보면 함께 사는 방법 아닙니까?

설득시킬 수가 있을 것 같은데요."

"이 사람아, 그래서 자네가 고지식하다는 소릴 듣는 게야."

김종필이 혀를 찼다.

"합치면 죽는 놈들이 생겨나게 마련이고 수십 년 닦아온 정치 인생을 대의에 따른다고 후딱 포기할 것 같은가? 그럴 것 같으면 한나라당이나 민주당은 아예 생겨나지도 않았어."

이양희가 입맛을 다시면서 잠자코 머리를 돌렸다가 고개를 끄덕이는 김종호를 보더니 눈을 치켜떴다. 그러나 어깨를 부풀렸을 뿐 입을 열지는 않았다.

강삼재와 강재섭은 한때 한국의 토니 블레어를 주창하면서 40대 기수론을 내걸기도 했지만 지금은 쑥 들어갔다. 그때는 한나라당 안이 팔룡이니 구룡이니 하고 마치 뱀탕 단지 속처럼 들끓는 분위기여서 토니 블레어가 아니라 마거릿 대처라고 누가 외쳐도 정신잡고 말릴 사람도 없었다. 그렇지만 모질게 마음먹은 이회창이 4·13총선을 전후로 당을 장악하면서부터 용이니 블레어니 하는 말은 다 사라졌다. 하긴 영국의 블레어는 지금 보수당에 밀려 인기가 바닥을 치고 있기도 했다. 강삼재와 강재섭은 여의도의 일식집 희빈의 밀실에서 정종을 마시는 중이었는데 아마 오늘 그냥 집에 들어간 정치인은 하나도 없었을 것이다. 술잔을 든 강삼재가 강재섭을 바라보았다.

"총재가 대통령 술수는 당하지 못해. 이건 우리 당을 말아 먹으려는 수작이 분명해요."

"다들 그럽디다."

쓴웃음을 지으며 강재섭이 말을 이었다.

"누구는 민주당과 한나라당을 헤쳐 모여 시켜서 김대중과 이회창이 각각 명예 총재와 총재 자리에 앉는다고 합디다."

"그럴 법도 하지. 아마 지금쯤 민주당에서도 우리하고 비슷한 대화를 나누고 있는 인물들도 있을 거요."

"당 하나 만드는 건 금방이오. 그러면 자연스레 자민련 가치가 더 떨어지게 될 것이고."

"새 당의 세력이 크면 클수록 가치가 떨어질 테니 지금쯤 김종필 씨는 분주하게 계산기를 두드리고 있을 거요."

"과연 그렇게 될까요?"

강재섭이 묻자 강삼재가 안경테를 손끝으로 밀어 올렸다.

"곧 알게 되겠지요. 어쨌든 대통령의 이번 행보는 전혀 그 양반 스타일이 아니오. 뭔가 음모가 있어."

같은 시간, 권노갑은 이인제와 노무현을 앞에 앉혀 놓고 여유 있는 표정으로 웃고 있었다.

"앗따, 복잡허게 생각헐 것 없다니까 그러네. 그냥 나이 든 어른한티 인사허러 가셨다고만 생각허쇼들."

"아니, 그래도 설날, 명절날 다 빼놓고 하필 이런 때 간단 말입니까?"

이인제는 아직도 못마땅한 표정이었다. 그들은 서교 호텔의 일식당 밀실에 모여 있었는데 상 위에 놓인 음식에는 거의 손도 대지 않고 있었다. 어깨를 편 이인제가 권노갑을 똑바로 보았다.

"오늘 방문으로 정치권에 어떤 파장이 올 것인지를 예상 못할 대통령이 아닙니다. 이건 솔직히 6·13평양방문보다 정치권에 대한 충격이 더 클 겁니다."

"그럴 겁니다."

노무현이 머리를 끄덕이며 동조했다.

"정계 개편의 신호라고 보는 사람들이 여럿입디다."

"나아 참."

권노갑이 이제는 혀를 찼다.

"내 말을 믿으시라니까 그러네. 정계 개편은 무신 놈의 개편. 그렇게 되면 양당이 갈가리 찢겨져서 지금보다 상황이 더 악화될 텐디."

"정말 청와대에서 아무 연락이 없었단 말입니까?"

다짐하듯 이인제가 묻자 권노갑은 마침내 역정을 냈다.

"아니, 도대체 내가 몇 번을 말해야 믿을 거요? 나한티 연락이 없었다니께."

부인하면 할수록 의혹이 더 증폭된다는 것을 노무현도 알고 이인제도 안다. 백전노장 권노갑은 말할 것도 없다.

돌아가는 차 안에서 권노갑은 핸드폰의 다이얼을 누르면서 시계를 보았다. 밤 10시 30분이었으니 이 시간의 정치권은 음모가 무르익을 시간이다.

"아, 여보세요."

청와대 비서실장 한광옥의 묵직한 목소리가 울린 순간 권노갑의 부아통이 터져 버렸다.

"이보쇼, 한 실장, 정말 나한티 이럴 거요? 날 바지저고리로 맹글 참이여?"

권노갑이 목소리를 높이자 수화구에서 한광옥의 혀 차는 소리가 났다.

"형님, 저도 죽겄는디 형님까지 이러시면 어떻게 합니까?"

"나한티 귀띔이라도 해줄 수가 있었지 않아?"

"저도 출발 직전에야 알았다니까요, 의전 비서관도 모르고 있다가 차에 타고서야 명륜동에다 연락을 했다니까요."

"그런디 왜 인자까지 나한티 연락도 해주지 않았소?"

"조금 전까지 선생님하고 같이 있었거든요. 저도 인자사 나온 길입니다."

"도대체 무슨 일이여?"

"그냥 인사 허시러 간 겁니다. 사전에 누구하고도 상의허시지 않았어요."

"이회창 씨 한티서는 연락이 왔습디까?"

"안 왔어요. 그쪽도 놀란 모양인지 부총재 몇 명이 나한티 웬일이냐고 물어 보더만요."

"지금 정치판은 호떡집 불난 꼴이여. 아마 집에 들어가 있는 놈은 하나도 없을 것이고 모두 삼삼오오 모여서 대가리를 맞대고 계산기를 두드릴 거여."

"그렇겠지요."

"내일 선생님 뵈러 갈 테니께 저녁때 시간 좀 만들어 놔요."

"연락드리지요."

전화를 끊은 권노갑은 그제서야 얼굴을 펴고는 등받이에 상반신을 기댔다.

한 시간 동안 배드민턴을 치고 난 김영삼 전(前) 대통령의 얼굴은 샤워를 마치고 나왔어도 상기되어 있었다. 오후 3시 30분이었는데 상도동 저택의 응접실에는 오늘도 박종웅이 출근해 있었다. 털썩 소파에 앉은 김영삼이 박종웅을 보았다.

"어제 김대중이가 명륜동에 갔다든서?"

"예, 각하."

오늘 박종웅이 보고할 내용도 그것이다.

그가 정색한 얼굴로 말을 이었다.

"이 옹한테 큰절을 하고 문안 인사를 드렸다는 겁니다."

"쇼하고 있네."

"예, 다 그렇습니다."

"이회창이는 뭐래?"

"별 이야기는 없습니다. 회의도 없었고 대변인한테 물어 보았더니 무슨 사건을 또 터뜨리려는 것 아니냐고 웃던데요."

"그건 잘 본 거야. 뒤통수를 칠지도 모르니까 조심하라고 해."

"예, 각하."

"김정일이한테 다시 뭘 퍼주려고 하는지도 몰라, 이회창이를 끌어들이면 마음 놓고 주무를 수 있을 테니까."

김영삼의 정치 감각은 천하가 공인하는 사실로서 보통 사람보다 서너 계단 위를 본다. 눈을 가늘게 뜬 김영삼이 박종웅을 보았다.

"갱제를 살렸다고 입만 열면 거짓말을 해 쌌는데 공적 자금을 200조나 퍼 넣었기 때문 아니냐 말이야. 동네 슈퍼마켓 사장을 그 자리에 앉혀 놓았어도 해냈을 일인데 다 제가 했다는 거야."

"그러믄요."

"이회창이가 넘어가면 안 되는데."

김영삼이 정색하고 박종웅을 보았다.

"특히 남북문제가 불안해. 이놈의 정권이 지금 나라를 어디로 끌고 가는지 나는 짐작할 수가 있단 말이야. 이것, 이대로 두면 큰일 나는데."

"대통령이 요즘 이상해."

목소리를 낮춘 한광옥이 말하자 박준영이 목을 늘이고는 귀를 세웠다. 비서실장실 안에는 그들 둘뿐이다. 한광옥이 말을 이었다.

"혼자 계시는 시간이 많은 데다 어떤 때는 내가 말씀을 드려도 건성으로 들으시는 것 같단 말이야."

"저도 그렇게 생각하고 있었습니다."

박준영이 머리를 끄덕였다. 대통령과 가장 자주 접촉하는 인사를 꼽으라면 바로 이 두 사람일 것이다. 오후 4시였는데 대통령은 한 시간째 집무실에 앉아 아무도 부르지 않았다. 다행히 4시 이후의 공식 일정은 없었지만 한광옥과 박준영은 시간이 지날수록 초조해졌다.

"명륜동에 갑자기 가신 것도 그렇고 말이야."

이맛살을 찌푸린 한광옥이 머리를 한쪽으로 기울였다.

"그 일로 난리가 났어. 아까 점심때에는 김 총재한테서도 무슨 일이냐고 전화가 왔다니까."

김 총재라면 김종필이다. 박준영이 쓴웃음을 지었다.

"저는 말도 마십시오. 아마 전화가 백 통도 더 왔을 겁니다."

그때 탁자 위에 놓인 흰색 전화기가 울렸으므로 한광옥이 서둘러 전화기를 쥐었다. 대통령으로부터의 연락인 것이다.

잠시 후에 한광옥은 대통령 집무실에서 대통령과 마주보고 앉아 있었는데, 오늘은 다른 때보다도 더 긴장했다. 뭔가 대통령에게 변화가 있다는 감을 잡은 터라 정신을 바짝 차리고 파악해 낼 작정인 것이다. 대통령이 가볍게 헛기침을 하더니 입을 열었다.

"어제 내가 명륜동 간 일로 말들이 많았겠지?"

"예? 예, 그렇습니다만."

정색한 한광옥이 대통령을 보았다. 대통령의 이번 행보는 전혀 대통령의 스타일이 아니었던 것이다. 매사를 철저한 계획에 의해 움직여 온 대통령이어서 한광옥조차도 지금 그 배경과 전개에 대해서 신경이 곤두서 있는 형편이다.

"머, 마음을 비운 거야."

대통령이 부드러운 표정으로 말을 이었다.

"그랬더니 문득 이 변호사님 생각이 나더구면. 그래서 간 거야."

"아아, 예."

"오늘 저녁에 노갭이가 온다고 했지?"

"예, 식사 약속을 하셨습니다."

"그러면 자네도 와. 셋이서 밥 먹으면서 얘기나 하게."

"예, 대통령님."

자리에서 일어선 한광옥은 대통령의 정신 상태는 완벽하다는 결론을 내렸다. 그러나 마음을 비웠다는 표현에는 아직 실감이 가지 않았다.

그것은 시간이 지나봐야 안다.

저녁 식탁에 셋이 둘러앉았을 때 노련한 권노갑은 시치미를 뚝 떼고는 먹기에만 열중했다. 대통령이 먼저 말을 꺼내기를 기다리기로 했지만 식사가 끝났을 때까지 대통령의 입은 열리지 않았다. 한광옥은 처음부터 나설 생각이 없었던 터라 느긋했는데도 대통령이 수저를 내려놓았을 때는 조바심이 났다. 그때는 권노갑도 자주 대통령의 눈치를 보는 것이 초조한 기색이었다. 가볍게 트림을 한 대통령이 시치미를 뗀 얼굴로 권노갑을 보았다.

"뭐, 자네. 입맛이 땡기지 않능가?"

"아닙니다."

턱을 든 권노갑도 정색했다.

"잘 먹었습니다."

"그럼 차나 한 잔 하지."

대통령이 자리에서 일어섰으므로 그들은 따라 일어나 옆쪽의 소파로 옮겨 앉았다.

청와대 안 사저의 식당 안이었는데 이희호 여사는 나타나지 않았다. 녹차가 나오고 대통령이 찻잔을 들어 한 모금 마시고 났을 때 마침내 권노갑의 인내에 한계가 왔다.

"대통령님, 어제 명륜동에 가신 것은 아주 잘하신 겁니다. 이 변호사께서 대단히 기뻐하셨다고 들었습니다."

정색한 권노갑이 말을 이었다.

"이 총재가 곧 연락을 해올 것 같습니다."

같이 모진 풍파를 겪은 지 30년이 넘는 터라 대통령의 눈빛만 보아도 마음을 반은 읽는다고 자부해 온 권노갑이다. 대통령이 끄덕인다면 이회창이 연락해 올 생각이 없더라도 연락을 하도록 만들 것이었다. 그러자 찻잔을 내려놓은 대통령이 권노갑을 보았다.

"거시기, 자네가 수고를 해줘야 겠는디."

긴장한 한광옥이 숨을 멈췄고 권노갑은 눈을 끔벅였다.

"뭐 말씀입니까?"

"당이 똘똘 뭉쳐야 헐틴디 말여, 경제도 어렵고."

"예, 그렇지요."

머리를 끄덕인 권노갑도 이제는 긴장으로 몸이 굳어져 있었다. 대통령은 핵심을 피해 말을 돌리고 있는 것이다. 다시 찻잔을 든 대통령이 권노갑의 얼굴에서 10cm쯤의 옆쪽에다 시선을 준 채 말했다.

"자네는 이번 일에 나서지를 말게."

권노갑은 대통령의 옆얼굴을 본 채 한동안 숨도 쉬지 않았다. 오늘은 어제 대통령의 명륜동 방문 목적을 물으려고 권노갑이 요청해서 만든 자리였다. 그런데 오히려 이쪽은 말도 꺼내지도 못하고 대통령한테서 충격적인 지시를 받은 것이다. 그러나 권노갑은 곧 어깨를 폈다. 그는 이제까지 한 번도 대통령의 지시에 이의를 달거나 거역해 본 적이 없다.

"알겠습니다. 말씀을 따르겠습니다."

대통령이 가만있었으므로 권노갑은 헛기침을 했다.

"당분간은 외국에 나가 있겠습니다."

"한두 달이면 될 거야."

입술만을 달싹이며 대통령이 낮게 말했을 때 한광옥은 소리 죽여 숨을 뱉었다.

대통령은 이상해졌다.

식당을 나온 권노갑과 한광옥은 대통령과 헤어져 사저의 대문 앞에 섰다.

권노갑은 이제 어깨를 늘어뜨린 채 침통한 표정이었는데 그로서는 전혀 난데없는 사건이었을 것이다. 그러나 최고위원을 사퇴하고 물러나 있었어도 어쩔 수 없이 동교동계 맏형 노릇을 해야 했고 그것에 대한 비판적인 분위기가 형성되고 있다는 것을 모르는 권노갑이 아니다.

"제가 연락 자주 드릴 테니까."

한광옥이 위로하듯 말하자 권노갑이 어깨를 들썩이며 풀썩 웃었다.

"신경 쓰지 않아도 돼, 한 실장은."

"형님, 그럼 어디로 가실랍니까?"

"미국에나 또 가야지."

"곧 다시 부르실 겁니다."

"말년에는 내가 찾아뵈어야지. 선생님이 다시 야인이 되셨을 때는 내가 옆에 붙어 있어야 할 테니까."

권노갑이 혼잣소리처럼 말했을 때 한광옥이 울컥 어깨를 솟구쳤다가 내렸다. 그들은 지금도 사석에서는 대통령을 선생님이라고 부르는 것이다.

"당신 요즘 건강 괜찮아요?"

이희호 여사가 묻자 대통령이 머리를 들었다. 밤 10시 30분이 되어가고 있었는데 대통령은 침대 옆의 안락의자에 앉아 신문을 읽는 중이었다.

"괜찮은디, 왜?"

"정말이에요?"

다가온 이 여사가 앞쪽 의자에 앉았다.

"내가 보기에는 조금 이상한데."

"허, 이 사람이 또."

"요즘 들어 당신이 멍하니 있을 때가 많아요. 다른 사람들은 눈치 못

챘겠지만 내 눈은 못 속여."

이 여사가 대통령을 정색하고 보았다.

"당신 너무 과로하신 것 아녜요?"

"아무렇지도 않다니까 그러네."

"1주일쯤 되었어요. 당신이 그런 지가."

그러자 대통령이 신문을 접어 탁자 위에 놓더니 쓴웃음을 지었다.

"잘 먹고 잘 자지 않아? 쓸디없는 걱정일랑 말어."

"고민 있으면 말해 봐요. 몸 어디가 좋지 않다던가."

"내가 요즘 지난 일을 생각하느라고."

마침내 대통령이 이 여사의 시선과 마주쳤을 때 말했다.

"그려, 한 1주일 되었는디 지난 일을 생각허다가 갑자기 마음이 탁틱는 것 같았어. 그때부터 내가 달러진 것 같혀"

"어떻게요?"

"몰라. 머리가 개운혀지더니 걱정이 없어지고 가슴에 있던 응어리가 풀린 것 같혀. 그려서 나도 가끔 내가 왜 이런가 하고 멍해질 때가 있어."

"김 박사는 뭐래요?"

"내 건강은 좋대여."

그러자 이 여사가 머리를 한쪽으로 기울이더니 의심쩍은 시선으로 대통령을 보았다. 그러나 다시 묻지는 않았다.

권노갑의 정치 일선에서의 후퇴와 미국행 발표는 바로 다음날 오전에 당사에서 있었는데, 최고위원들은 물론이고 당대표 김중권도 한 시간 전에야 내용을 통고받았다. 최고위원을 사퇴했더라도 동교동계의

28

만형으로서 막후에서 헌신하기로 마음을 먹었던 권노갑으로서는 충격이 컸겠지만 전혀 내색하지 않았다.

권노갑을 몰아세워 최고위원을 사퇴하는 동기를 제공한 정동영이 그 소식을 들은 것은 발표 한 시간쯤 후였다. 의원 회관에 있다가 부랴부랴 당사로 달려온 그는 먼저 한화갑의 방으로 들어섰다. 전화기를 귀에 붙이고 있던 한화갑이 정동영을 보더니 눈으로 소파를 가리켜 앉으라는 시늉을 했다.

권노갑은 발표를 마친 다음 곧장 당사를 떠났지만 당사 안의 분위기는 뒤숭숭했다. 특히 동교동계 의원이나 사무처 직원들은 마치 초상집 손님처럼 삼삼오오 모여서 웅성대었다. 전화기를 내려놓은 한화갑이 입맛부터 다셨다.

"어제 저녁에 대통령을 뵌 모양이야. 그때 결정이 된 것 같아."

"대통령 지시란 말씀입니까?"

"아마 그렇겠지. 어제 오후만 해도 멀쩡했으니까."

한화갑의 표정은 밝지 않았다. 권노갑이 이인제와 제휴한 상태라지만 어쨌든 같이 동교동 밥을 먹은 사이인 것이다.

권노갑을 사퇴시켰다면 다음 순서가 누가 될지 아무도 모른다. 정동영이 입을 열었다.

"어쨌든 권 최고의 사퇴는 여론의 긍정적인 반응을 얻게 될 것입니다. 대통령께서 선수를 치신 것이지요."

"대통령이 오늘 저녁에 정몽헌이를 부르셨어."

한화갑이 불쑥 말했으므로 정동영이 눈을 끔벅였다."

"현대 정 회장 말씀입니까?"

"그래, 이미 경제계에 소문이 다 퍼져 나가고 재경장관이 나한테 무슨 일이냐고 아까 전화로 묻더라니까."

"무슨 일일까요?"

정동영도 그렇게 묻자 한화갑이 머리를 저었다.

"글쎄 , 낸들 아나? 하지만 그렇게 노골적으로 부르면 말이 많을 텐데 큰일이야. 정몽헌이는 신바람이 나겠지만 말이야."

대통령의 대북 정책은 6·13평양방문이라는 반세기 만의 위업을 성사시키고 나서 탄력이 붙었다고 볼 수 있을 것이다. 그동안 퍼 주기만 하는 굴욕적인 대북 자세라든가 투명하지 못한 대북 정책으로 국민들의 불만과 불안감을 가중시켜 온 상황에서 6·13평양방문과 김정일과의 포옹은 국민들에게 화려한 결실을 보여준 감이 있었다. 국민들은 평화 공존이 눈앞에 다가왔다는 환상으로 그 과정을 잊었던 것이다. 그러나 다시 세월이 반년 가깝게 흐르면서 정부의 대북 정책은 딜레마에 빠졌다. 북한이 현실적으로 변한 것은 거의 보이지 않는 대신, 한국은 격심한 이념 혼란 상태에 빠진 것이다. 공산당을 욕하면 반통일 세력으로 치부되었고 간첩과 빨치산이 영웅이 되어 북으로 돌아가는 세상이 되었다. 이른바 남남(南南) 갈등이었다. 이것은 정부나 집권자 측에서 조장한 점도 없지 않았으므로 공안 기관은 유명무실하게 되었다. 정부와 집권자의 모호한 이념을 비난하면 잡혀갈 걱정부터 하게 되었으니 시중에서는 간첩이 명함을 박고 다닌다는 헛소문까지 떠돌았다. 간첩과 공산당이 없는 곳은 오직 교도소 안뿐이라는 것이다. 이것은 전적으로 대통령의 처신 때문이었는데 햇볕정책의 과정에서 감수해야 할 과정이었기는 해도 투명성의 부족으로 의혹만 증폭되었다. 그래서 통일을 위해서는 대한민국 국체를 없애야 하는 것이냐고 국회에서 야당 의원이

질의를 했으며 전(前) 군참모총장은 대통령의 이념이 불안하면 군은 헌법에만 복종하고 대통령의 명을 따를 필요가 없다고까지 선언했다. 거기에다 2000년에 들어서 경제가 곤두박질을 치기 시작했으므로 국민들의 불안은 더욱 가중되었다. 이런 상황에서 현대 그룹의 회장 정몽헌이 대통령의 부름을 받은 것이다. 현대는 지난해부터 지독한 자금난에 시달리는 중이었는데 결정적인 요인은 대북 사업에서 엄청난 적자를 내었기 때문이다. 대북 사업의 책임 창구인 현대아산은 출자금 4500억의 대부분을 건설과 계열사로부터 지원받았던 터라 출자금을 다 까먹은 지금 그 여파가 불어닥친 것이다. 애초부터 금강산 관광에서 흑자를 예상한 것은 무리였다. 태국이나 말레이시아, 또는 중국의 값싸고 위락 시설이 풍부하면서 위세를 부리기 좋아하는 국민성을 마음껏 발휘할 수 있는 관광에 익숙해진 한국인이다. 위락 시설도 거의 없는 데다 언행에 수인(囚人)처럼 감시를 받으면서 산길을 걸었으니 금강산이 아니라 다이아몬드산이라고 해도 안 갈 것이 뻔한 노릇이다. 차가 청와대의 정문을 통과했을 때 김운규가 정몽헌에게 다시 한 번 다짐했다.

"회장님, 은행권이 모두 오늘 결과를 주시하고 있습니다. 이번에 1조만 지원받으면 내년 상반기에는 풀립니다."

정몽헌이 더 이상 듣기 싫다는 듯이 창 쪽으로 머리를 돌렸다. 4월 말까지 돌아오는 어음과 부채가 6000억인 것이다. 정부는 남북 교류의 선봉으로 현대를 밀어 금강산 사업과 해주 공단의 건설까지 허가했지만 이것이 족쇄가 되었다. 현대가 망하면 어제까지 닦아온 대북 사업도 물거품이 될 가능성이 큰 것이다.

김운규를 대기실에 앉혀 둔 정몽헌이 대통령 집무실 옆의 소회의실 앞에 섰을 때는 저녁 6시 30분이었다. 안내한 의전 비서관이 문을 열더니 정몽헌을 보았다.

"들어가시지요. 곧 대통령께서 나오실 겁니다."

정몽헌은 회의실로 들어섰다. 그로서는 대통령과 처음 하는 독대였으니 가슴이 뛰었다. 청와대에서 연락이 온 것은 오늘 오전 9시경이었다. 한 달이 넘도록 외국에 나가 있었지만 회사 사정은 물론이고 국내 정세도 매일 보고를 받고 있던 터라 정몽헌은 대통령이 대북 관계에 마지막 박차를 넣으려 한다는 것도 훤히 알고 있었다. 그래서 이번 달 북한에 보낼 입산료 1200만 달러를 지불할 수 없다는 현대아산 측의 발표에 충격을 받고 자신을 부른 것이다. 창가에 서 있던 정몽헌은 문이 열렸으므로 긴장했다. 대통령이 들어서고 있었다. 그 뒤를 비서실장 한광옥과 경제 수석 이기호가 따랐다.

"정 회장, 오랜만입니다."

대통령이 웃음 띤 얼굴로 손을 내밀었다. 악수를 나눈 정몽헌은 대통령과 함께 원탁에 앉았는데 한광옥과 이기호가 배석했다. 저녁 식사를 같이 하는 줄로 알고 왔었지만 밥도 제대로 넘어가지도 않을 테니 정몽헌은 오히려 잘 된 일이라는 생각이 들었다. 대통령이 가볍게 헛기침을 하더니 정몽헌을 보았다.

"건강은 어떠시오?"

"예, 저는 괜찮습니다."

"건강이 제일이오."

"감사합니다."

인사가 오가는 동안 한광옥과 이기호는 무표정한 얼굴로 가만히 앉아 있었다. 정몽헌은 심호흡을 하면서 생각했다. 나한테도 김운규나 김재수 같은 심복들이 있는 것이다. 그들도 내 눈빛만 보아도 마음의 반쯤은 읽는다. 내가 김대중보다 못할 것이 없다. 오히려 권력은 유한하고 금력은 무한하다. 그때 대통령이 입을 열었다.

"저, 거시기, 금강산 관광 말인데요."

"예, 대통령님."

바짝 긴장한 정몽헌이 대통령을 보았다. 예상했던 대로인 것이다. 청와대에 오기 전의 핵심 참모 회의에서 내린 결론은 대통령이 금강산 관광 사업에 대한 언급이 꼭 있을 것이고, 그것도 계속 추진하라는 내용이었다. 그러면 그 말꼬리를 잡아 정부의 자금 지원을 유도해야 한다. 금강산 사업은 기업 차원에서 고려될 수가 없는 사업이다. 정부가 밀지 않았다면 시작도 하지 않았을 것이다. 대통령이 다시 입을 열었다.

"이번 달 송금액을 내기가 힘들다고 하던데, 사업이 적자입니까?"

"예, 대통령님."

침을 삼킨 정몽헌이 안경알 속의 눈을 크게 떴다. 할 말은 해야겠다는 뱃심이 생긴 것이다.

"현대아산의 자본금 4500억을 이미 다 까먹었습니다. 1인당 하루 입산료 200달러씩을 내고는 도저히 채산도 맞지 않는 데다 장래성도 희박합니다."

대통령이 머리만 끄덕였으므로 정몽헌의 목소리에 힘이 실렸다.

"한 달에 1200만 달러면 150억입니다. 관광객이 있건 없건 간에 150억을 내야 하는 형편이라 적자가 눈덩이처럼 불어나고 있습니다."

그러나 그 당시의 계약 당사자는 현대였던 터라 이것을 대놓고 불평할 처지는 못 된다. 이기호가 눈을 깜박이며 입술을 달싹이는 것이 나서려는 눈치였는데 대통령이 머리를 끄덕이는 바람에 입을 꾹 다물었다. 대통령이 똑바로 정몽헌을 보았다.

"그럼 할 수 없지요."

정몽헌이 숨을 멈췄을 때 대통령의 말이 이어졌다.

"시장 원칙에 입각해서 정 회장이 결정을 하세요. 절대로 나나 정부의 눈치를 볼 필요는 없습니다."

"이제 와서 이렇게 되면."

돌아가는 차 안에서 한동안 앞쪽을 노려보던 정몽헌이 갈라진 목소리로 말했다.

"건설도 정리를 해야 돼요."

내용을 들은 터라 김운규의 얼굴도 뻣뻣하게 굳어 있었다. 대통령은 전혀 예상 밖의 결론을 내렸던 것이다. 시장 원칙에 입각한다면 금강산 관광은 즉시 중지되어야 한다. 그리고 그보다 더 큰 문제가 있다. 또다시 자금 위기에 몰린 현대건설 또한 경쟁력을 상실한 터라 시장 원칙에 의해 문을 닫아야 할 것이다.

금강산 사업을 빌미로 대통령의 정치적 고려를 은근히 기대했던 그들은 절망했다. 내일부터 당장 채권단이 압박을 가해올 것이었고 그렇게 되면 4월을 넘기지 못한다. 그때 김운규가 번쩍 머리를 들었다.

"제가 평양에 다녀오겠습니다."

정몽헌은 앞만 본 채 대답하지 않았다.

다음날 12시 정각에 현대는 금강산 관광 사업을 당분간 중지한다는 발표를 했다. 자금난 때문이라는 솔직한 내용이었고, 적자 규모도 상세하게 발표되었는데 방송 3사의 TV로 생중계가 되었다. 당분간 중지라고 했지만 국민들 중에서 금강산 관광이 재개될 것이라고 생각하는 사

람은 드물었다. 그리고 이것이 현대의 독자적인 결정이라고 믿는 사람
도 드문 세상이 되었다.

"잘된 거여, 현대가 인자사 정신을 채렸구만잉?"

발표가 끝나자 제육볶음을 집으면서 박대구가 말했다. 마포의 기사
식당 안에는 점심시간이어서 손님들이 가득 차 있었는데 대부분이 박
대구와 안면이 있는 택시 기사들이었다. 젓가락을 내려놓은 박대구가
주위를 둘러보았다.

"씨발, 우리가 신사 참배하러 금강산 가냐? 그 돈 가지면 중국에서
실컷 놀다가 온다."

박대구가 목소리를 높이자 옆자리의 기사들이 피식피식 웃었다. 몇
년째 박대구를 겪어 본 사람들이라 그의 변모가 우스웠기 때문일 것이
다. 김대중이 대통령에 당선된 다음날 박대구는 아예 일을 나가지 않았
다. 집에서 마누라를 시켜 술상을 차리고는 친구들을 모아 당선 잔치를
거나하게 했던 것이다. 다른 수백만 명의 전라도 출신들과 마찬가지로
박대구는 김대중의 추종자였다. 따라서 그 김대중이 고난 끝에 쟁취한
영광은 남의 일 같지가 않았던 것이다.

그러나 그로부터 3년 가깝게 지난 지금 박대구의 우상은 사라졌다.
아니 오히려 예전의 김영삼보다도 김대중이 더 밉고 싫어진 상황이 되
어 있는 것이다. 이것은 전적으로 대통령 김대중의 탓이지 박대구의 변
덕 때문이 아니다. 단순하지만 교활하고 중졸 학력이지만 택시 운전사
로 20년 경륜을 쌓은 덕분에 대학 교수보다도 박식한 박대구는 이런 김
대중을 원하지 않았다. 그가 보기에 김대중은 오히려 김영삼보다도 덜
인간적이었고 덜 정직했으며 덜 깨끗했다. 그리고 더 오만했고 더 독재
적이었다.

그러나 그것까지는 어떻게든 견디어 낼 수 있었다. 박대구를 제일 혼란과 분노, 나아가서는 자폭할 지경으로 증오심에 빠뜨린 것은 대통령의 대북 정책이었다. 간첩과 빨치산이 영웅이 되어 북으로 보내지는데 정부는 납북자와 전쟁 포로 이야기를 제대로 꺼내지도 못하고 있다. 간첩 잡는 국정원장이 북한의 특사와 사흘이나 붙어 다니면서 밀담을 나누는 상황이 되었는데 정부는 북한을 잘 아는 기관의 장이라 적당하다는 말만 늘어놓는다. 통일 부총리는 북한의 차관급과 상대가 되어 그것도 저자세로 협상을 하고 그 사이에 비료와 쌀이 산더미처럼 보내진다. 거기에다 현대에서 보낸 돈으로 미그 21기를 구입한 것 같다고도 하지 않는가?

　그는 낮은 단계의 연방제니 앉은뱅이 단계의 연방제 따위는 이해하지도 못할 뿐만 아니라 관심도 없었다. 그가 관심이 있는 것은 오직 대한민국이 잘 먹고 잘 사는 것이었다. 그러나 2000년 초가 되어 IMF를 극복했다면서 대통령부터 나서서 외치더니 곧 경제가 추락하면서 난국이 되어 버렸다. 그런데도 대통령은 끈질기게 북한과의 사업을 놓지 않고 있는 것이다.

　북한과 경의선이 뚫리면 엄청난 경제 발전이 온다고 떠들더니 곧 시들해졌는데 대통령은 잊었는지 모르지만 박대구는 다 기억하고 있었다. 공산당을 무찌르자라는 노래를 부르면서 자라난 박대구인 것이다. 김영삼 시절에는 그래도 공산당이나 간첩이라는 말이 제일 큰 욕이었고 타도의 첫 대상이었다. 그런데 지금은 술 취한 택시 손님마저 공산당 욕을 제대로 하지도 못하는 세상이 되어 버린 것이다.

　박대구는 요즘 택시를 팔고 이민을 갈까 심각하게 고민 중이었다. 대통령이 김정일과 통하고 있는지도 모르는 것이다. 무엇이 통하는지 알 수 없지만 만일 김정일에게 넘어간다면 대한민국은 공산 국가가 된다. 그때는 다 죽는 것이다.

"잘 알아들었을까?"

대통령이 묻자 이기호가 정색했다.

"오늘 발표 내용을 보았더니 알아들은 것 같습니다."

"건설은 언제까지 버틸 수 있을 것 같소?"

"이대로 가면 한 달 안에 부도가 납니다."

"건설만 넘어갈까?"

"다른 계열사에도 큰 영향이 오겠지만 전자 등은 견딜 것 같습니다."

입을 다문 대통령이 창밖의 흐린 하늘을 바라보았다. 대통령도 현대 그룹의 발표를 보았던 것이다. 그룹 조정실장 김재수는 침통한 표정으로 금강산 관광 사업 보류와 함께 그룹의 대폭적인 구조조정을 선언했다. 가만 두면 공중분해가 될 테니 살릴 회사는 살릴 것이고 가망이 없는 회사는 처분하겠다는 내용이었다.

"어쩔 수 없지."

대통령이 혼잣소리처럼 말하고는 몸을 돌렸으므로 이기호는 집무실을 나왔다.

그가 비서실장실로 들어갔을 때 한광옥은 막 전화기를 내려놓는 참이었다.

"재경장관이야."

쓴웃음을 지은 한광옥이 턱으로 전화기를 가리켜 보이더니 이기호와 마주보고 앉았다.

"대통령의 뜻인가를 확인하는군. 그쪽도 놀란 모양이오."

"경제에 타격이 크겠지요. 하지만 지금 수술을 하는 것이 현명한 방법입니다."

이기호가 다부지게 말하자 한광옥이 다시 입술 끝을 비틀며 웃었다.

"이것 참, 요즘은 내가 정신이 멍해질 때가 많아. 대통령이 전혀 딴사람이 되신 것 같단 말이오."

"아주 정상이신데요."

"아니 내말은."

입맛을 다신 한광옥이 정색했다.

"이제까지 닦아온 대북 사업이 다시 원점으로 돌아갈 상황이 되었단 말이오. 조금 전에 국정원장한테서 연락이 왔고 안보수석도 다녀갔어."

이기호가 머리를 끄덕였다. 정부는 현대를 통해 대북 경제 협력 관계를 비공식적이나마 이어왔던 것이다. 현대의 대북 사업이 끊기는 것은 곧 북한과의 경제 교류가 단절된다는 것을 의미했다. 해주 공단 건설이나 경의선 철도 복원도 요원해질 것이다. 그때 책상 위의 흰색 전화기가 울렸으므로 한광옥은 튕겨나가듯이 일어섰다. 대통령의 호출인 것이다.

"뭐라고? 대통령이 온다고?"

이회창이 놀라 손끝으로 안경을 추켜올리고는 비서실장 주진우를 보았다. 여의도 당사의 총재실 안이다.

"아니, 그 양반이 왜?"

"글쎄요. 곧 한 실장이 총재님께 전화를 드릴 것이라고 합니다."

주진우는 청와대 의전 비서관의 연락을 받자마자 달려온 터라 숨소리도 거칠었다. 그때 전화벨이 울렸고 주진우가 서둘러 전화기를 들었다. 그러고는 곧 이회창에게 전화기를 내밀었다.

"한 실장입니다."

"예, 이회창입니다."

"총재님, 저 한광옥입니다."

한광옥이 부드럽게 말했다.

"제가 지금 대통령 모시고 한나라 당사로 총재님을 뵈러 가려고 합니다만."

"아니, 갑자기."

턱을 든 이회창이 힐끗 앞에 선 주진우를 보더니 입술 끝을 조금 올렸다.

"요즘 대통령께서 왜 그러시는 거요? 며칠 전에는 갑자기 명륜동에 오시더니."

"글쎄요, 그건 저도 잘."

"오신다니 기다리겠습니다만 무슨 일입니까?"

"글쎄요, 그것도 말씀을 안 하셔서."

"허어, 참."

쓴웃음을 지은 이회창이 벽시계를 보았다. 오후 3시 30분이었다.

대통령이 당사에 도착했을 때 현관 앞에는 부총재 양정규와 사무총장 김기배, 그리고 비서실장 주진우와 대변인 권철현이 당을 대표해서 영접했는데 원내총무 정창화는 지방 출장 중이라 못 나왔다. 그들과 일일이 악수를 나눈 대통령의 얼굴에는 웃음기가 번져 있었고 영접자들의 표정도 밝았다. 이유야 어떻든 간에 기분 좋은 일인 것이다. 원내 제1당인 한나라당의 위상이 제대로 세워진 순간이었다. 권철현과 악수를 하던 대통령이 눈을 가늘게 뜨고 웃었다.

"권 대변인은 좀 살살허쇼. 난 권 대변인만 TV에 나오면 무서워 죽겠어."

당황한 권철현의 얼굴이 빨개졌고 옆에 서 있던 서너 명이 소리 내어 웃었다. 엘리베이터 앞에 섰을 때 대통령의 시선이 사람들 사이에 끼어 있는 정현근에게로 옮겨졌다.

"정 의원."

대통령이 부르자 정형근이 어깨를 펴고는 다가왔다. 그러나 얼굴은 굳어 있었다. 손을 내민 대통령이 정형근과 악수를 하며 말했다.

"근디 요짐 실탄이 떨어진 모냥이오? 조용헌 것 봉게."

"예?"

정형근이 얼굴을 일그러뜨렸고 다시 주위에서 웃음소리가 일어났다. 이회창은 엘리베이터 앞에서 기다리고 있었는데 대통령이 복도로 나오자 정중하게 맞았다.

"어서 오십시오, 대통령님."

"갑자기 찾아뵈어서 죄송합니다."

"아닙니다. 잘 오셨습니다."

악수를 나눈 그들은 나란히 총재실로 들어섰다.

"지금 독대를 하고 계시다고?"

전화기를 귀에 붙인 김종필이 눈을 가늘게 떴다. 청구동의 자택 응접실에는 마침 이양희가 찾아와 앞쪽에 앉아 있었다. 전화 상대는 한나라당 당사로 들어간 중앙일보 기자 서윤철이다. 서윤철의 목소리가 수화구를 울렸다.

"지금 30분째 독대를 하고 계십니다."

"둘이서?"

"예, 둘이서요."

"알았어. 고맙네."

전화기를 내려놓은 김종필이 이양희를 향해 입술 끝을 비틀고 웃었다.

"그 양반이 뭔가 일을 낼 모양인데."

"합당일까요?"

불쑥 이양희가 물었으나 김종필은 가만있었다. 며칠 전에 대통령이 명륜동에 갔을 때만 해도 이회창과 합종은 안 된다고 장담했던 김종필이다. 이윽고 머리를 든 김종필이 눈으로 전화기를 가리켰다.

"이인제한테 연락해봐. 내가 좀 만나잔다고 해."

돌아오는 차 안에서 대통령이 쭉 입을 다물고 있었으므로 한광옥도 창밖만 보았다. 대통령은 이회창과 둘이서 40분이 넘도록 밀담을 나누었는데 한광옥도 참석하지 않았다. 청와대 안에서라면 자주 있는 일이었지만 야당 총재와의 독대인 것이다. 아마 지금쯤 정치권은 끓는 물이 하늘에서 쏟아진 것처럼 야단법석일 것이다. 대통령이 명륜동을 방문했을 때의 소동에 비할 바가 아닐 것이다. 차가 광화문 사거리로 진입했을 때에야 대통령이 머리를 들어 한광옥을 보았다.

"이회창 씨가 놀란 모양이야."

"예, 그러믄요."

일단 대답만 해놓고 한광옥은 기다렸다. 그러자 대통령이 다시 입을 떼었다.

"도무지 내 말을 믿지를 않아."

"무, 무슨 말씀을 하셨는데요?"

"여러 가지."

그러고는 대통령이 입을 다물었으므로 한광옥의 가슴은 실망으로 이어졌다. 대통령은 자신보다 이회창을 더 의지하는 모양이라는 시기심도 일어났다.

"어이, 내가 이상허게 뵈는가?"

불쑥 대통령이 묻자 한광옥은 허리를 폈다.

"아닙니다. 하지만"

"전과는 다르지?"

"예, 그것은"

"마누라도 걱정을 하더구면. 내가 가끔 멍하니 있다고."

"몸이 편찮으십니까?"

"몸은 정상이야. 그리고 마음도 편해."

그러고는 대통령이 얼굴을 펴고 웃었다.

"난 내 자신을 충분히 다스릴 수가 있어. 걱정일랑 말어."

"아아, 예."

"앞으로 이 총재허고 국사를 모두 상의허기로 했어. 1주일에 한 번씩 만나고 안보회의에도 이 총재가 참석하기로 했으니까 그렇게 알어둬."

"안보회의에도 말씀입니까?"

놀란 한광옥이 되묻자 대통령이 쓴웃음을 지었다.

"자네도 이 총재만큼 놀라는군그래."

안보회의는 국가의 기밀을 다루는 최고위 회의로서 의장은 대통령이며 국정원장, 국방장관, 내무장관에 안보수석과 기무사령관, 검찰총장, 경찰청장을 배석시켜 국가 안보를 결정하는 기구인 것이다. 그곳에

야당 총재를 참석시킨다는 것은 말 그대로 파격이다. 정부 수립 50년 역사에 전례가 없는 일이다. 대통령이 말을 이었다.

"민주당에서도 김 대표를 참석시켜야겠지, 그렇지 않은가?"

"그렇습니다."

머리부터 끄덕이며 한광옥이 건성으로 대답했다. 어쨌든 이것으로 이회창의 위상은 몇 단계 높아질 것이다. 그러나 한나라당의 분열만이 정권 재창출의 길이라고 믿어왔던 민주당은 반대로 엄청난 타격을 입게 되었다. 그것도 민주당 총재인 대통령의 뜻으로.

"날더러 실탄이 떨어졌느냐고 물었어."

정색한 정형근이 안상수와 김홍신을 번갈아 보았다. 여의도의 일식집 방에 모인 세 사람은 이미 술기운으로 얼굴이 달아올라 있었다. 안상수와 김홍신은 그때 당사에 없었지만 모두 대통령과 악연이 있다. 안상수도 한때는 김대중의 저격수로 이름을 날렸고 김홍신은 공업용 미싱 사건으로 지루한 재판을 받아왔다. 술이 약한 김홍신이 회를 삼키더니 문득 쓴웃음을 지었다.

"그 양반이 날 만났으면 미싱 가져왔느냐고 물었겠네."

"어쨌든 그 양반 요즘 달라졌어."

정형근이 단언하듯 말했다.

"여유가 있어 보인단 말이야."

"그것이 고단수 트릭인지도 모르지요."

안상수가 말하자 두 사람은 동시에 머리를 끄덕였다. 그만큼 대통령에 대한 불신감이 큰 것이다.

"어쨌든 이 총재가 안보회의에 참석하게 되면 반석 위에 앉은 셈이 되겠군."

혼잣소리처럼 안상수가 말하더니 정형근을 보았다.

"명륜동 방문에서부터 심상치가 않은데, 합당 음모일까요?"

"지금 자민련이 떠 있어서."

술잔을 든 정형근이 머리를 한쪽으로 기울였다.

"합당이 된다면 자민련은 자연스럽게 찬밥 신세가 되겠지. 아마도 오히려 지금보다 가치는 더 떨어질걸?"

"그럴 겁니다."

김홍신이 커다랗게 머리를 끄덕였다.

"아마 민주당과 한나라당의 주류가 뭉치면 200석은 될 것이고 거기서 떨어져 나간 머릿수가 50석이라면 제2당은 그쪽이 될 테니까요."

"그 계산은 민주당 쪽에서도 지금 열심히 하고 있을 거요."

그러더니 안상수가 풀썩 웃었다.

"자민련도 마찬가지일 것이고."

그 시간에 김종필은 청구동 자택에서 점퍼 차림의 이인제와 마주앉아 있었다. 오늘 밤에는 총재 대행 김종호만 동석했다. 탁자 위에는 시바스리갈에다 마른안주가 놓여 있었지만 아직 술병의 술은 꼭지 부근에서 조금 내려갔을 뿐이었다.

"내가 쪼금 서운햐. 아무리 그렇다고 해도 나한테는 말 한 마디 없이 말이야."

김종필이 두툼한 눈시울을 들고 이인제를 보았다.

"그 양반이 지금 무리수를 두고 있는 것 같혀. 패도 쓰지 않고 대마를 잡으려고 허는 것 같단 말이여"

"그래도 200석은 될 겁니다."

이인제가 말하자 김종필이 눈을 가늘게 뜨고 소리 없이 웃었다.

"다들 그렇게 계산하겠지. 떨어져 나갈 머릿수는 대강 50이라고."

"지난번 4·13 때 한나라당은 거의 걸러졌지 않습니까?"

"이회창이 덥석 그 양반이 내민 미끼를 물었다간 신세를 조지게 돼."

정색한 김종필이 이인제를 보았다. 4·13 때 충청도를 휘저으며 악살을 먹이던 이인제였지만 오늘은 다시 동지가 되었다. 그러나 내일 다시 갈라설지도 모르는 것이 정치판이다.

"부산 경남은 김영삼 씨 세력이 아직도 팽팽혀. 고 양반이 조직력을 가동시키고 분위기를 띄운다면 계산기 두드리고 나서 떨어져 나갈 놈들이 수두룩혀."

그리고 김종필의 목소리가 높아졌다.

"대구 경북은 어떤가? 그곳도 이회창이 바닥이 아녀. 김윤환이가 깨방을 놓고 반DJ 정서를 자극한다면 그쪽도 우수수야. 거기에다"

이번에는 김종필이 목소리를 낮췄다.

"이회창이 통합당의 대권 주자가 된다면 민주당에서도 분명히 이탈자가 있어. 어쩌면 대형 사고가 터질지도 몰라."

"그렇지요."

김종호가 끼어들어 말을 이었다.

"위기가 기회라는 말이 맞습니다. 다만 문제는"

정권을 여러 개 거친 김종호가 반짝이는 눈으로 김종필을 보았다.

"대통령이 어떤 식으로 압력을 넣느냐는 것에 많이 좌우가 됩니다. 약점을 쥐고 흔들면 끌려갈 자들이 많습니다."

"대세를 거스르지는 못하는 법이오."

술잔을 든 김종필이 앞에 앉은 이인제를 똑바로 보았다.

"그건 아무도 알 수 없어. 이 의원, 그렇지 않습니까?"

2장
과연 쇼인가?

재경장관 진념은 무난한 성품에다 관료로서 뼈가 굳은 터라 정치권의 동향에 민감했다. 더구나 재경장관은 IMF 극복을 첫 번째 치적으로 삼는 현 정권의 선봉장 같은 역할인 것이다. 경제를 시장 원리에 맡긴다는 것이 대통령의 경제 철학이었지만 진념은 선후강약(先後强弱)의 정치적 고려는 불가피하다는 것을 경험으로 알고 있었다.

그래서 이번 현대의 금강산 사업 중단 발표가 있기 전에 즉각 한광옥에게 상황을 전해 듣고는 건설의 부도 처리 준비를 시작했다. 그로서는 썩어 가는 이를 빼는 기분이었을 것이다. 더구나 며칠 전에는 대통령이 한나라당사를 방문하여 이회창 총재와 한 시간 가깝게 밀담을 나누고 돌아갔다. 이것은 정치권에 대변혁이 온다는 증거였으며 그러기 위해서는 경제나 남북문제로 꼬리를 잡혀서는 안 될 것이다.

노련한 진념은 이제야말로 시장 원리로 경제를 이끌 기회가 왔다고 믿었다. 이제까지 3년 가깝게 지나는 동안 개혁의 성과는 미미했다. 이권 단체의 이기주의와 정치적 고려로 인한 무원칙이 그 주원인이었는데 현대가 대표 사례였던 것이다.

그래서 국정원장 임동원이 갑자기 만나자고 했을 때 반기면서도 내심으로 경계했다. 임동원은 퇴근 무렵인 5시경에야 저녁이나 같이 먹자는 연락을 해온 것이다.

그들이 마주앉은 곳은 인사동의 조용한 한정식집 방 안이었다. 방이 서너 개는 되어 보였지만 손님은 한 사람도 보이지 않는 것이 국정원의 안가인 것 같았다. 음식이 가득 놓인 상이 나오고 다시 두 사람만 남게 되었을 때 임동원이 웃음 띤 얼굴로 진념을 보았다.

"현대는 넘어지겠지요?"

"건설은 넘어갈 겁니다."

예상하고 있었던 터라 진념이 바로 대답했다. 임동원은 대북 사업의 정부 측 책임자나 같다. 민간 측 대표 주자인 현대가 무너지면 공식 채널이 부족한 정부 측은 심대한 타격을 입을 것이 당연하다. 머리를 끄덕인 임동원이 젓가락을 들어 파전을 떼어 입에 넣었다. 여유 있는 태도였다.

"고성항 부두 시설도 거의 다 끝나 가는데 안타깝구먼."

"그런가요?"

건성으로 대답한 진념이 홍어회를 씹었지만 아직 덜 삭아서 비린내가 났다.

본래 현대는 금강산 관광객을 연평균 72만 명으로 계획하고 1인당 이틀분 입산료를 200달러씩 월 6만 명을 기준으로 1200만 달러를 북한 측에 지급하기로 북한 측과 계약을 했다. 미국의 광활하고 신비로 가득 찬 옐로스톤이나 그랜드스톤의 입장료가 30달러 안팎인 것에 비교하면 턱도 없이 비싼 입산료였다. 그것은 그렇다고 치더라도 손바닥만 한 금강산 지역을 관광하는 데 마치 교도소 수인들처럼 통제를 하는 데다 말 한 마디 잘못했다고 잡아가는 등 공포 분위기를 조성하는데 누가 가겠는가? 따라서 금강산을 찾는 관광객이 연평균 20만 명도 안 된 것은 당연했다. 사업 전망도 제대로 못한 현대아산 및 출자 회사인 현대건설은 무능의 대가를 받아야만 하는 것이다. 임동원이 입을 열었다.

"정 회장이 내일 평양으로 갑니다. 김 위원장하고 금강산 사업과 해주공단 문제에 대해서 담판을 할 겁니다."

진념의 시선을 받은 임동원이 말을 이었다.

"1인당 200달러는 그대로 하되 실제 관광객 수에 맞춰 입산료를 지급하는 조건을 제시하겠답니다. 그럼 1만 명이면 200만 달러만 내면 그만이지."

"1인당 200달러도 많습니다. 그건 순"

도둑놈이라고 말을 이으려던 진념이 입을 다물었다. 현대가 그런 조건으로 합의한 것은 정부 측의 종용이 있었기 때문이라는 설이 파다한 것이다. 그렇다면 그 종용한 주역이 바로 눈앞에 있다. 그러자 임동원이 빙그레 웃었다.

"어쨌든 이번에 대북 관계를 재정립할 필요가 있습니다. 그래서"

임동원이 웃음띤 얼굴로 진념을 보았다.

"북한과 협상이 끝나기 전까지만 현대를 살려 주셨으면 좋겠는데요. 아산은 이미 빈사 상태라 건설이 넘어가 버리면 협상도 무의미해지지 않겠습니까?"

"그렇군요."

"12월까지만 버티게 해주시지요."

"관광은 어제부터 중지되지 않았습니까?"

"북한이 협상 제의를 받아들인 건 타협하자는 의미입니다. 3년간 대통령이 공을 들인 남북 관계가 이렇게 허무하게 끝나서야 되겠습니까?"

임동원도 마찬가지로 갖은 비난을 들어가며 여기까지 온 것이다. 야당은 임동원을 북한 측과 내통하고 있다고까지 공격하고 있다. 이맛살을 찌푸린 진념이 긴 숨을 뱉더니 젓가락을 내려놓았다. 정치 논리가 개입되면 경제는 거덜난다. 이건 작심 1주일이 되었다.

"검토해 보지요."

정색하고 말한 진념이 똑바로 임동원을 보았다.

"아무래도 이건 제 선에서 결정할 문제가 아닌 것 같아서요."

진념의 윗선은 대통령뿐이다. 그러자 임동원이 커다랗게 머리를 끄덕였으므로 진념의 가슴이 내려앉았다. 그가 이미 대통령의 내락을 받았다고 느꼈기 때문이다.

그 시간에 대통령은 청와대의 소식당에서 민주당의 요인들과 저녁을 먹고 있었다. 참석 인원은 어제 미국으로 떠난 권노갑을 제외하고 김중권 대표에다 최고 위원으로는 한화갑과 이인제, 김원기와 박상천의 넷을 불렀고, 전(前) 사무총장 김옥두와 청와대에서는 비서실장 한광옥이 배석했다. 대통령의 돌발적 행보가 계속되면서 정치권은 물론이고 민주당 내에서도 혼란이 일어난 상황이어서 참석자 모두는 긴장하고 있었다. 그러나 면면을 보면 유력한 차기 대권 주자에다 동교동 핵심, 그리고 중진이 망라되어 있어서 각 개인은 긴장감 속에서도 선택되었다는 자긍심이 표정에서 엿보였다.

식사를 마쳤을 때 대통령이 정색하고 머리를 들었으므로 이제나저제나 하고 기다리던 모두가 다시 긴장했다. 대통령이 부드러운 표정으로 입을 열었다.

"요즘 여러 소문들이 많은 모양인디, 합당은 없어요. 다만 이 총재하고 정책 협조는 긴밀하게 이뤄질 거요."

모두 숨소리도 죽인 가운데 대통령의 말이 이어졌다.

"정략을 떠나 국가 대사를 함께 논의하기로 합의를 했어요. 이 난국을 헤쳐 나가려면 그 방법 밖에 없지 않겠어요?"

백번 지당한 말씀이었지만 모두 눈만 끔벅이며 대통령을 보았다. 이미 한나라당에서는 합당설이 퍼져 제각기 동분서주 하는 중이다. 이회창이 아니라고 하면 할수록 합당설이 더 굳혀지는 역작용이 일어났다. 이제까지의 정치 풍토 아래에서는 이해가 될 만한 일이었다. 분위기를 깨려는 듯 대통령이 헛기침을 했다.

"여러분들이 적극 당원들과 의원들께 주지시켜 주시기 바랍니다. 나는 앞으로 경제와 지역감정 해소, 그리고 구조조정 작업에만 매진할 것입니다. 나는 그 말씀을 드리려고 여러분을 부른 거요."

"남북문제가 빠졌던데."

돌아오는 차에 동승한 박상천이 옆에 앉은 한화갑을 쳐다보았다.

"대통령이 빼먹을 성품이 아니신데 말이요."

한화갑이 잠자코 머리만 끄덕였다. 그것은 모두 그렇게 느끼고 있을 것이었다. 정몽헌이 청와대에 다녀온 다음날 금강산 관광 사업을 중지한다는 발표를 하고 재경부에서 현대건설의 정리 절차를 밟는 것과 맥락이 깊다.

"6·15선언은 헛것이 되겠는데."

박상천이 혼잣소리처럼 말하더니 힐끗 한화갑을 보았다.

"대통령께서 만일 이회창 씨를 민다면 어떻게 하실라오?"

"어떻게 하긴."

혀를 찬 한화갑이 박상천을 흘겨보았다.

"대통령께서 합당 안 하신다고 하셨잖소? 박 최고는 못 들었소?"

"앗따, 결심은 그렇게 하셨다고 해도 정치판이 초심대로 흘러갑디까?"

이제는 박상천도 정색했다.

"JP와 YS가 벌써부터 꿈틀대고 있단 말입니다. 어제는 강삼재가 상도동에 다녀갔고 JP는"

박상천이 목소리를 낮췄다.

"JP는 이 최고를 만났습니다. 대통령 말씀만 믿고 가만있다가는 고사(枯死)당하기 십상이오."

그리고 김윤환도 때를 만났다는 듯이 나대고 있는 것이다. 정국을 안정시키려던 대통령의 의도는 역효과를 낸 것인가? 둘이는 각각 반대쪽 창문으로 밖을 내다보면서 입을 다물었다.

대통령이 미국을 다녀온 후부터 부시 정권과의 남북 관계에 대한 불협화음은 많이 해소되어서 백악관 측에서나 국무부에서 비판적인 발언은 나오지 않았다. 따라서 김정일의 서울 답방은 미국의 불안과 불만을 확실하게 가라앉힐 계기가 되어야 한다고 임동원은 믿고 있었다. 그것이 바로 대통령의 뜻인 것이다. 햇볕정책은 내외의 온갖 비난을 받았지만 결국 김정일을 밖으로 끌어내는 것에 성공했다. 대통령이 아니면 이뤄내지 못할 위업이었다. 혹자는 김정일의 힘만 키워 줘서 오히려 독재 체제의 기반만 튼튼하게 만들었다고 비난했으나 그것은 너무 단순한 논리였다. 설득을 하건 위협을 하건 상대를 협상 테이블로 끌어내는 것이 우선인 것이다. 북한은 철저한 1인 지배 체제로 김정일의 동의 없이는 어떤 일도 되지 않는다. 김정일을 무시하고 비난만 해서는 남북 관계가 악화될 뿐이다. 그러면 어떻게 되겠는가?

통일은 차치하고 남침의 위협을 받는 상황에서 국민의 생명과 경제 안정을 기대할 수는 없는 것이다. 역사는 결과로 판단된다. 지금 우리가 저자세인 것같이 보이지만 한번 끌어들인 이상 북한이 결국에는 끌려오게 되어 있다. 임동원은 확신이 있었다. 그래서 이번 대통령의 현대 관계 처리를 보고 나서도 소신대로 업무를 추진해 나갔다. 대통령의 요즘 행태는 정치적 수단일 뿐일 테니 초지일관 밀고 나가는 것이 소임을 다하는 것이다.

청와대 대통령 집무실 옆의 소회의실에 앉아 있던 임동원은 대통령이 들어서자 자리에서 일어섰다. 대통령은 한광옥과 함께 앞쪽 자리에 앉았는데 부드러운 표정이었다.

"정 회장이 아침에 출발했다면서요?"

"예, 지금쯤 평양에 도착했을 겁니다."

정몽헌은 아침에 판문점을 넘어 북한으로 들어갔다. 유람선 관광이 중지된 터라 북으로 가는 길은 이제 그 길뿐이다. 머리를 끄덕인 대통령이 임동원을 바라보았다.

"협상이 잘 될 것 같습니까?"

"제 생각입니다만"

임동원이 정색하고 말했다.

"어려울 것 같습니다. 북한 측 분위기가 상당히 나빠져 있어서요."

"고생들 하는구면."

혼잣소리처럼 말하던 대통령이 생각난 듯 물었다.

"그런데 임 원장이 재경장관을 만났다고 하던데, 현대가 4월을 버티기 힘들겠지요?"

"예, 그렇습니다."

긴장한 임동원이 가볍게 헛기침을 했다.

"어떻게든 북한과의 관계를 유지시키려면 현대가 넘어져서는 곤란합니다."

대통령이 머리를 끄덕였으므로 임동원의 어깨가 조금 내려졌다.

오늘 부른 이유가 이 일 때문인 것이다. 진념이 득달같이 청와대에 보고할 줄은 예상하고 있었으므로 임동원은 배에 힘을 넣었다.

"건설이 넘어가면 아예 북한과의 협상 테이블이 없어지는 셈이 됩니다. 그래서"

"우리도 밀어붙인 책임이 있지요."

부드럽게 대통령이 말을 이었다.

"하지만 자력으로 회생하도록 내버려 둡시다. 여기서 우리가 끌려가면 경제 원칙은 무너지게 됩니다."

임동원이 눈을 크게 뜨고 대통령을 보았다. 그렇다면 현대는 보통 방법의 구조조정으로는 회생이 불가능하다. 전자나 상선을 팔아야 건설이 살아난다. 이윽고 임동원이 머리를 숙였다.

"알겠습니다. 제가 대북 관계에만 너무 치우치게 생각했습니다."

"우리가 이 시점에서 다시 원점으로 돌아간 건 아닙니다. 이제 그럴 수도 없고."

대통령의 가라앉은 목소리가 다시 방을 울렸다.

"김정일 씨도 마찬가지요, 다시 돌아갈 수는 없어요. 이제는 어쩔 수

없이 국제 사회의 일원 노릇을 해야 될 처지가 되었어요."

"그건 그렇습니다."

"모두 임 원장의 공적이오."

"아닙니다. 이것은 오직 대통령님의"

"그래서 말인데"

대통령이 똑바로 임동원을 보았다.

"임 원장이 미국 대사를 맡아 주었으면 하는데, 내 부탁을 들어 주시겠지요?"

놀란 임동원이 눈만 껌벅였으므로 대통령이 가늘게 숨을 뱉었다.

"이제까지의 대북 정책을 이해시키고 북한 측 상황을 분석하도록 미국 정부를 도와주는 데 임원장만 한 사람이 없습니다. 아마 미국 정부도 대환영일 겁니다."

임동원이 이제는 숨을 죽였다. 북한 권력층의 성향이나 분위기를 자신만큼 아는 사람도 없을 것이다. 따라서 미국 정부는 금쪽같은 정보를 얻게 될 테니 반길 것은 당연했다. 그러나 앞으로의 대북 사업은 어떻게 된단 말인가? 그때 대통령의 말이 이어졌다.

"이제 대북 사업도 정치 논리가 아닌 시장 논리로 풀어나가야 될 거요."

대통령이 한나라당 이회창 총재와 접근하자 가장 소외감을 느낀 사람이 있다면 자민련 명예 총재 김종필일 것이다. 처음에 JP는 그것이 대통령의 기반술이거나 측근의 귀띔을 받은 쇼라고 생각했다. DJ를 수십 년 겪어온 터라 그런 행태는 전혀 DJ 스타일이 아니었기 때문이다. 그러나 이회창이 안보회의의 구성원이 되어 참석하게 되는 지경에 이르자 이제까지의 선입관을 버렸다. DJ는 한나라당과 합당하려는 것이 분명했다.

따라서 민주와 한나라 연합당의 대선후보는 이회창이다. 저녁 6시 30분이 되었을 때 승용차가 상도동 입구로 들어서자 김종필이 옆에 앉은 이양희를 바라보았다.

"한나라당에서 몇 명이나 빠져 나올까?"

"어쨌든 반DJ의 성향이 일단 강하니까요. 동기만 만들어지면 30~40석은 문제없이 나올 겁니다."

"YS가 적절하게 흔들어 줘야 할 텐데."

김종필이 혼잣소리처럼 말했다. 그는 이제 민주당과 등을 돌리려는 것이다. 어제도 기자들 앞에서 곧 자민련이 민주당과 결별할 것이라고 선언을 했으며 오늘은 만인이 주시하는 속에 상도동의 YS를 찾아가는 중이다. 그리고 YS가 흔연히 JP의 방문 요청을 받아들인 것은 물론이다.

"어서 오시오."

YS는 현관까지 나와 JP를 맞았다. 응접실에는 박종웅과 부산 지역 의원이 서넛, 그리고 강삼재와 경남 지역 의원이 또 서넛에다 대구·경북 지역 의원들 너덧 명이 있어서 얼른 훑어 봐도 열댓 명이 되었다. 이만 해도 교섭 단체는 된다. 기자들이 어지럽게 플래시를 터뜨렸으므로 YS와 JP는 악수를 한 채 한참이나 포즈를 취했다. 내일 아침 조간과 밤 9시 뉴스에 일제히 보도될 톱 뉴스감이었다.

"자, 들어갑시다."

이윽고 YS가 웃음 띤 얼굴로 JP를 안쪽 서재로 이끌었다. 둘만의 독대여서 나머지는 모두 응접실에 남았다. YS와 JP 두 사람 모두 오늘의 이벤트 효과를 이미 계산해 둔 터라 여유 있는 표정이었다. 늙어 이빨 빠진 범이라고 해도 위풍은 풍겨나는 법이다. 물론 물려고 나댔을 때 망신은 당하겠지만. 서재에서 마주앉았을 때 둘의 표정은 이미 가라앉아서 주름살들이 늘어진 얼굴이 되었다. YS가 먼저 입을 열었다.

"김대중이가 발악을 하는고마. 하지만 이번에는 안 될 끼라."

"그 양반이 변했어요."

JP의 말에 YS가 쓴웃음을 지었다.

"민주당 아들 불러놓고 합당 안 한다고 했다 카는데 또 거짓말이라, 그 말을 누가 믿겠소?"

"사람이 그러면 안 되는데 말입니다."

"김윤환이한테서도 전화가 왔습디다."

YS의 말에 JP가 긴장했다. 김윤환은 2월에 민국당 의원 둘을 데리고 민주당과 연합했던 것이다. 이회창과 철천지원수 관계가 되어 있는 김윤환이 이런 상황이 되었으니 가만있을 리가 없다.

"그렇습니까? 허긴 민국당이 한나라당과 같은 배를 탄 꼴이 되었으니까요."

"곧 뛰쳐 나올 끼라."

"보수 연합체를 만드는 것이 낫지 않겠습니까?"

정색한 JP가 YS를 보았다. 오늘 방문 목적은 YS를 끌어 들여 경상도와 충청도의 제휴를 타진하려는 것이었는데 이미 김윤환도 연락을 해 왔다는 것이다. 대세가 무르익은 기분이 들었으므로 JP의 얼굴에 생기가 떠올라 있었다.

"김대중이가 자초한 일이니 지가 머라칼 수도 없겠지."

머리를 끄덕인 YS가 말을 이었다.

"고려해 봅시다."

YS의 스타일로서는 승낙이나 다름없는 대답이었으므로 JP가 정색했다.

"저는 명예직으로 물러나겠습니다. 연합체의 대표를 각하께서 추천해 주시지요."

"김대중이는 이회창이를 대선 주자로 밀 모양이니 우리도 인물을 내놓아야지."

그러고는 YS가 눈을 가늘게 떴다.

"민주당에서도 데려올 사람들이 많아요."

그 시간에 정형근은 여의도의 일식당 히노에서 보좌관 문종일과 저녁을 먹는 중이었다. 비밀 이야기를 할 것도 아닌 터라 둘은 홀에 앉아 있었는데 정형근은 복지리 국물을 안주로 소주를 마시고 있었다.

정형근은 한나라당의 최고급 정보 루트를 가진 정보통으로 그가 쥐는 정보는 한나라당 전체의 정보력보다 낫다는 평이었다. 그것은 그가 검찰 출신에다 안기부의 대공수사국장과 차장까지 지낸 경륜이 있었기에 가능한 일이었다. 한편으로는 치밀한 조직력에다 인간관계가 넓다는 말도 되었다. 야당이 되어 감시받는 입장에서 최고급 정보를 얻어낸다는 것이 탄탄한 인맥 조직이 없는 한 불가능하기 때문이다.

"요즘 정국이 어떻게 돌아가는 것일까요?"

문종일이 문득 생각난 듯 묻자 정형근이 붉어진 얼굴로 복지리 국물을 삼켰다.

"글쎄, DJ가 미쳤다는 말도 있고, 아직 확실한 건 없어."

"민주당과 합당이 된다면 많이 떨어져 나갈 겁니다."

"지금쯤 JP하고 YS가 그 계산을 하고 있겠다."

소주잔을 든 정형근이 이를 드러내고 웃었다.

"JP는 명예직으로 물러나 있겠다면서 YS한테 대표를 추천해 달라고 하겠지. 그러면 YS는 목에다 힘을 주고는 고려해 보자고 할 거야."

그때 일식집 안으로 세 사내가 들어섰는데 곧장 그들에게로 다가왔다. 모두 말쑥한 양복 차림의 30대로 체격도 건장했으므로 그들이 다가와 섰을 때 정형근은 술잔을 내려놓았다.

"정 의원님, 잠깐 같이 가주시지 않겠습니까? 저희가 모시러 왔습니다만."

앞선 사내 하나가 정중하게 말했으나 정형근은 입술 끝을 비틀고 웃었다. 그는 사내들이 기관원인 것을 이미 알아보고 있었던 것이다.

"난 현직 국회의원이야, 영장 있어?"

"저 그런 일이 아닙니다, 의원님."

사내가 당황한 듯 손을 올려 뒷머리를 쓸었다. 그러고는 주위를 둘러보더니 바짝 다가섰다.

"저희들은 경호실 소속입니다. 대통령님이 잠깐 뵙자고 해서요."

"뭐라고?"

놀란 정형근이 눈을 치켜떴을 때 사내가 주머니에서 핸드폰을 꺼내더니 다이얼을 눌렀다. 그러고는 정형근에게 내밀었다.

"비서실장님과 통화를 해보시지요."

그로부터 한 시간쯤 후인 저녁 8시가 조금 넘었을 때 정형근은 청와대의 춘추관 안에 있는 소회의실에서 혼자 앉아 있었는데 술 냄새를 없애려고 앞에 놓인 생수를 석 잔이나 마셨다. 대통령이 한광옥과 함께 들어섰을 때도 그는 물잔을 들고 있었다.

"저녁 드시고 계셨다는데 미안합니다."

다가선 대통령이 웃음 띤 얼굴로 말하자 정형근은 머리부터 숙여 절을 했다.

"아닙니다, 저는"

인사말을 여러 개 준비했지만 다 까먹은 정형근이 우물거리자 대통령은 앞쪽 의자에 앉았다. 한광옥은 그저 부드러운 표정으로 눈만 껌벅이고 있었으므로 방 안에는 금방 정적이 덮였다.

대통령은 이번 한나라당과의 합종에 협조를 부탁하려는 것이다. 내가 아직 당에서 장악력은 떨어지지만 정보력은 최강이다. 따라서 내 협조를 받는 것은 의원이 몇 명 붙는 것보다도 더 효과적일 것이다. 정형근은 이미 계산을 끝내 놓고 있었다. 그리고 대통령이 부탁한다면 기꺼이 응할 작정도 섰다. 지난번 당사에 왔을 때 실탄 떨어졌느냐고 물었던 대통령의 인상은 지금도 강하게 남아 있는 것이다. 이상하게도 그한 마디에 수십 년간 쌓였던 DJ에 대한 거부감도 반쯤 날아갔다. 그것은 권철현도 마찬가지인 모양으로 아마 지금 DJ를 씹으라면 안 할지도 모른다. 그때 대통령이 입을 열었으므로 정형근은 긴장했다.

"내가 부탁드릴 말이 있어서 이렇게 갑자기 모셔온 겁니다."

"예, 말씀 하십시오."

정형근이 똑바로 대통령을 보았다. 그리고 다음 말은 틀림없이 앞으로 협조를 부탁한다는 내용일 것이라고 확신했다. 아마 한광옥과 자주 접촉을 하라면서 채널을 만들어 줄지도 모른다. 대통령이 다시 말을 이었다.

"정 의원이 국정원장을 맡아 주었으면 해서요. 내가 보기에는 정 의원만큼 경력과 조직력이 뛰어난 분이 없습니다. 국정원장에는 정 의원 같은 분이 필요하다고 생각해요."

"무슨 일 있습니까?"

돌아오는 차 안에서 문종일이 세 번째 물었을 때에야 정형근은 부릅 떴던 눈을 내리고는 어깨를 늘어뜨렸다.

"아니, 왜?"

"그런데 왜 그러십니까?"

"내가 어때서?"

그러자 문종일이 입맛을 다셨다. 아직도 정형근이 정신이 나간 듯 건성으로 대답하고 있었기 때문이다. 다시 차 안에 긴장된 정적이 덮였 다. 자동차가 광화문 사거리의 신호에 걸려 멈춰 섰을 때 정형근이 머 리를 돌려 문종일을 보았다. 흘러 들어온 거리의 빛을 받아 두 눈이 번 들거리고 있었다.

"내가 국정원장이 되었어."

"에엣!"

놀라 비명 같은 외침을 뱉은 문종일의 얼굴이 뻣뻣하게 굳어졌다.

"설, 설마요."

"대통령께 신명을 바쳐 책임을 다하겠다는 약속을 하고 나온 길 이다."

정형근의 얼굴을 바라본 문종일이 농담이 아닌 것은 확인했지만 뒷 말이 이어지지 않았다. 그로서는 상상도 못했던 소식이었던 것이다. 심 호흡을 한 정형근이 어깨를 펴더니 앞쪽을 노려보았다.

"이제야 대한민국이 제대로 돌아가는 것 같다."

정형근의 목소리가 떨려 나왔다.

"각하는 나한테 헌법과 대한민국에 충성하라고 하셨다."

그는 하나도 어색하지 않게 각하라는 호칭을 썼다.

다음날 아침은 안보회의가 있는 날이어서 이회창은 청와대로 출근했다. 그로서는 안보회의에 처음 참석하는 셈이었지만 YS 시절에 총리로 있으면서 겪어본 터라 어떻게 돌아간다는 것은 안다. 회의가 끝났을 때는 오전 10시 30분이 되어 있었는데 자리에서 일어선 이회창의 옆으로 한광옥이 다가와 섰다.

"총재님, 대통령께서 잠깐 뵙자고 하십니다."

머리를 끄덕인 이회창이 한광옥을 따라 집무실로 들어섰다. 대통령은 회의를 끝내고 돌아와 막 인삼차를 마시는 중이었다.

"아, 드릴 말씀이 있어서요."

이회창이 앞쪽에 앉았을 때 비서가 앞에다 인삼차를 내려놓고 돌아갔다. 안보회의에서는 듣기만 했고 대통령과 직접 말을 나누지도 못했던 터라 이회창은 마음이 넉넉해졌다. 대통령은 세심하게 배려하고 있는 것이다. 찻잔을 내려놓은 대통령이 이회창을 보았다.

"저, 국정원장 말인데요."

"아, 예."

이회창이 건성으로 대답했다. 오늘 임동원은 안보회의에 참석하지 않았지만 아무도 이유를 묻지도 설명하지도 않았다. 이회창도 마찬가지였지만 모두들 대통령은 알고 있으리라고 생각했을 것이다. 대통령이 말을 이었다.

"임 원장을 주미 대사로 보내고 그 후임에 정형근 의원을 임명할까

합니다만 이 총재 의향은 어떠신지요?"

"예?"

눈을 치켜뜬 이회창이 한동안 대통령을 바라보았다. 야당 의원을, 그것도 바로 얼마 전까지만 해도 DJ의 저격수로 명성을 떨친 정형근을 입각시키리라고는 상상하지도 못한 것이다. 게다가 국정원장이 어떤 자리인가? 국세청장이나 검찰총장과는 비교가 되지 않을 만큼 국내외 정보를 취급하는 요직이다. 따라서 국정원장은 통치자의 최측근이 임명되는 것이 당연했다. 국정원 기구가 설립된 후로 이런 일은 처음이었다. 정신을 차린 이회창이 헛기침을 했다.

"정형근 의원을 말씀입니까?"

"예, 그렇다고 정 의원이 한나라당 당적을 갖고 있으면 안 되겠지요. 본인이 당적을 버린다고 하니 국정원장 직무를 맡기도록 하겠습니다."

"왜 하필"

"그 사람이 적격이라고 생각했습니다."

다시 찻잔을 든 대통령이 웃음 띤 얼굴로 이회창을 보았다.

"더 이상 DJ 저격수 노릇은 못하게 되지 않겠습니까?"

"점입가경이군."

뱉듯이 말한 김윤환이 손목시계를 보았다. 오후 2시 30분이었다. 오후 1시 정각에 청와대 박준영 대변인은 국정원장과 주미 대사의 인사 발표를 했다. 전격적이라는 표현이 어울릴 만큼 전혀 감도 잡지 못했던 인사였다. 더욱이 신임 국정원장이 한나라당 소속 현역 의원인 정형근이라니, 정치인은 물론이고 전 국민이 경악했다고 봐도 과언이 아니었다.

이것으로 DJ의 의도는 분명해졌다. 차창 밖으로 스치고 지나는 여의도의 거리를 보면서 김윤환은 어금니를 물었다. 민주당과 제휴한 지 채 두 달도 안 되어서 DJ는 나를 찬밥 신세로 만들었다. 내가 이회창과 한 솥밥을 먹을 수 없다는 것을 뻔히 알고 있을 테니 앞으로의 행보도 예상해 놓았을 것이다.

차가 맨해튼 호텔 앞에서 멈추자 김윤환은 굳어진 얼굴로 내렸다. 중식당에서 JP와 만나기로 한 것이다. 그가 중식당 안으로 들어섰을 때 지배인이 서둘러 다가왔다. 점심시간이 지나 있어서 홀에는 손님이 두 테이블뿐이었다. 지배인이 앞장서며 말했다.

"기다리고 계십니다."

JP는 안쪽 밀실에 혼자 앉아 있었는데 반주를 했는지 눈 주위가 붉었다.

"어서 와요."

친근감이 느껴지는 웃음을 띠며 JP가 김윤환의 손을 잡았다. JP와 김윤환은 두 사람 모두 모난 성품이 아니어서 원수진 일은 없었다.

"정형근의 저격 총에 날개가 달리겠는데, 이 표현이 맞습니까?"

웃음 띤 얼굴로 김윤환이 묻자 JP가 특유의 쓴웃음을 지었다.

"여론은 좋습디다. 대통령의 발상이 신선하다고 해요."

"노망이 들었다는 사람도 있던데요."

"미국도 아주 좋아할 겁니다. 임동원한테서 받을 정보가 최고급이거든."

"덕담 하시려고 부르신 겁니까?"

정색한 김윤환이 JP를 바라보았다.

"어제 YS 만나셨죠? 결과가 좋습니까?"

"아마 한나라에서 20명쯤은 학실하게 나올 것 같은데."

JP가 확실하게를 YS처럼 발음했으나 웃지는 않았다. 그가 말을 이었다.

"정형근이가 국정원장 된 것이 악재야. 이제까지 한솥밥 먹으면서 보일 건 다 보인데다 국정원 조직까지 장악하게 되었으니 마음만 먹으면 잡을 수가 있게 되었단 말이오."

"그건 그렇습니다."

머리를 끄덕인 김윤환이 엽차로 마른 입안을 축였다.

"하지만 안에서 곪는 것은 어쩔 수가 없는 법이지요. 무슨 말인고 하면 민주당 내부의 불만이 더 커질 것이란 말씀입니다."

"역시 허주야, 잘 짚으셨어."

JP가 얼굴을 일그러뜨리며 웃었다.

"그래서 말인데"

"예, 말씀하시지요."

"우리, 당분간 당에서 버티고 봅시다. 그래야 당 안의 세력을 모으는데나 분위기 파악이 용이할 테니까."

"저도 그렇게 생각했습니다."

그러고는 김윤환이 따라 웃었다.

"물론 저야 당 밖에서 돌지만 말입니다."

"정형근이가 국정원장이 되었어."

김정일이 정색한 얼굴로 정몽헌을 보았다. 보통강이 내려다보이는 초대소 안에는 김정일과 경제협력 위원장 김용순, 그리고 정몽헌과 김운규 넷이 둘러앉아 있었는데 분위기가 무거웠다.

"임동원이 미국대사로 나갔고, 거기에다"

두 손으로 턱을 고인 김정일이 입술 끝을 구부리며 웃었다.

"금강산 관광은 중지된 데다 현대건설도 곧 문을 닫는단 말이지?"

정몽헌이 입안에 고인 침을 삼켰다. 국내 소식을 김정일을 통해 듣는 것이다. 어쨌든 악재의 연속이다. 임동원을 미국 대사로 보낸 것은 누가 봐도 이제까지의 남북 관계를 새롭게 정비하겠다는 의도였으며 정형근이 그 척도이다. 정형근은 DJ의 저격수로만 알려졌으나 전에 안기부 대공 수사국장이었을 때 공산당 잡는 것으로 악명을 떨친 악질 반동이었다.

"김대중이 미국 다녀와서 완전히 변해 버렸어. 북남 관계를 다시 원점으로 되돌려 놓은 거야."

김정일의 거침없는 목소리가 이어졌다.

"악질 반동 정형근이를 국정원장으로 임명하다니, 이것은 나에 대한 도전이다."

"국내 사정이 좋지는 않습니다."

겨우 정몽헌이 입을 열었다.

"경제가 어려워지는 데다 국민들이 정치권에 염증을 내고 있어서요."

"그렇다고 이렇게 배신을 한단 말인가?"

잇새로 말한 김정일이 정몽헌을 노려보았다.

"노벨상 타려고 이제까지 연극을 한 거야."

"그럴 리가 있겠습니까?"

정몽헌이 겨우 그렇게 말하고는 힐끗 김운규를 보았다. 김운규는 놀랐는지 아직 입도 떼지 않고 있었다. 그때 김용순이 가볍게 헛기침을 했다.

"어쨌든 입산료를 깎을 수는 없습니다. 계약한 대로 지급을 해주시오."

김정일의 분위기를 읽은 그가 대신 결정을 내린 것이다.

"만일 이번 달부터 입산료를 못 내겠다면 고성항 시설이나 현대 재산을 압류하겠습니다."

"아니, 이것 보십시오."

그제야 정신이 든 듯 김운규가 김용순을 똑바로 보았다.

"저희들은 어떻게든 해결책을 찾으려고 온 것입니다. 한국이 저렇게 막혔으면 북한 쪽에서라도 활로를 만들어 주셔야지요."

김정일의 시선이 꽂혀 있었으므로 김운규는 더 이상 말을 잇지 않았다. 그러나 자신이 뱉은 말의 공허함 때문인지 어깨를 늘어뜨렸다. 한국이 막혔는데 북한이 양보할 리가 없는 것이다. 이것은 억지소리나 같다. 그때 김정일이 턱을 고인 손을 풀더니 의자에 등을 붙였다.

"좋아, 입산료는 올해 말까지 받지 않기로 하지. 4월분부터 말이야."

그가 정몽헌을 똑바로 보았다.

"정 회장, 그러면 현대아산은 살아날 수 있겠어?"

"그, 그야 물론이지요."

정몽헌의 눈에 금방 물기가 번지더니 안경을 벗고 손등으로 눈을 씻었다.

"고맙습니다, 위원장님."

"야, 형님이라고 부르라고 했지?"

눈을 치켜뜬 김정일이 혀를 찼다.

"사내새끼가 그깟 일로 찔찔 대냐, 야."

초대소의 방으로 돌아온 정몽헌이 씻고 났을 때 김용순이 다시 찾아왔다. 김운규가 서둘러 따라 들어왔으므로 방에는 셋이 모여 앉았다.

"금강산 관광은 언제 시작됩니까?"

김용순이 확인하듯 묻자 정몽헌이 자신 있게 대답했다.

"내가 돌아가는 즉시로 시작할 겁니다."

"그런데 건설의 자금사정이 그렇게 어렵습니까?"

"예, 어렵습니다."

대답은 김운규가 했다. 순발력이 뛰어난 김운규가 말을 이었다.

"정부에서 손을 뗀 상태라 4월 중에 정리가 되어야 할 것 같습니다."

"지도자 동지께서 답방하시면 현대 문제를 상의하실 겁니다."

정색한 김용순이 정몽헌을 보았다.

"현대가 그렇게 된 것은 대북 사업 영향도 있다는 걸 압니다. 그런데도 한국 정부는 나 몰라라 하는 모양이지만 우리 공화국은 다릅니다. 어떻게든 힘써 보시겠다고 지도자 동지도 말씀하셨습니다."

정몽헌이 놀라 김운규를 보더니 머리를 끄덕였다.

"그렇게까지 신경을 써 주시니 뭐라고 드릴 말씀이 없습니다. 지도자 동지께 고맙다는 말씀이나 전해 주십시오."

김용순이 나가자 초대소 현관까지 배웅하고 돌아온 정몽헌과 김운규는 마주보고 앉은 채 한동안 입을 열지 않았다. 이윽고 김운규가 상기된 얼굴로 정몽헌을 보았다.

"어떻게 도와주신다는 말일까요?"

입술만 달싹이며 김운규가 물었으나 정몽헌은 가볍게 헛기침을 하더니 대답하지 않았다. 도청하고 있는지도 모르는 것이다.

상도동 저택의 응접실에는 오늘도 박종웅이 국회 회기 중인데도 출근해 있었다. 민주당과 한나라 양당의 수뇌부가 모두 부정하고 있었지만 정형근의 국정원장 기용으로 합당설은 더 무르익었고 그와 비례해서 YS의 비중도 더 커진 것이다. 어제만 해도 부산과 경남지역의 한나라당 현역 의원 10여 명이 다녀갔는데 민주 산악회는 자연스럽게 다시 가동되고 있었다. 정치는 생물(生物)이라는 표현이 딱 들어맞는 현상이었다. 부침을 계속하면서도 끈질기게 살아 움직인다. 오전 10시가 되었을 때 현역 의원 셋과 응접실에 앉아 있던 박종웅은 서둘러 서재에서 나오는 비서관 이하섭을 보았다. 이하섭이 곧장 그에게로 다가와 섰다.

"박 의원님, 각하께서 들어오시랍니다."

그들은 아직도 YS를 각하라고 부른다.

박종웅이 서재로 들어섰을 때 소파에 앉아 있던 YS가 박종웅을 보았다. 상기된 표정이었다.

"김대중이가 지금 온다꼬 연락이 왔는데, 니가 옆에 있그라이."

"대통령이 말씀입니까?"

놀라서 되물었던 박종웅이 헛기침을 하고는 정신을 가다듬었다. 하긴 요즘 DJ의 행보를 봐서는 놀랄 일도 아니다.

"알겠습니다. 제가 수행하겠습니다."

"이회창이는 속일 수 있을지 몰라도 나는 안 될 끼다."

"그러믄요, 각하."

"내가 한나라당을 흔들 것 같으니까 이회창이 부탁을 받고는 무마하려고 오는 설 끼다. 내 그 넘 속을 뻔히 안다."

"그렇겠지요."

"둘이서 이야기하자꼬 하겠지."

그러고는 YS가 풀썩 웃었다.

"술수 쓰다간 나한테 되치기 당하제. 택도 없다카이."

대통령이 도착한 것은 그로부터 40분쯤 후인 11시경이었다. 이미 언론사에도 정보가 간 모양으로 저택 앞 골목에는 수십 명의 기자들이 기다리고 있다가 플래시를 터뜨렸다. YS는 현관 앞에서 대통령을 맞았다.

"이기 우인 일이오?"

YS가 다소 과장되게 눈을 치켜뜨고는 대통령을 보았다.

"요짐 당신은 마치 홍길동이 같구마."

"아따. 그만 좀 혀."

쓴웃음을 지은 대통령이 응접실에 둘러 선 10여 명의 면면들을 둘러보았다. 시선이 마주치자 모두 머리를 숙여 보였는데 대부분이 한나라당 현역 의원들이다.

오늘은 대통령이 한광옥과 공보수석 박준영도 동행시켜서 응접실이 좁았다.

"자, 안으로 듭시다."

앞장선 YS가 서재로 대통령을 안내했다. 뒤를 한광옥과 박종웅이 따랐으므로 서재에 들어선 사람은 넷이었다.

"앉으십시다."

상석에 앉으면서 YS가 손으로 앞쪽 소파를 가리킨 순간 박종웅은 긴장했지만 대통령은 잠자코 앉았다.

"집이 좋습니다."

서재를 둘러보는 시늉을 하며 대통령이 말하자 YS가 피식 웃었다.

"당신 집은 더 좋게 만들더구만, 머."

"아버님은 건강하시지요?"

대통령이 그대로 정색하고 묻자 YS도 그때서야 얼굴을 굳혔다.

"건강하시지만 원체 노령이시라."

"언지 한번 마산으로 가서 인사를 올려야 할 틴디."

"아서요, 아서."

정색한 YS가 손까지 저었다.

"이 양반이 노친네들 찾아 가는 기 재미 붙인 모양이오? 아서요, 우리 아버님은 이회창 씨 부친하고 다르단 말이오. 요즘 가뜩이나 식욕이 없으신데."

"그런데"

대통령이 YS를 똑바로 보았다.

"정형근 의원이 곧 의원직을 사퇴하게 되었습니다."

"국정원장 감투를 썼으니 여한이 없겠제. 그깟 의원이야 버리는 기 아까울 것 없지."

냉큼 말을 뱉었다가 YS가 의심쩍은 시선으로 대통령을 보았다. 머리 회전 속도는 YS도 대통령에 뒤지지 않는다.

"그라모 정형근이 지역구에 민주당 인사를 심을 끼요? 이회창이하고 합의를 하겠구마."

정형근은 부산 지역이니 YS의 영역권 안에 들어간다. YS가 작심하고 공작을 하면 누가 되었건 의원 배지를 붙이기 힘들 것이었다. YS가 의자에 등을 붙이더니 눈을 가늘게 뜨면서 실웃음을 지었다.

"이봐요. 잘못 오셨어. 난 당신네들 작전에 협조해 줄 의사가 추호도 없으니까 그리 아시오."

"현철이를 민주당 간판으로 내보냅시다. 난 그걸 상의하러 온 거요."

불쑥 대통령이 말하자 박종웅이 숨을 멈췄고 YS는 눈만 끔벅였다.

못 알아들은 것 같았다. 그러더니 어깨를 부풀렸다가 내리면서 풀썩 웃었다.

"이 양반이 요즘 정말 이상하구마."

"한나라당 당적이라두 상관없어요."

"지금 장난하는 거요?"

"내가 장난하는 것 같으요?"

대통령이 정색했고 두 전현직 대통령은 눈싸움이라도 하는 듯이 서로를 노려보았다. 이윽고 YS가 입을 열었다.

"한나라당은 안 돼."

"김현철이가 민주당 간판으로 나간단 말이지?"

눈을 치켜뜬 JP가 잇새로 말했다. 언제나 온유한 표정의 JP로서는 아주 드문 경우였다. 청구동 저택의 응접실에는 오늘은 이한동 총리까지 와 있어서 둘러앉은 머릿수만 7~8명이 되었다. 원내총무 이양희가 조심스럽게 입을 열었다.

"일이 아주 우습게 되어 버렸습니다. DJ가 한 방에 YS를 날려 버린 꼴입니다."

"말은 똑바로 혀."

JP가 이양희를 노려보았다.

"DJ가 한 방에 나허구 김윤환이, 그리고 한나라당 불만 세력을 날려 버린 것이여."

방 안이 조용해졌고 JP의 말이 이어졌다.

"내가 DJ를 30년이 넘게 겪었지만 이런 일은 첨이여. 도무지 예측헐 수가 없어."

72

오후 12시 30분이 되어 가고 있었지만 손님을 맞은 JP는 아직 점심 준비하라는 말도 하지 않았다. 대통령은 10분 전에 상도동을 떠나 청와대로 가는 중이었는데 김현철이 민주당 공천으로 정형근의 지역구에서 출마한다는 정보는 현장에 있던 의원 하나를 통해 조금 전에 전해졌다. YS가 정보 통제를 하지 않는 이유도 알 만했다.

DJ보다 오히려 순발력이 높은 YS인 것이다. 김현철이 민주당 후보로 나오는 이상 갈등은 빨리 진정시킬수록 이득이었다. 그때 전화벨이 울렸으므로 전화기 가까운 곳에 있던 정우택이 전화를 받았다. 그러더니 화들짝 놀란 표정이 되어 허리를 폈다.

"아, 예. 안녕하십니까. 저는 정우택 의원입니다."

모두의 시선이 모였으나 정우택은 전화에만 집중했다.

"예, 지금 옆에 계십니다."

그러고는 JP를 힐끗 바라보았다.

"잠깐만 기다려 주십시오."

자리에서 일어선 정우택이 전화기를 JP에게 내밀었다. 상기된 표정이다.

"대통령이십니다."

이미 눈치를 채고 있던 JP가 헛기침을 하고는 전화기를 받았다.

"예, 김종필입니다."

응접실 안은 숨소리도 들리지 않았고 몇 번 대답을 하던 JP가 전화기를 내려놓더니 입술 끝을 구부리고 웃었다.

"대통령이 일로 오신다는구먼. 바쁘게 댕기시네, 그 양반."

대통령이 청구동에 도착했을 때 이한동 총리와 의원 대부분은 서둘러 떠난 후라 정우택과 이양희 둘만 JP와 함께 있었다. 대통령은 JP와 둘이서 서재로 들어가 마주앉았을 때 입맛을 다셨다.

"점심을 걸러서 시장헌디, 라면이나 하나 끓여 먹읍시다."

"아니, 라면이라니요."

저도 모르게 풀썩 웃은 JP가 옆에 놓인 전화기를 집더니 점심상 볼 것을 일렀다.

"내가 시방 상도동에 댕겨오는 길입니다."

대통령이 느릿한 목소리로 말을 이었다.

"김현철이를 정형근 씨 지역구에 출마시키기로 합의를 했습니다."

"아아, 예."

시치미를 뚝 뗀 JP가 대통령을 보았다.

"민주당으로 말씀입니까?"

"한나라로는 안 가겠다고 해서요."

"이 총재하고는 상의하셨습니까?"

"어젯밤에 상의했어요."

"요즘은 참."

JP가 웃음 띤 얼굴로 대통령을 보았다.

"지가 정신을 차릴 수가 없습니다. 너무 갑작스러운 일들이 자주 일어나는 통에."

"진작같이 상의를 혔어야 되었는디."

정색한 대통령이 말을 이었다.

"김 총재가 다 이해허시리라고 믿어서 이렇게 늦게사 왔습니다."

"그렇다면 당은 어떻게 운영하실 겁니까?"

JP가 조심스러운 표정으로 대통령을 보았다.

74

"지금 한나라당과의 합당설이 분분한 데다 YS 측까지 끌어들이셨으니 당내에서는 갖가지 소문이 난무하고 있습니다."

"그래서 내가 찾아온 것인디."

문이 열리더니 비서관이 점심 준비가 되었다고 알렸지만 JP는 머리만 끄덕이고 대통령의 다음 말을 기다렸다. 대통령이 머리를 들고 JP를 보았다.

"나는 민주당 당적을 버릴라고 헙니다."

놀란 JP가 입만 떡 벌렸을 때 대통령이 말을 이었다.

"명예직도 차지 안 허고 당은 대표허고 최고 위원들이 운영허도록 헐랍니다."

"그렇게 되면 당이 흔들릴 텐데요."

정색한 JP가 말을 이었다.

"너도나도 대권 경쟁에 나서지 않겠습니까? 모처럼 한나라당과 좋은 분위기가 되었는데 말입니다."

"대권에만 눈이 벌게진 사람은 저절로 도태되겠지요. 나는 당이 자율적으로 처리하도록 할랍니다."

"허어, 이것 참."

JP의 얼굴은 놀람을 지나 허탈한 표정이 되었다. 그로서는 요즘 대통령의 행보를 전혀 예측할 수가 없었던 것이다.

만일 대통령이 민주당 당적을 버린다면 대권 주자들은 너도나도 세력을 모으기 시작할 것이다. 이것이 내분으로, 나아가서는 분당(分黨)까지 발전될 수도 있다.

그러나 국민들은 적극 환영할 것이다. 특히 경상도의 인심이 호의적으로 돌아설 것은 분명했다. 당적을 버린다면 분명히 쇼가 아니라는 증명도 된다. DJ가 마음을 비웠다는 명백한 표시인 것이다.

"김대중이 쑈하는 기라."

최만성이 벌게진 얼굴로 박대구를 보았다. 동네 돼지 갈빗집 안에는 술 마시기에 아직 이른 오후 5시여서 손님이 그들 둘뿐이었다.

"모두 정권을 재창출하려는 수작이다 아이가? 우리가 그노마 그짓말에 한두 번 속았나?"

소줏잔을 쥔 채 열변을 토하는 최만성도 개인택시 영업자로 박대구와는 10년 가깝게 알고 지낸 사이지만 친해진 것은 DJ 정권이 들어서면서부터였다. 고향이 대구인 최만성과 전남 나주 태생의 박대구 모두가 전형적인 문딩이와 하와이였기 때문이다. 그런데 DJ 정권 1년이 지나면서부터 기사식당에서 부딪쳤을 때마다 슬슬 박대구의 불만이 터져나왔고 억누르고만 있던 최만성의 안테나에 그것이 수시로 감지되었다. 같은 동네에 살면서도 소가 닭 보듯 지나던 사이였다.

이윽고 DJ 정권 3년이 지났을 때 그들은 반DJ 그룹의 현장 요인처럼 뭉쳤는데 호흡이 맞았다. 그래서 똑같이 쉬는 오늘도 일찍부터 만나 DJ를 성토하기 시작한 것이다. 최만성이 소주잔을 들어 한 모금에 삼켰다.

"영샘이가 당헌기라, 현철이가 당선은 되겠지만 왕따가 될 기 틀림없데이. 현철이가 민주당에서 우짤 끼고?"

김현철이 민주당에 입당한 것은 어제였다. 그제 대통령이 YS를 찾아간 다음날에 입당한 것이다. 그리고 의원직을 사퇴한 정형근의 부산지역구의 민주당 후보로 오늘 김현철은 공천을 받았다.

일사불란한 움직임이라기보다 숨 돌릴 겨를도 없이 빠른 행보여서 언론도 갈팡질팡 했다. 제대로 된 정세 분석이 나오려면 며칠은 걸릴 것이었다. 술잔을 내려놓은 최만성이 눈을 가늘게 뜨고 박대구를 보았다.

"니, 오늘은 와 말이 없노?"

"오늘 DJ가 JP허고 무신 말을 혔을까?"

불쑥 박대구가 묻자 최만성이 입술 끝을 비틀며 웃었다.

"뻔허지 않겠나? 합당하자고 했을 끼다. JP를 통합 여당의 총재로 시켜주겠다꼬 했겠제. 요즘 불안해진 JP는 그 말을 듣고 흐뭇했을 끼구마."

박대구가 눈을 껌벅이며 가만있었다. 아마 국민들의 태반이 그렇게 예측하고 있을 것이었다. 이제까지 정치인들의 행태는 뻔해서 제 아무리 말을 바꾸면서 수작을 부렸지만 결과는 꼭 국민들이 예측한 대로 나타났다. 이제는 속아 넘어가는 국민들이 거의 없다고 해도 과언이 아닐 것이다.

저녁 7시가 되었을 때 청와대의 소식당에는 민주당의 대표인 김중권과 12명의 최고위원, 거기에다 사무총장과 정책위의장, 원내총무, 지방자치위원장, 대변인, 총재 비서실장까지 당 핵심인물들이 다 모였고, 청와대에서는 비서실장과 정무, 정책수석, 공보수석이 장방형의 식탁에 둘러앉아 대통령을 기다렸다. 대통령은 오후에 JP를 찾아가 둘이서 점심까지 같이 먹으면서 두 시간 동안이나 밀담을 나눴는데 그 내용은 밝혀지지 않았다.

JP가 입을 철통처럼 다물고는 딴 소리만 늘어놓았던 것이다. 대통령이 의전 비서관의 안내를 받으며 식당 안으로 들어서자 모두 자리에서 일어섰다. 대통령은 웃음 띤 얼굴로 그들을 둘러보았지만 전처럼 하나씩 악수를 하지는 않았다. 이렇게 식탁에 앉아 기다리게 하는 것도 처음 있는 일이었다.

대통령이 중앙의 좌석에 앉자 모두 다시 앉았다. 이미 식탁 위에는 밥과 찬이 각각의 앞에 놓여 있었으므로 주방 직원들이 더운 국을 날라 와 앞에다 놓았다. 닭살을 얇게 발라놓은 닭국 냄새가 식당 안에 번졌지만 식욕을 느낀 사람은 하나도 없는 것 같았다. 아침에 청와대에서 만찬 초대를 한 터라 몇 명은 지역구에 내려가 있다가 정신없이 올라왔고 일본 출장 중이던 신낙균은 비행기를 겨우 얻어 타고 간신히 시간을 맞춰 왔다. 대통령이 수저를 들더니 생각났다는 듯이 좌우를 둘러보았다. 대통령은 이제까지 아무 말도 안 했던 것이다.

"이 안에 다음 대통령이 있으까 모르겠네요잉?"

순간 식당 안은 숨소리도 들리지 않았다. 다른 때 같으면 농담으로 넘길 만한 말이어서 한광옥부터 먼저 웃었겠지만 모두 긴장으로 몸을 굳혔다. 대통령의 시선이 김중권에게 옮겨졌다.

"내가 당 총재로 있는 한 아무리 애를 쓴다고 해도 호남 지역당이라는 편견에서 벗어날 수가 없다는 것을 느꼈어요."

당황한 김중권이 침만 삼켰고 대통령은 주위의 인사들을 부드러운 시선으로 둘러보았다.

"그래서 난 민주당 당적을 버리기로 결심했습니다. 앞으로 당은 여러분들이 맡아서 이끌어 가세요."

"그건 안 됩니다."

갑자기 한화갑이 나섰으므로 분위기가 술렁였다. 한화갑이 상기된 얼굴로 대통령을 보았다.

"그러면 당이 깨집니다. 너도나도 대권경쟁에만 나설 테니 사분오열될 것이고 한나라당만 득을 보게 됩니다."

"맞습니다."

이해찬과 박상천이 거의 동시에 말했고 식당 분위기는 어수선해졌다. 그러자 정색한 대통령이 헛기침을 했으므로 다시 조용해졌다.

"내가 당을 떠나기 전에 당헌을 몇 개 고칠까 합니다. 올해 연말에 전당 대회를 통해 대선후보를 결정하도록 합시다. 앞으로 반년 이상 시간이 있으니 대선후보로 나설 사람들은 당과 국민에게 자신의 자질과 비전을 충분히 내보일 수가 있을 거요."

대통령의 목소리가 다시 식당을 울렸다.

"내가 당을 떠나 있으면 해당(害黨) 행위를 하거나 오직 대권만을 위해 파당을 모으는 자들이 더 잘 보일 거요. 그때는 내가 국민과 함께 그 자를 심판할 것입니다."

차가 청와대의 정문을 나왔을 때 한화갑이 옆에 앉은 원내총무 이상수를 보았다. 이상수가 한화갑의 차에 동승한 것이다.

"대통령이 마음을 비우신 건 사실인 것 같은데."

그가 길게 숨을 뱉었다.

"아무리 견제 장치를 만들어 놓는다고 해도 내일부터 대권경쟁이 치열해지겠구면. 말릴 수가 없을 거야."

"너무 일찍 시작된 것 같은데요."

어깨를 늘어뜨린 이상수도 입맛을 다셨다.

"내년 초쯤 탈당하시고 6개월쯤 전에 대선후보를 선출하는 것이 적당했습니다. 저는 지금도 정신이 하나도 없습니다."

"나도 그래."

한화갑이 쓴웃음을 지었다.

"근래에 들어서 나는 대통령이 전혀 다른 분인 것 같은 생각이 자주 들어. 내가 모시던 분이 아닌 것 같단 말이야."

"내일 발표를 하신다니 또 한 번 정국이 떠들썩해지겠습니다. 한나라당은 환영 발표를 해주겠구먼요."

"입버릇처럼 그렇게 요구해 왔으니 환영 안 한다면 사기꾼들이지."

"김 대표 장악력이 떨어지게 되겠네요."

혼잣소리처럼 말한 이상수가 힐끗 한화갑을 보았다.

"경상도 후보론도 힘을 잃게 되었습니다. 그렇지 않습니까?"

한화갑은 앞쪽만 바라본 채 대답하지 않았다. 김중권의 배후에 대통령이 있었기 때문에 경상도 후보론까지 내세우며 기세를 올려온 것이다. 그러나 대통령이 당적까지 버리고 물러나면 김중권은 단숨에 전락한다. 더구나 그는 현역 의원도 아닌 것이다. 앞으로 당은 최고위원들과의 합의에 의해 민주적으로 운영토록 하라는 대통령의 충고가 있었지만 그렇게 되리라고 아직 아무도 보장 못 한다.

이상수가 힐끗 뒤쪽을 보는 시늉을 했다.

"이 최고가 대단히 고무된 표정이었습니다. 이제 마음놓고 해볼 만하다고 생각했겠지요."

"아마 이 최고 쪽에서도 내 표정을 그렇게 읽었을 거야."

좌석에 등을 붙인 한화갑이 뱉듯이 말했다.

"다 자기 기준으로 판단을 내리게 마련이거든, 어쨌든 싸움은 시작되었어."

다음날 오전 10시 정각에 청와대 대변인인 공보수석 박준영은 언론사를 모아놓고 짤막한 발표를 했다. 그것은 대통령이 오늘부터 새천년 민주당 당적을 떠나 국정에만 전념한다는 것이었다.

따라서 민주당은 당대표 김중권과 12명의 최고위원 체제로 운영되며, 연말에 민주당전당 대회에서 대선후보가 선출될 것이라고 했다. 3분도 안 걸리는 짧은 발표였지만 충격은 컸다. 당사 총재실에서 TV를 지켜보던 이회창은 발표가 끝났을 때 옆에 앉은 부총재 최병렬을 보았다.

"DJ가 계속해서 충격적인 사건을 터뜨리는데, 달라지긴 한 것 같군."

정색한 최병렬이 머리를 끄덕였다.

"전 같으면 이런 발표도 그 양반이 직접 나서서 했을 텐데, 대변인을 시키는데요."

"당적을 떠났다고 해도 영향력이 감소된 것은 아닙니다."

옆쪽에 앉아 있던 이부영이 말했다.

"민주당이 무슨 당입니까? DJ당 아닙니까? 뒤에서 조종을 할 겁니다."

그러자 이회창을 비롯한 대부분의 인사들이 머리를 끄덕였다.

"김현철이 민주당 후보로 부산에서 당선될 테니 DJ는 기어코 부산에다 깃발 하나를 꽂았구먼. 아주 교묘해."

김진재가 혼잣소리처럼 말하자 강삼재가 힐끗 시선을 주었다. 김진재는 정형근이 의원직을 내놓았다는 사실도 뒤늦게 알게 된 터라 소외감을 느낀 것이다. 그러자 박희태가 헛기침을 하고 나섰다.

"거, 김현철이 당선되고 나서 우리 당으로 빼내오면 되지 않소? 민주당이 시끌시끌해지고 배짱이 맞지 않으면 YS가 가만 둘 것 같습니까?

거, 신경쓰지 마시오.”

“그것도 그럴 듯하네.”

하순봉이 웃음 띤 얼굴로 말하자 분위기가 가벼워졌다. 정형근은 국정원장이 되고 나서 의원직도 내놓았지만 한나라당과 맥을 통하고 있는 것이다. 거기에다 이회창은 안보회의에 참석하여 국가기밀을 보고받는다. 산술적으로 계산해도 이쪽이 손해라고 하는 사람은 거의 없다.

오후 3시에 국정원장 정형근은 하얏트 호텔의 객실에서 현대 그룹 회장 정몽헌과 마주앉았다. 건설 사장 김윤규가 정몽헌을 따라왔지만 정형근이 둘만의 독대를 고집해서 주차장의 차 안에 남았다.

정형근은 요즘 밤 12시가 넘어서야 집에 돌아갔는데 국정원장이 된 지 열흘 만에 국정원의 대폭적인 인사를 마무리했다. 국정원의 대공 조직은 다시 강화되었다. 이른바 보수 우익 세력으로 진용이 갖춰진 것이다. 정형근이 조그만 탁자를 사이에 두고 앉아 정몽헌을 바라보았다. 정몽헌은 조금 불편한 기색이었다.

“김정일이 입산료를 올해 말까지 받지 않는다니 특혜를 받으셨군요.”

정형근이 부드러운 시선으로 정몽헌을 보았다.

“그런데 언제 답방하겠다는 말은 없었습니까?”

“그런 말은 없었습니다.”

“한국의 현정권에 대해서는 뭐라고 안 하던가요? 예를 들어서 내가 국정원장이 된 것에 대해서라든지.”

“남북 관계가 다시 원점으로 돌아갔다는 말은 하던데요.”

그러나 김정일은 정형근을 국정원장에 임명한 것은 도전이라고 말했던 것이다. 정형근이 머리를 끄덕였다.

"그럴 만도 하지요. 대통령께서 미국에 다녀오신 후부터 진전된 일이 없는 데다 내가 국정원장이 되고 야당 총재가 안보회의에 출석하는 상황이 되었으니까 말입니다."

정몽헌이 힐끗 정형근에게 시선을 주었다.

호텔 객실에서 만나고는 있지만 불려와 취조당하는 기분을 떨칠 수가 없었다. 정형근의 분위기는 임동원과 너무 차이가 났다. 이쪽은 표정을 아무리 부드럽게 펴고 있어도 적대적이라는 선입관이 지워지지 않았다.

"김정일로서는 현대가 넘어지는 것이 바람직한 일이 아니겠지요. 그렇지 않습니까?"

웃음 띤 얼굴로 정형근이 자신의 말에 대답했다.

"현대를 살려놓아야 어떻게든 돈줄이 이어질 테니까요. 북한이 양보해 주었으니 이쪽도 자금이 풀리기를 기대하는 모양이구먼요."

그러나 현재로서는 절망이다. 김정일의 파격적인 양보를 받아왔지만 한국에서의 상황은 더 악화되어 있었다. 건설은 이제 4월 말에 부도를 맞게 될 것이다. 그리고 전자도 마찬가지여서 특단의 조처를 강구해야만 할 처지였다.

3장
목숨을 걸고

　김현철의 민주당 입당과 공천이라는 단 한 방으로 한나라당 부경 세력의 이탈을 종식시킴과 동시에 민주당의 분위기를 진정시킨 효과를 내었지만 대통령의 탈당은 다시 정국을 소용돌이 속으로 빠뜨렸다. 한마디로 전혀 예측불허의 사건들이 한 달 사이에 연거푸 터져 나온 것이다.

　그러나 정치권의 이번 혼란은 다른 때와는 달랐다. 정치라면 염증을 내며 머리를 돌렸던 대다수의 국민들이 서서히 호기심과 신선감을 느끼기 시작했던 것이다. 따라서 요즘만큼 언론에서 정치 관련 기사를 신바람나게 보도한 때도 국민의 정부에 들어서 처음이었다. 그러나 언론도 정치권의 변화를 제때 따라잡지 못했다. 대통령이 일으킨 돌발 사건들이 그들 모두의 선입견에서 벗어나 있었기 때문이다. 다만 한 가지 공통적으로 확인된 사실은 있었다. 그것은 한국 정치가 바뀌든지, 뒤집어지든지 어쨌든 변화를 가지려면 대통령의 행태 하나에 의해서 그렇게 된다는 것이었다.

　대통령이 변하면 정치 체제도, 민주화도, 하다못해 개인택시 운전사의 사고까지도 변할 수 있다는 증명이 된 것이다. 이제까지 제왕적 대통령으로 군림해 왔다는 말까지 들어 온 DJ였다.

물론 본인이 원치 않았더라도 난데없이 연어처럼 충성하겠다는 자민련 이적파 모 의원의 돌출 발언으로 난처한 경우도 일어났지만 전체적인 분위기는 그렇게 만들어져 간 것이 사실이다.

대통령이 탈당 발표를 한 지 열흘이 지난 4월 25일 오후에 현대건설은 법정 관리로 들어갔다. 이것은 이미 3월 중순에 대통령이 이회창 총재를 안보회의에 참석시켰을 때부터 예상되었고 정형근의 국정원장취임에서 분위기는 더 굳어진 터라 파장이 컸지만 충격적인 뉴스는 아니었다. 그러나 이제까지 쏟아부었던 막대한 자금이 국민 부담으로 넘어왔고 수천 개의 하청 재하청 업체들의 연쇄 도산으로 이어졌다. 정몽헌은 평양 방문에서 입산료 면제의 특혜까지 받아왔지만 정부 반응은 냉담했던 것이다.

그날 저녁 8시 정각에 대통령은 KBS 채널 한 곳만을 빌려 대국민방송에 모습을 나타내었다. 그로서는 미국에 다녀온 후로 TV 출연이 처음이었으며 변혁이 시작된 후로도 처음이다. 대통령은 집무실의 책상에 앉아 이쪽을 똑바로 바라보았다. 노타이셔츠에 밝은 색 양복 차림의 대통령이 입을 열었다.

"친애하는 국민 여러분, 안녕하십니까? 저녁의 황금 시간대를 빌려 국민 여러분께 말씀을 올리게 되어서 대단히 미안하게 생각하고 있습니다."

"달라졌긴 해요. 저런 사과도 하다니."

대통령이 잠깐 말을 멈췄을 때 부총재 하순봉이 말했으나 아무도 대답하지 않았다. 한나라당 간부 회의실 안에는 이회창을 중심으로 10여

명의 부총재와 당 간부들이 둘러앉아 TV를 보는 중이었다. 대통령의 말이 이어졌다.

"여러분, 오늘 현대건설이 법정 관리에 들어갔습니다. 이것은 현대의 경영 잘못도 있지만 정부가 정치적, 정략적 수단으로 현대를 이용했던 원인이 더 큽니다. 이것은 모두 대통령인 제 책임이올시다. 이제 와서 현대를 법정 관리에 들어가게 한 것도 제 잘못이올시다."

대통령이 잠시 말을 멈췄으나 회의실 안에서는 아무도 입을 열지 않았다. 대통령이 이쪽을 똑바로 보았다.

"남북 관계는 앞으로 투명하게 진행될 것입니다. 북에 대한 자금 지원도 모두 국회의 동의하에 이루어질 것이며 또한 어떤 정치적 목적으로도 대북 관계가 성립되어서는 안 될 것입니다. 나는 오늘 현대 사태에 대한 사과 말씀과 함께 국민 여러분께 이 약속을 드리려고 합니다."

회의실 안의 정적을 깨뜨리며 대통령의 말이 이어 울렸다.

"여러분, 다시 한 번 정부를 믿고 힘을 실어 주십시오. 저도 이제 초심으로 돌아가 이 목숨이 다할 때까지 국가 경제의 재건과 도약을 위해 노력할 각오입니다. 국민 여러분, 임기가 끝나면 과오에 대한 심판을 달게 받겠사오니 저와 함께 난국 극복에 동참해 주시기를 부탁드립니다."

그리고는 대통령이 이쪽을 향해 깊게 머리를 숙였으므로 저도 모르게 따라서 머리를 숙이려던 권철현은 헛기침을 했다. 그만큼 몰두하고 있었던 것이다.

"쪼끔 믿음성은 가는고만 그려."

연설이 끝나고 한참이나 지난 후에야 박대구가 말했다. 흑석동의 기사식당에는 운전기사들로 꽉 차 있었는데, 박대구의 앞에는 최만성이 앉아 있었다. 오늘 8시에 대통령 담화가 있다는 발표를 보고 이곳에서 만나기로 한 것이다. 식당 안은 기사들이 일제히 갑론을박하는 통에 다시 떠들썩해졌다. 모두 어지간한 정치학 교수보다 더 현실적인 데다가 박학해서 잘못 입을 열었다간 망신당하기 십상이다. 눈만 끔벅이고 있던 최만성이 입술 끝을 비틀며 말했다.

"넌 라도라 후딱 변하는고마. 난 아직도 멀었다."

"이 시키야 내가 언지 후딱 변했다는 거여? 쪼끔 믿음성은 간다고 혔지."

박대구가 눈을 부릅떴다. 그러나 그만해도 박대구에게는 큰 변화인 것이다. 전에는 대통령이 TV에 나오면 아예 채널을 돌려 버렸으니까. 식당을 나온 박대구가 차를 몰아 큰길로 들어섰을 때 40대쯤의 손님이 잠실을 가자면서 탔다. 한눈에 회사원으로 보였는데 몸에서는 돼지 갈비에 소주 냄새가 배어 있었다.

"기사님, 대통령 방송 들으셨소?"

엇비슷한 나이인지라 뒷좌석의 손님이 하오를 하며 물었다. 손님도 소주 마시면서 TV를 본 것이다.

"예, 보고 나온 길입니다."

백미러로 손님의 얼굴을 훔쳐본 박대구는 두어 마디의 말로 상대방의 고향도 알아내었다. 전라북도다. 같은 전라도지만 북쪽 억양은 약해서 충청도와 비슷하게 들리지만 박대구는 틀림없이 구분 해낼 수 있었다.

"어떻게 생각하쇼?"

손님이 묻자 박대구는 쓴웃음을 지었다. 윗사람에게 눌려 지내다

보면 먼저 터뜨리지 못하고 뒷북만 치는 사람 중의 하나인 것이다. 이런 족속들의 엉덩이를 긁어 주면 술김이지만 가끔 폭발하는 경우도 있다. 국립묘지 앞의 신호등에 멈춰 서면서 박대구가 혼잣소리처럼 대답했다.

"글쎄요, 쇼 같던데요."

사투리를 죽이고 마음에도 없는 소리를 뱉은 것은 상대방 반응을 떠보려는 것이다. 그러자 손님이 머쓱한 표정이 되더니 입맛을 다셨다.

"쇼라고 해도 신선헙디다. DJ가 그러는 꼴을 처음 봐서 그런 모양이오."

"그렇긴 합니다."

"요즘 DJ가 달라진 건 사실이오. 그렇게 생각허지 않으쇼?"

"그렇다고들 하던데요."

"첫째로 남북 관계를 정상으로 바로잡은 거요. 이회창이를 안보회의에 참석시킨 걸 봐요. 그것은 앞으로 비밀 협상은 없다는 뜻이란 말이오."

손님의 목소리가 높아질수록 박대구의 가슴도 뛰었다. 유도 작전에 걸린 손님이 자신이 하고 싶던 이야기를 대신 해 주고 있었기 때문이다. 상체를 세운 손님의 열변이 이어졌다.

"정형근이를 국정원장 시킨 것은 쇼 같았지만 나중 생각하니 아주 절묘했어. 임동원이하고는 가장 대조적인 데다가 한나라당이었단 말이오."

"한나라당이면 김용갑이도 있지 않습니까? 정형근이보다 더 세지 않아요?"

그러자 손님이 세차게 혀를 찼다.

"그 사람은 국정원 경력이 없어요. 총무처 장관출신이야."

"그렇군요."

차는 막히지 않고 잘 달렸다. 그리고 박대구는 잠실까지 괜찮은 기분으로 갈 수 있어서 기뻤다. 마음이 맞는 손님과 대화하며 가는 것은 언제나 즐거운 법이다.

현대 사태에 대한 경제적 충격은 컸다. 주가는 연일 폭락했고 실업자는 150만에 육박했으며 환율까지 1400원대로 치솟았다. 언론은 IMF 보다 더 큰 불황이 닥쳐올 것이라는 보도를 끊임없이 내놓았는데 어제 동아일보는 국가 파산 시나리오까지 특집으로 내놓아서 국민들을 불안하게 만들었다.

"이거, 너무한 것 아닙니까?"

공보수석 박준영이 스크랩한 동아일보 기사와 조선일보, 중앙일보의 사설들을 책상 위에 내려놓고는 한광옥을 보았다.

비서실장실 안에는 마침 경제수석 이기호도 앉아 있었는데 힐끗 기사들을 보더니 똥 밟은 얼굴이 되었지만 입은 열지 않았다.

"우리가 잘해 주면 고마운 줄 알아야지. 이건 선동입니다. 아주 악질적인 모략이라고요."

박준영의 얼굴은 상기되어 있었다. 2월부터 시작되었던 언론사 세무 조사는 공식 발표가 나지는 않았지만 이미 끝이 났다. 한 마디로 유야무야 된 것이다. 언론 탄압이라면서 저항했던 유력 일간지들도 세무 조사에 대해서는 이제 입을 열지 않았다. 따라서 박준영은 요즘 언론의 비판적인 경제 기사를 보면 분한 것이다.

이미 대통령이 잘못을 사과까지 했는데도 현대를 늦게 처리한 것에

서부터 의약분업의 실패, 대우차의 매각 지연, 공기업의 부실 문제를 집중적으로 비판만 하고 있다. 이러니 국민들의 불안심리가 가중되어 자연히 소비 위축과 투자 저하, 생산성 감소에다 경기 침체의 순으로 이어지게 되는 것이다.

한광옥이 입맛을 다시더니 이기호와 박준영을 번갈아 보았다.

"대통령께서 기사를 다 읽으셨어. 그러니 아무 말도 하지 마시오."

시계를 내려다본 한광옥이 자리에서 일어서자 두 사람은 잠자코 뒤를 따랐다. 대통령은 집무실의 소파에 앉아 있었는데 그들 셋이 들어서자 눈으로 앞쪽 자리를 가리켰다. 공식 일정을 훤히 꿰고 있는 박준영은 대통령의 요즘 스케줄이 예전의 70퍼센트 수준으로 낮춰져 있는 것을 안다. 전에는 숨 돌릴 사이도 없이 회의에다 접견, 방문 등으로 이어졌던 것이 지금은 집무실에 머무는 시간이 많아진 대신, 이한동 총리의 행보가 바빠지면서 위상도 높아지는 중이다. 대통령이 앞에 앉은 셋을 둘러보았다.

"저, 경제가 자꾸 가라앉는데, 그렇다고 뚜렷한 회생 기미도 보이지 않고."

박준영은 옆에 앉은 이기호가 긴장으로 몸을 굳히는 것을 느낄 수 있었다. 대통령이 소리 내어 긴 숨을 뱉자 이기호의 긴장감은 더 커졌다. 그때 한광옥이 헛기침을 했다.

"현대 파장은 곧 가라앉을 것입니다. 여론도 좋아지고 있는 데다"

"그래서 말인데."

시선을 든 대통령이 셋의 얼굴을 다시 훑어보았다.

"이 기회에 정리할 것은 한꺼번에 해야겠다는 생각이 들어서."

긴장한 셋이 모두 눈만 끔벅였고 대통령의 말이 이어졌다.

"운영이 방만하거나 수익성이 없는 공기업은 물론이고 관변 단체를 과감히 정리할 작정이오."

대통령이 앞에 놓인 서류를 그들 앞으로 밀어놓았다.

"노조가 들고 일어나겠지만 이번에는 결코 물러나지 않겠어. 이제까지 노조와의 합의는 백지로 돌리고 정부안대로 처리할 거요."

서류에다 시선을 준 이기호의 얼굴이 하얗게 굳어졌다. 이렇게 되면 거대 노조는 폭동을 일으킬지도 모른다. 지금도 양대 노조는 화염병을 던지며 격렬한 시위를 벌이고 있는 것이다. 대통령의 시선이 한광옥에게로 옮겨졌다.

"내일 아침에 총리를 비롯한 관계 장관 회의를 소집하시오. 내 생각에는 경제가 바닥으로 떨어지는 지금밖에 기회가 없어."

그날 저녁 7시가 되었을 때 인사동의 한정식집 해원의 주차장에 검정색 에쿠스가 두 대 들어섰다. 해원은 꽤 유명한 한정식 집이었지만 주차장이 좁아 겨우 7~8대의 승용차를 세울 공간밖에는 없었다.

그러나 에쿠스 두 대는 미리 비워진 공간에 세워졌는데 앞쪽 차에서 내린 인사는 대통령이었다. 반대쪽 문으로 한광옥이 따라 내렸다. 대통령이 해원의 마당으로 들어서자 대기하고 있던 마담이 허리를 꺾어 절을 했다. 긴장으로 얼굴이 뻣뻣하게 굳어져 있었지만 미인이었다.

"수고 많으십니다."

마루로 올라 안내하는 마담의 뒤를 따르며 대통령이 어울리지 않는 인사를 했으므로 마담의 걸음이 부자연스러워졌다. 복도 양쪽의 방들은 조용했다. 손님들을 받지 않은 것이다. 끝 쪽의 방 앞에 선 마담이 문을 열고 비켜서자 대통령은 안으로 들어섰다. 미리 연락을 받은 터라 방 안의 사내들은 모두 서 있었는데 분위기가 어색했다. 그것은 국정원장 정형근에다 검찰총장 박순용, 그리고 경찰청장 이무영이 한쪽에 서 있었고, 반대쪽에는 한국 노총의 이남순 위원장과 민주노총의 단병호 위원장이 나란히 있었기 때문이다. 그들과 차례로 악수를 나눈 대통령은 교자상의 안쪽 중앙에 앉았다. 이남순과 단병호는 대통령과 마주보는 위치였으므로 얼굴이 더 굳어졌다.

그들은 대통령이 저녁이나 같이 하자는 청와대의 연락을 받았을 뿐으로 검경과 정보기관장이 동석할 줄은 몰랐던 것이다.

교자상에는 이미 갖가지 요리가 차려져 있었는데 대통령이 부드러운 시선으로 좌우를 둘러보며 말했다.

"어떤 사람들은 내가 내통자일지도 모른다고 홈페이지에 썼습디다잉?"

그러자 정형근이 낮게 웃었다.

"대통령님하고 전(前) 국정원장 임동원 씨를 의심할 권리와 의무가 국민에게 있다고 했지요. 하지만 이제는 그렇게 생각하는 사람은 거의 없습니다."

"허긴 내가 조금 서둘렀어요. 경제부터 단단히 챙겨놓고 진행시켰어야 했는데."

그러고는 대통령이 젓가락을 들었다.

"자, 듭시다. 오랜만에 요릿집 회를 먹는구만."

이남순과 단병호는 시큰둥한 표정으로 젓가락을 들었지만 경계하는 기색이 역력했다. 정형근과 박순용 등도 그들을 소 닭 보듯이 해서 방안에는 한동안 씹는 소리만 났다. 아마 양쪽은 각각 대통령이 합석시킨 이유를 나름대로 추정하고 있을 것이었다. 그래서 대통령이 시선만 들어도 모두의 젓가락질이 그쳐졌다. 입안의 음식을 삼킨 대통령이 가볍게 헛기침을 했다.

"내일부터 공기업과 관변 단체 정리를 할 겁니다. 경영 실적은 모두 언론에 공표하고 민선 구조조정 위원회에서 결정한 대로 시행할 계획입니다."

놀란 이남순과 단병호가 대통령을 바라보았다. 이것은 선전 포고나 같다. 구조조정은 곧 대폭적인 인력 감축이며 노조의 붕괴를 의미하는 것이다.

"죄송하지만 받아들일 수 없습니다."

단병호가 먼저 다부지게 말했고 이남순도 어깨를 폈다.

"한국 노총도 마찬가지올시다. 이제 겨우 잠잠해져 가는데 이해할 수가 없습니다."

"토론하자면 끝이 없어요."

대통령이 정색했으므로 세 명의 검경과 정보기관 총수가 바짝 긴장했다. 방 안은 마치 시내에서 노조와 경찰이 맞서 있는 것 같은 긴박감이 덮였다. 대통령이 두 노조 지도자를 바라보았다.

"도와주시오. 경제가 바닥으로 떨어질 때 우리 한꺼번에 정리를 하십시다. 이번 기회를 놓치면 우리는 짐을 벗어 내기 어렵습니다."

"약속을 지켜주셔야 합니다."

강경한 목소리로 단병호가 말하자 정형근이 입맛을 다셨으나 대통령은 머리를 끄덕였다. 노사정 위원회의 합의 사항을 말하는 것이다.

"압니다. 내가 의욕만 앞서서 잘 합의가 될 줄 알았고 그러다 보니 이렇게 구조조정이 늦어졌지요. 하지만 이제는"

숨을 돌린 대통령이 부드럽게 말을 이었다.

"다소의 희생이 있더라도 구조조정을 추진할 생각이오. 그러니 경제가 회복이 될 때까지 두 분이 협조해 주시오."

"저는 그럴 능력이 없습니다."

이남순이 말했고 단병호는 머리부터 저었다.

"우린 정부를 믿지 못합니다. 극력 투쟁을 하겠습니다."

"이것 보시오."

그때 정형근이 참을 수 없다는 듯 눈을 치켜떴다.

"누구 앞에서 감히 투쟁을 한다는 거요?"

그러자 대통령이 손을 들어 정형근의 말을 막더니 길게 숨을 뱉었다.

"내가 여러분을 같이 모이게 한 것은 앞으로 집단 시위는 가장 강력하게 진압하겠다는 말씀을 드리고, 그 피해를 예방하기 위한 의견을 나누시라고 자리를 만든 겁니다. 이제 공권력은 법을 어긴 시위자에 대해서는 가차없이 법을 집행할 테니까요."

대통령은 애초부터 설득해 볼 작정이 아니었던 것이다. 이것은 위협을 지나 협박과도 같았다. 단병호가 이를 악물었을 때 박순용이 가볍게 헛기침을 했다.

"불법 시위자는 즉각 구속할 계획입니다. 주동자도 마찬가지입니다."

그때 경찰청장 이무영이 말을 받았다.

"현장에서 화염병을 투척하거나 흉기를 휘두르는 시위자는 무력으로 진압합니다."

목소리도 거칠었으므로 이남순과 단병호가 대통령 앞이었지만 눈을 치켜떴다. 그러나 이무영이 내쳐 말을 이었다.

"세계에서 화염병을 투척하는 시위대에게 방패와 소화기만을 들고 막는 경찰은 대한민국밖에 없었습니다. 이젠 그렇게 안 합니다."

대통령이 다시 길게 숨을 뱉었으므로 모두의 시선이 모였다. 대통령이 입을 열었다.

"여러분 내가 마음을 비웠다는 것만 알아주시오. 그리고 임기가 끝났을 때는 철저히 검증과 심판을 받겠습니다."

다음날 오전 안보회의가 끝났을 때 이회창은 대통령의 집무실로 들어가 둘이서 마주앉았다. 대통령이 의논할 문제가 있다고 했기 때문이다. 대통령의 표정이 어두웠으므로 이회창의 가슴에 조금 동정심이 일어났다. 경제 부처는 기를 쓰고 있었지만 현대의 여파는 컸던 것이다.

이대로 가다가는 동아일보의 기사처럼 국가 부도 상태가 될지도 모른다. 그때 대통령이 입을 열었다.

"이 총재께 부탁이 있습니다."

"말씀 하시지요"

이회창이 긴장했을 때 대통령의 말이 이어졌다.

"오늘 민주당에서 발의한 시위 관계 법안을 지원해 주십시오. 과격한 시위자나 주동자를 중형에 처한다는 법안입니다."

대통령이 탁자 위에 놓인 서류를 이회창에게 건네주었다.

"화염병이나 흉기를 휘두른 시위자는 징역 5년에다 벌금 1000만 원 이하의 형에 처한다는 내용이 포함되어 있습니다."

놀란 이회창이 서류를 들고는 훑어 읽었다. 대법원 판사 출신인지라 법안을 읽는 속도는 빨랐다. 이윽고 머리를 든 이회창이 대통령을 보았다.

"갑자기 왜 이 법안을 내놓으십니까? 이제까지 시위 진압에 문제는 없었던 것 같은데요."

"내일부터 공기업과 관변 단체를 일제히 구조조정시킬 계획입니다. 노조의 시위가 격렬해지면 극심한 혼란 상태가 되겠지요."

"구조조정을 하신단 말입니까?"

이회창이 눈을 크게 떴다. 경제가 곤두박질치고 있는 상황이었으니 놀라는 건 당연했다. 이런 분위기에서는 어떻게든 정국을 안정시키는 것이 정상인 것이다.

"아니, 이런 때에 하필."

"기회는 지금뿐이라고 생각해요."

결연하게 말한 대통령이 이회창을 똑바로 보았다.

"집단 이기주의에 끌려가면 안 됩니다. 상처가 났을 때 피를 더 내는 것이 새 상처를 만드는 것보다 낫습니다. 이 총재가 도와주시오."

대통령의 눈을 바라보며 이회창은 잠시 입을 열지 않았다. 민주당은 자민련과 민국당을 합쳐 이미 과반수인 137석이 되었다. 이렇게 부탁 하지 않아도 되는 것이다. 이윽고 이회창이 소리 죽여 숨을 뱉었다.

"검토해 보겠습니다."

역대 대통령에 비하면 DJ는 노조에 대해서 호의적이었다. 취임 직후에 노사정 위원회를 발족시켰고 IMF를 겪으면서 구조조정의 호기가 왔을 때도 가능한 한 노조와의 우호적인 분위기를 유지시키려고 노력했다. 그러나 그것이 극단적인 집단 이기주의 현상에 이용당해 구조조정에 노조원 감축이 최우선 과제임에도 성과가 지지부진했다. 공권력은 대통령의 눈치를 보느라 진압에 미온적인 터라 노조의 기세가 더욱 등

등해진 상황이었다.

국회에서 시위 진압 및 처벌에 관한 입법안이 통과된 것은 그날 오후 5시경이었다. 3당 총무는 이례적으로 거수투표에 합의했는데 재적 인원 251명 중에서 찬성이 185표, 반대가 66표로 가결되었고 놀랍게도 민주당에서 반대표가 25표나 나왔다. 한나라당의 반대표가 36표였으니, 발의한 민주당이 오히려 집중력이 떨어졌다고 봐도 되었다. 자민련은 5표가 반대였다.

"재미있군."

조선일보 정치부장 고병진이 눈을 가늘게 뜨고 입법안 기사를 보며 말했다. 편집국 안에서는 정치부 차장 이한수가 막 기사를 탈고한 참이었다.

"이 66명이 이탈 세력이 될지도 몰라."

"제3당으로 말입니까?"

의자를 돌려 앉은 이한수가 고병진을 보았다.

"민주당과 한나라당 합당 시나리오는 김현철의 민주당 입당으로 이미 물건너간 것 아닙니까?"

"정치는 생물(生物)이라는 말도 몰라?"

고병진이 혀를 찼다.

"이 분위기라면 이회창이 통합 여당의 대선후보가 될 가능성이 많아."

"그나저나 내일부터 야단났습니다. 공기업 거의 전부가 거리 투쟁으로 나설 것 같은데 시위 진압 입법안까지 통과되었으니 말입니다."

그렇게 되면 거리는 전쟁터가 될 것이었다. 경제는 거덜이 난 데다 무법천지가 될지도 모른다.

"낙하산 인사는 거의 정리한 셈이 되었습니다."

정부의 구조조정 총책임자는 진념 부총리 겸 재경장관이다. 대통령의 앞에 앉은 그가 말을 이었다.

"관변 단체 중 겹치는 곳이거나 수익성과 장래성이 없는 곳은 모두 폐쇄시킨다면 전체의 70퍼센트가 됩니다."

대통령이 앞에 놓인 서류에 시선을 준 채 머리를 끄덕였다. 그러면 일시에 실업자가 13만 명이나 발생된다. 거기에다 공기업 인력의 40퍼센트를 감축하게 되었으니 실업자는 20만 명 가깝게 증가할 것이었다. 진념은 요즘 며칠 동안 제대로 잠을 자지 못한 터라 눈이 충혈되었지만 표정은 생기에 차 있었다. 경제팀을 맡고 나서 처음으로 자신의 책임하에 소신껏 경제 정책을 집행할 수 있게 된 것이다. 대통령의 밀명을 받은 후 한 달 동안 정부의 구조조정 계획을 세웠지만 단 한 번도 정치권의 영향을 받은 적이 없다. 대통령도 간섭하지 않은 것이다.

"이것으로 경제권 바닥의 청소는 되는 셈인가?"

대통령이 혼잣소리처럼 말했으나 진념은 알아들었다.

"예, 든든한 토대는 만들어질 것입니다."

그러다 대통령은 그 든든한 토대에서 다시 새 경제를 건설하자는 덕담을 하지 않았다. 앞으로의 시련을 함께 극복해 나가자고 국민들을 설득할 자신이 없었기 때문일 것이다. 이제까지 대북 문제에 매달려 땜질 처방 식으로 경제를 이어간 주역이 자신인 것이다. 한동안 서류를 내려다 본 대통령이 결심한 듯 말했다.

"좋아, 추진합시다."

"전쟁입니다."

다음날 오후 신문사로 돌아온 이한수가 윗도리를 벗어 던지며 말했다. 옷에는 최루탄 가루가 배어 있어서 이한수는 다시 눈물이 났다.

"서울역에 5만, 명동성당에 1만, 을지로에 3만이 모여 있는데 지상 교통은 완전히 마비 상태가 되었습니다."

"DJ가 오판했군."

입술 끝을 비틀고 웃은 고병진이 뱉듯이 말했다. 마감 시간이어서 편집국 안은 분주했다. 사회부 기자들이 문을 박차고 들어오더니 국장실로 달려갔다. 시위 사고일 것이다. 고병진은 본래 서울 출신이었지만 DJ의 열렬한 추종자였다. 그랬다가 집권 3년이 되었을 때는 완전히 돌아섰는데 공공연히 배신당했다고 말하고 다녔던 것이다.

"사태를 더 심각하게 만들었어. DJ는 악수(惡手)를 둔 거야."

"경찰특공대가 강경하게 나서고 있지만 원체 시위대가 많습니다."

"이러다가 군을 끌어들일지 모르겠다."

"계엄령을 발동한단 말입니까?"

이맛살을 찌푸린 이한수가 머리를 한쪽으로 기울였다.

"대통령이 그럴 수 있을까요?"

그 말에는 고병진이 선뜻 대답하지 못했다. 요즘 들어 대통령에 대한 내통자 시비는 가라앉았지만 군이 동원된다면 엄청난 위험을 감수해야 할 것이다. 계엄사령관의 명령 한 마디에 정권이 전복될 수도 있는 것이다. 그들 옆으로 최루탄 냄새를 풍기며 사회부 기자가 지나갔으므로 고병진이 불러 세웠다.

"전황(戰況)이 어때?"

그들은 이미 전시라고 지금 상황을 표현하고 있는 것이다. 사회부 기자가 바쁘게 지나면서 대답했다.

"시위대 50여 명 부상, 200여 명 체포, 경찰도 30여 명 부상에 경찰차 넉 대가 불에 탔습니다."

전시 상황에 맞는 내용이었다.

"씨발놈들, 너무 허네."

마침내 분통이 터진 박대구가 3호 터널의 입구 옆쪽에다 택시를 세우고는 욕설을 내뱉었다. 차는 터널 안까지 가득 메워져서 30분이 지나도록 꼼짝 않고 있었던 것이다. 뒷좌석에 탄 손님은 50대의 여자였다.

"즈그덜 먹고 살겠다고 우리까지 인질로 잡자는 거여, 머여?"

이번 상대는 여자인지라 앞에다 대고 거침없이 말을 뱉었을 때 뒤쪽에서 곧 응답이 왔다.

"글쎄 말이에요. 대통령이 노조 위원장들한테 부탁까지 했다는데 너무하네요."

서울 여자다. 그리고 돈 꽤나 있는 부류로 수준도 상류급이었다. 이미 신원을 짐작한 박대구가 라디오의 볼륨을 높였다.

시위는 시간이 지날수록 더 격렬해져서 쌍방의 부상자는 늘어났다. 오후 6시가 되어가는 때라 러시아워까지 겹쳐 도심의 지상 교통은 거의 마비 상태였다.

"법안도 통과되었응께 다 잡아넣어야 헙니다. 그리고 삼청 교육대를 새로 만들어서 그곳에 보내야 돼요."

박대구가 뱉듯이 말하자 여자가 흥흥 웃었다. 이런 부류의 여자는 대개 시위에 거부감을 품는다. 국정원이 빨갱이 잡는 업무를 소홀히 하는 것에 가장 흥분하는 것도 이 여자처럼 안정된 분위기의 주부들이다. 여자가 뱉듯이 말했다.

"박통에서 전통 시절까지가 제일 나았어요."

"맞습니다."

금방 동조한 박대구는 이 아줌마가 졸부가 아닌 것을 확인했다. 박통시절부터 차분히 기반을 닦아온 한국판의 제법 건전한 상류층이다.

"그땐 모두 열심히 뛰었지요. 일할 맛도 났고 말입니다."

박대구의 부러움을 받는 사람 중의 하나가 같은 개인택시 기사인 한 씨였다. 한 씨는 1970년도 말부터 1980년도까지 사우디와 쿠웨이트 등의 건설 현장에서 10년을 보낸 사람이다. 수출 역군인 것이다. 여자가 말을 이었다.

"대통령은 이 난국을 수습 못해요. 그 양반은 너무 생각이 깊어서 결단이 빠르지 못하지요. 요즘 들어 조금 달라지긴 했지만 말이에요."

가끔 고스톱 치다가 늦게 들어가는 여자들하고 정치 이야기를 했지만 이렇게 짚어내는 여자는 드물다. 박대구가 머리를 끄덕였다.

"사모님 말씀도 맞습니다. DJ는 겁이 많다는 소문도 있지요. 이 일이 어떻게 될라나 모르겠네요."

차들은 아직 꼼짝도 하지 않고 있었다.

구조조정 발표 닷새째가 되는 날 시위대와 경찰의 부상자는 300여 명으로 늘어났고 체포되어 구속된 시위자는 600명이 넘었다. 정국은 최악의 혼란 상태가 되어 있어서 일부 언론은 군을 동원하여 사태를 진압하거나 구조조정을 연기하든지 둘 중의 하나를 택하라는 주장까지 폈다.

시민들의 불안과 불만도 극에 달해서 시위대는 물론이고 정부까지 싸잡아서 매도했다. 서울 도심이 거의 폐허로 변해가고 있었던 것이다.

그동안 정부는 여러 번 시위 주도 세력과 협상을 했지만 아무것도 합의하지 못했다. 서로의 입장을 조금도 양보하지 않았기 때문이다.

경찰청장 이무영은 닷새 동안 서울청장 이팔호와 함께 진두 지휘를 하고 있었는데 잠도 청사에다 야전 침대를 들여놓고 선잠을 잤다. 그로서는 일생 최대의 사건이며 경찰직을 이것으로 마감할 각오도 되어 있었다. 오후 1시가 되었을 때 이무영은 이팔호를 비롯한 간부 7~8명과 상황실에서 자장면을 배달 받았다. 밥 먹으러 식당에 갈 겨를도 없었던 터라 자장면을 시킨 것이다.

"앞으로 이삼일이 고비야."

나무젓가락을 빠개면서 이무영이 혼잣소리처럼 말했다. 지금 서울에는 시위 노조 15만과 전경 8만 5000이 전쟁을 벌이고 있는 것이다. 화염병과 흉기 사용범이 체포되면 5년 이하 징역과 1000만 원 벌금형의 입법안이 통고되었지만 시위대는 조금도 위축되지 않았다. 오히려 화염병의 숫자는 셀 수도 없이 늘어났고 대부분의 시위대는 각목과 철봉으로 무장했다. 1980년 민주 항쟁 때보다 더 위압적인 것은 이쪽 상대가 오직 경찰이기 때문일 것이다. 그때의 전두환 정권은 뒤쪽에다 군을 두고 있었다.

"망할 놈들, 내가 어떻게든 그놈들을."

자장면을 한 입 씹던 이무영이 입 사이로 말했다. 양대 노조위원장 이남순과 단병호를 말하는 것이다.

그날 대통령이 부탁을 하고 떠난 후에 그는 박순용, 정형근과 함께 둘을 설득했다. 이런 상황도 예측했던 터라 치안 공백 사태는 물론이고 양측의 사상자 발생 문제, 나아가서 정형근은 북한 측의 소요 조장과 정권 전복 기도에 대한 우려까지 설명해 주었던 것이다. 그러나 두 사람은 납득한 듯한 표정으로 그 자리를 모면하더니 다음날부터 시위에 돌입했다.

이무영은 반도 안 먹은 자장면 그릇을 내려놓고는 물잔을 들었다. 대통령은 아무 말 않고 있지만 이대로 이삼 일이 더 지난다면 사회는 마비가 될 것이다. 시위는 갈수록 격화되어서 양쪽 모두가 격앙되어 있다.

그때 경무관 하나가 상황실로 들어섰는데 얼굴이 하얗게 굳어 있었다. 그가 이무영의 앞으로 다가와 섰다.

"청장님, 사고가 났습니다."

갑자기 조용해진 상황실에 경무관의 목소리가 이어졌다.

"시청 앞에서 시위대에 쫓긴 특공대가 권총을 발사해서 시위대 둘이 죽었습니다. 지금 시청 앞 분위기가 위험합니다."

"터졌구나."

이를 악문 이무영이 자리를 차고 일어났다가 현기증으로 비틀거렸다. 이 건 이한열 사건에다 비할 바가 아니었다. 총을 직접 쏜 데다 둘이나 죽었다. 이무영은 제 정신이 아니었다.

"시체는 차 위에 올려놓아라!"

제1행동대장 안대창이 마이크를 잡고 소리쳤다. 오후 2시, 시위대 2만은 시청 앞 광장을 완전히 점령했는데 전경들은 광화문 쪽으로 물러나 포진했다. 흰 광목천에 싸인 두 구의 시체가 봉고차 위에 놓인 다음 단단히 매어졌을 때 안대창의 주머니에 넣어둔 핸드폰이 울렸다.

"지금 어떻게 하려는 거야?"

귀에서 이남순의 목소리가 울린 순간 안대창은 눈을 부릅떴다.

"정부 청사 안에서 농성할 겁니다. 시체의 한을 풀어야겠습니다."

"이봐, 청사를 점거하다니."

이남순의 목소리도 높아졌다.

"사망자까지 발생했으니 우리 여건이 나아졌어. 이제 진정하고 움직이지 마."

"지금이 기회란 걸 모르시는데."

버럭 소리친 안대창이 주위를 의식한 듯 잇새로 말했다.

"지금 언론사들이 다 모여 있단 말입니다. 위원장님은 보고만 계쇼."

그러고는 안대창이 전화를 끊었다. 그가 시청 앞 3만 시위대를 실질적으로 지휘하고 있는 것이다.

"자, 나가자!"

안대창이 소리치자 시체를 실은 봉고차를 앞세운 선봉대가 나섰고 뒤를 3만의 시위대가 따랐다. 일사불란한 움직임이었다. 모두 기세가 충천했다기보다 악에 받쳐 있어서 광화문사거리에 포진해 있는 경찰 기동대 1만을 단숨에 무너뜨릴 기세였다.

"청와대로 가는 건가?"

프라자 호텔 13층의 객실에서는 시청 앞에서부터 광화문까지 한눈에 보였다. 그래서 CIA 한국 지부장 마크 오웬은 사흘 전부터 객실을 사용하고 있었는데 시위대가 움직이자 바짝 긴장했다.

"경찰이 보강되고 있습니다. 쉽게 뚫리지 않을 텐데요."

보좌관 오준명이 망원경으로 앞쪽을 보며 말했다.

"이번에는 사상자가 크게 늘어날 것 같습니다. 여럿 죽겠는데요."

"외국인 투자가들이 이제 다 뜨겠군. 곧 한국 경제는 필리핀 꼴이 될 것이다."

두 다리를 창틀에 걸쳐놓은 오웬이 입술 끝을 올리며 웃었다.

"역시 DJ는 대가 약하고 겁이 많군. 지금 청와대에 박혀 떨고 있겠지?"

"사상자가 나도 할 수 없다. 무력 진압이다."

이를 악문 이무영이 잇새로 말을 뱉었다. 그는 광화문 사거리의 한복판에 서 있었는데 경찰 지휘부는 이쪽으로 모두 모여 있었다. 이곳이 뚫리면 청와대가 위험한 것이다. 아직 대통령의 지시가 없었지만 청와대 군 경비단은 비상사태로 돌입했고 경찰의 101경비단은 이미 출동했다. 시위대는 빤히 보였으므로 거대한 무리가 서서히 행진해 오는 것이 위압적이었다.

"아직 거리가 있어!"

앞에서 서울청장 이팔호가 소리쳐 지휘했다. 최루탄 발사 시기를 맞추려는 것이다. 그의 얼굴도 비장했는데 입가에 자장이 묻어 있었다. 자장면을 먹다가 뛰쳐나왔기 때문이다.

시위대 선두와의 거리가 약 300미터로 가까워졌을 때 경찰 진영은 조용해졌다. 이쪽은 1만이다. 그리고 한 사람도 뚫리지 않겠다는 각오였다. 경찰청장이 모두 지휘하고 있는 상황인 것이다. 그때였다. 경무관 하나가 사람들을 뚫고 이무영에게로 다가왔는데 손에는 무전기를 들고 있었다. 다가선 경무관이 가쁜 숨을 죽이며 이무영에게 무전기를 내밀었다.

"청와대 비서실장님입니다."

눈을 치켜뜬 이무영이 무전기를 귀에 붙였다. 그러고는 몇 번 대답을 하더니만 놀란 듯 번쩍 머리를 치켜들더니 몸을 돌렸다. 그러자 그의 눈에 경복궁 정문 쪽에서 달려오는 차량 대열이 보였다.

앞쪽 선도차의 비상 라이트가 번쩍이고 있었다.

"길을 비켜라!"

무전기를 든 채 이무영이 버럭 소리쳤다.

"대통령께서 오신다!"

대통령이 이무영의 앞에 섰을 때는 시위대와의 거리가 250미터로 접근되어 있었다. 그래서 이팔호는 아예 경찰 특공대를 앞면으로 배치시켰다. 대통령은 한광옥과 동행하고 있었는데 오늘은 노타이셔츠 차림이어서 목의 주름이 다 드러나 보였다. 그가 이무영에게 말했다.

"내가 시위대하고 얘기를 할라는디."

"예? 지, 지금 말씀입니까?"

놀란 이무영이 눈을 둥그렇게 떴다.

"그럼 대표를 부르겠습니다."

그러자 대통령이 머리를 돌려 다가오는 시위대를 보았다. 그러고는 눈을 가늘게 떴다. 앞장선 봉고차와 그 위에 흰 천으로 싸놓은 시체들을 본 것이다.

"내가 가겠어."

대통령이 발을 떼었으므로 이무영과 이팔호는 질색을 했다. 시위대의 선봉은 모두 화염병으로 무장되어 있는 것이다.

"각 , 대통령님, 안 됩니다."

우선 소리치듯 말한 이무영이 서둘러 말을 이었다.

"시위대에게 마이크로 전하겠습니다."

직접 연락이 안 되는 것이다. 그러자 이무영보다 목소리가 큰 이팔호가 마이크를 움켜쥐고 나섰다.

"시위대, 시위대 지휘부에 전한다! 지금 대통령께서 와 계시는데 지휘부를 만나자고 하신다!"

이팔호가 다시 한 번 소리치는 동안 시위대는 200미터 거리로 접근했다. 최루탄과 다연발탄을 발사해야 될 거리였다. 그때 대통령이 이무영에게로 머리를 돌렸다.

"경찰은 이곳에 있어요. 움직이지 말고. 내가 가볼 테여."

"대통령님."

그러자 한광옥과 경호실 요원들이 대통령의 앞을 가로막았다.

"안 됩니다. 여기서 기다리셔야 합니다."

당황한 한광옥의 목소리가 높아졌다. 청와대에서 나올 적에 이런 일이 일어날 줄은 예상하지 못한 것이다.

"어허, 저 사람들이 나를 어쩌겠는가? 우선 충돌을 피해야 한단 말이여."

정색한 대통령이 눈을 크게 뜨고는 목소리를 높였다.

"한 실장하고 두어 사람만 날 따라와. 너무 많이는 안 돼."

그러고는 대통령이 앞을 가로막은 경호원을 노려보았다.

"어서 비켜."

"대통령이 나왔다구?"

시위대 중간 지점에 위치한 안대창은 믿기지 않은 듯이 눈을 치켜떴다. 마이크 소리는 뒤쪽에까지 들리지가 않았던 것이다.

"예, 지휘부와 이야기를 하겠다는데요."

앞에서 달려온 노조원이 숨을 헐떡이며 물었다.

"어떻게 할까요?"

"정말이야?"

엉겁결에 그렇게 물은 안대창이 주위를 둘러보았다. 대열은 흥분에 싸인 채 그냥 전진하고 있다.

"대통령이다."

MBC의 카메라맨 조필준은 시위 대열의 최좌측과 병행해서 시의회 건물 옆을 지나는 중이었다. 어깨에 멘 카메라의 렌즈에 눈을 붙인 그가 놀라 소리쳤다. 대통령이 경찰 대열을 뚫고 나온 것이다.

대통령은 한광옥과 세 명의 경호원을 대동하고 있었는데, TV에서 자주 보던 대로 천천히 걸어오고 있었다. 서울청장 이팔호는 앞장서서 마치 행진의 나팔수처럼 스피커를 입에 붙이고는 이제 악을 쓰듯 소리치고 있었다.

"정지하라! 대통령께서 지휘부를 만나자고 하신다!"

그러나 시위대는 정지하지 않았다. 쇠 파이프로 위협적으로 아스팔트 바닥 위를 긁으며 시위대는 그대로 전진하고 있었다.

"잘 찍어!"

흥분한 동료 기자 이춘택이 조필준의 어깨를 세게 쳤다. 이것은 특종이다. 대통령과 시위대의 거리가 100미터 미만으로 가까워졌을 때 조필준은 조바심이 났다. 이팔호의 목소리는 더 높아졌지만 조필준에게는 애원하는 것처럼 들렸다. 대통령과 경찰 진영과의 거리는 이제 50미터도 더 떨어졌다.

마크 오웬은 CIA 생활 20년 동안 셀 수도 없이 생사의 고비를 겪은 현장 요원 출신이었지만 지금처럼 극적인 장면은 처음 보았다. 망원경을 눈에 붙인 그는 숨도 죽이고 앞쪽을 응시했다. 대통령은 다리를 절었지만 주저하는 기색도 없이 이쪽으로 다가오고 있었다. 시위대도 멈추지 않아서 거리는 60~70미터로 좁혀졌다.

"이거, 어쩌려는 거야?"

입안이 바짝 마른 그가 망원경을 눈에 붙인 채로 조바심을 쳤다. 옆에 선 오준명은 더 긴장해서 대답도 하지 못했다.

"시위대가 못 들은 거야? 저렇게 마이크로 소리치고 있지 않아?"

앞에 선 이팔호가 스피커를 입에 붙이고 무슨 내용인지 모르겠지만 악을 쓰는 것도 선명하게 보였다.

"이러다 큰일 나겠는데."

오웬이 뜬 목소리로 말했다.

"너무 가까워졌어."

"안 되겠다. 놈들이 멈추지 않는다 ! "

눈을 치켜뜬 이무영이 주먹을 움켜쥐었다. 자신과 대통령과의 거리는 70미터 정도로 떨어졌는데 시위대는 대통령에게 60미터로 가까워졌다. 그러나 시위대는 시내가 떠나갈 듯한 구호를 외치면서 그냥 다가오고만 있다.

"돌격 준비! 준비하란 말이다!"

이무영이 악을 쓰듯 외쳤다.

"대통령을 구해 내야 한다! 준비!"

"씨발. 어떻게 된 거여?"

앞장선 박봉수는 구호를 외치다 말고 거칠게 욕설을 뱉었다. 대통령은 이제 화염병의 투척 거리 안으로 들어왔다. 대통령의 얼굴도 똑똑히 보인다. 분명히 김대중이다.

"협상을 하는 거여? 마는 거여?"

그는 전라도 광주 출신이어서 지난 대선 때 DJ를 찍었다. 지금은 DJ가 TV에 나오면 채널을 돌리기는 하지만 이회창과 둘 중 꼭 하나만 선택하라면 그래도 DJ를 찍을 것이다. 앞장선 돌격대는 모두 거칠고 젊은 노조원이다. 그들 모두는 이팔호의 마이크 소리를 진작부터 들었다. 그래서 구호를 외치면서도 얼굴이 굳어졌고 대통령의 모습을 확인하고서부터 자꾸 뒤를 보았다. 그러나 뒤에서는 아직 연락이 없다.

"멈춰라!"

마침내 안대창이 고함쳤다.

"앞으로 전달! 정지!"

"앞으로 전달! 정지!"

옆쪽에서 복창하자 이곳저곳에서 복창소리가 이어졌다. 안대창 쪽에서는 대통령이 보이지 않는다. 그래서 아직 거리는 충분한 것으로 알았던 것이다.

눈에 핏발이 선 조필준은 카메라의 렌즈를 대통령의 얼굴에 맞췄다. 거리가 60미터 정도여서 화질이 아주 선명했다.

"이거 멈추지 않는 거야? 그러다가."

조바심이 난 이춘택이 옆에서 소리쳤지만 조필준은 흥분으로 가슴이 뛰었다. 무슨 사고가 일어나면 대특종이다. 이 근처에는 나밖에 없는 것이다. 그때였다. 대통령의 몸에만 초점을 맞추고 있던 터라 카메라의 렌즈 안에 돌멩이 하나가 도로 위로 튀어 오르는 것이 잡혔다.

"아앗!"

이춘택의 놀란 외침이 옆에서 들리는 다음 순간 수십 개의 돌멩이와 화염병이 대통령의 주위로 쏟아졌다.

"아이고!"

카메라의 렌즈에 눈을 붙인 채로 조필준은 저도 모르게 소리쳤다. 돌멩이가 대통령의 머리와 몸에 맞은 것이다. 화염병 하나는 터져 이팔호의 다리에도 불이 붙었다. 경호원 둘이 대통령 위로 엎어졌지만 이미 늦었다.

"야, 이, 씨발 놈들아 !"

조필준은 카메라에서 눈을 뗐다. 그러고는 옆쪽의 시위대를 향해 악을 썼다.

"야, 이 개새끼들아! 너희들!"

조필준은 더 이상 말을 잇지 못했다. 그가 발을 멈춘 사이에 시위대에 앞이 막혀 버린 때문이다.

이무영은 권총을 빼들고 다시 악을 썼지만 주위의 특공대가 지르는 고함소리에 묻혀 버렸다. 특공대는 이미 그를 앞질러 앞쪽으로 새까맣게 몰려가고 있었던 것이다. 뒤에서 내달려온 대원들에 밀려 이무영은 하마터면 엎어질 뻔했다. 그래서 앞쪽은 특공대의 등판만 보일 뿐 아무것도 보이지 않았다.

"대통령을 구해라!"

이무영이 악을 썼다. 누구도 대답하지 않았지만 특공대가 목숨을 걸고 대통령을 구하려고 달려간다는 것을 알 수 있었다.

모두 귀신같은 형상이다. 경찰 생활 30년에 특공대를 수백 번 겪었지만 이런 무서운 기세는 처음이었다. 대통령 바로 옆에 돌멩이 하나가 떨어진 순간, 이무영이 돌격 명령을 내리기도 전에 특공대는 돌진한 것이다. 이무영은 달리면서 울었다.

국군 통합 병원의 귀빈 대기실에는 총리를 비롯한 대부분의 각료와 3군 참모총장, 그리고 민주당 대표와 당 간부들에다 한나라당 이회창 총재까지 당 간부들을 데리고 나와 있어서 대한민국의 주요 인사들은 다 모여 있다.

대통령은 지금 수술 중이었다. 돌에 맞은 머리가 깨진 데다 어깨뼈도 부러진 중상이었지만 생명에 지장이 없다는 1차 발표는 두 시간 전에 나갔다.

"시위대는 지금 흩어지고 있습니다."

국무총리 이한동이 JP와 이회창 사이에다 시선을 주고 말했다.

"시청과 광화문 앞거리는 깨끗합니다."

시위대는 서울역 앞쪽으로 물러나 있었는데 사건 4시간이 지난 6시 현재 반수 이상이 줄어들었고 사기도 뚝 떨어졌다. 협상에 나선 대통령을 돌로 쳐 중상을 입힌 것이다. 서울청장 이팔호는 하반신에 화상을 입었고 한광옥과 경호원 셋도 모두 돌과 화염병 세례를 받았지만 경상이었다. 그러나 시위대를 향해 돌진한 경찰은 1만도 안 되는 병력으로 3만 시위대를 순식간에 제압했다.

대통령이 눈앞에서 쓰러지는 장면을 본 터라 눈이 뒤집힌 경찰은 모두 일당백이 된 것이다. 귀빈실 입구 쪽이 술렁거리더니 사람들이 양쪽으로 갈라섰다. 그 사이로 모습을 나타낸 인사는 YS였다.

"어이고, 저 양반이 오셨네."

놀란 JP가 서둘러 YS에게 다가갔고 이한동과 저쪽에 서 있던 김중권까지 나왔다. 노타이셔츠차림의 YS가 먼저 JP의 손을 잡더니 이맛살을 찌푸렸다.

"방송은 들었는데, 상태가 어떻소?"

"지금 수술 중이십니다."

"생명에 지장은 없것제?"

"예, 중상이지만 지장은 없다고 헙니다."

혀를 찬 YS가 그제서야 이한동과 김중권의 순으로 악수를 나누더니 옆쪽에서 다가오는 이회창을 보고는 눈웃음을 쳤다. 그가 다가선 이회창에게 손을 내밀었다.

"머, 국론은 통일되어 삐릿고마."

이회창의 손을 잡은 YS가 JP와 김중권, 이한동을 번갈아 보았다.

"여기 와서 보니까 다 되었네, 안 그렇소?"

"기관총으로 긁어 버려야 돼."

흥분한 박대구가 젓가락을 칼처럼 쥐고 목소리를 높였다.

"협상하러 간 대통령을 돌로 치고 화염병을 던지다니. 이런 찢어 죽일 놈들."

"시청 앞에서 2,000명이나 잡혔다꼬 안 하나? 그놈들 다 쥑이야 된다."

최만성이 맞장구를 쳤다. 그들은 동네 식당에서 소주를 마시는 중이었는데 오늘은 둘 다 일을 안 나갔다. 시내 도로는 거의 마비 상태여서 나가봐도 기름 값만 날릴 뿐이었기 때문이다. 저녁 7시가 되어가고 있어서 식당에는 손님들이 많았지만 박대구의 목소리는 거침없었다.

"데모허는 놈들 모두를 싹 쥑여야 나라가 잘 된다. 우리나라는 땅뎅이에 비혀서 인구가 너무 많어."

박대구가 너무 많이 나간 것 같았는지 최만성은 가만있었다. 그러나 그도 오늘 사건을 기점으로 DJ에게 기운 것은 확실했다. 박대구보다 조금 늦었을 뿐이다. 옆쪽 자리에 앉아 있던 문구점 주인 오 씨가 박대구를 바라보았다. 그는 50대 후반으로 강원도가 고향이다.

"영샘이까정 병원에 갔다니 김대중이 덕을 쌓은 것 같고만. 안 그런가?"

"아마 전두환이도 올라고 허다가 영샘이가 갔다고 듣고는 말었을 거요."

박대구가 대변인이 되었다.

"인자 국민 맴이 DJ헌티 싹 돌아섰어. 두고 보시오, 형님. 국민 심보가 얼매나 간사허게 변하는지 알지라?"

"바로 지 말 하는 기라, 간사한 놈."

하고 최만성이 지적했지만 박대구는 말을 이었다.

"목숨을 걸고 그렇게 나서는디 어떤 놈이 감동을 안 받겠소? 안 그럽니까, 형님?"

9시 뉴스는 대통령의 중상 사건으로 도배가 되었는데 MBC 보도는 압권이었다. 카메라맨 조필준이 일생일대의 대특종을 날린 것이다. 화면에는 천천히 걸어오는 대통령의 정색한 얼굴과 긴장한 한광옥과 경호원들, 그리고 악을 쓰는 이팔호가 생생하게 잡혀 있었다. 그리고 쇠

114

파이프가 아스팔트 위를 긁는 소리가 배경 음악처럼 깔렸다.

이팔호는 필사적으로 대통령이 협상을 하러 가시니 멈추라고 외치고 있었다. 그것을 듣는 국민들은 모두 주먹을 쥐고 이를 악물었다. 대통령의 주름진 얼굴이 클로즈업되었을 때 국민들은 모두 목숨을 걸고 나선 노인의 결의에 감동해서 대부분은 이 장면부터 눈물을 흘렸다. 그리고 돌과 화염병이 떨어지면서 대통령이 돌에 맞았을 때 여자들은 비명을, 남자들은 분노의 외침을 뱉었다. 쓰러진 대통령이 비쳐졌을 때는 모두 자신의 아버지가 당한 것처럼 폭발했다.

그날 밤 술 마실 줄 아는 국민 대부분이 폭음을 했다. 그리고 다음날 아침이 밝았을 때 서울역 앞과 명동성당으로 철수했던 시위대는 한 사람도 보이지 않았다.

다음날 오전 10시, 한광옥은 대통령의 병실로 들어섰다. 대통령은 머리를 20바늘이나 꿰맨 터라 온통 붕대를 감았고 어깨뼈는 깁스를 해서 고정시켰다. 돌에 귀가 찢어져서 한쪽 귀를 싸맨 데다 화상을 입은 다리를 붕대로 감았지만 한광옥은 양복 차림에 넥타이도 매고 있었다.

한광옥이 들어서자 대통령은 성한 쪽 팔로 들고 있던 신문을 내려놓았다. 사건이 일어나고 처음으로 다시 둘만 있게 된 것이다.

"자네는 괜찮은가?"

대통령이 한광옥의 아래위를 훑어보며 물었다.

"화염병에 맞은 걸 보았는데."

"저는 괜찮습니다."

"귀는 어때?"

"조금 찢어졌을 뿐입니다."

"다른 사람들도 크게 다치지 않았다고 신문에 났구만, 다행이야."

대통령은 신문 기사를 본 것이다. 신문에는 시위대가 모두 해산되었고 정부의 구조조정 작업은 급속도로 진행될 것이라고 큼지막하게 쓰여 있었다. 노사와 공공 분야의 구조 개혁인 것이다. 정색한 대통령이 한광옥을 보았다.

"이봐, 병원장이 그러는데 내가 앞으로 15일 동안은 이곳에 있어야 한다는구먼."

"예, 그렇습니다."

"진 부총리한티 내가 병원에 있는 동안에 일을 끝내라고 전해."

"알겠습니다, 대통령님."

"낙하산 인사로 들어간 임원은 모두 바꾸도록."

"예, 대통령님."

"이 기회를 절대로 놓치면 안 된다고도 전해."

대통령이 다짐하듯 말하자 한광옥은 커다랗게 머리를 끄덕였다.

"모두 각오를 단단히 하고 있습니다, 대통령님."

"신께서 나한티 기회를 주시는군."

피로한 듯 베개에 상반신을 눕힌 대통령이 만족한 표정으로 숨을 뱉었다.

"시위대가 멈췄다면 이렇게 일이 풀리지는 않았을 거야, 그렇지 않은가?"

한광옥은 눈만 끔벅이며 대답하지 않았다. 이렇게 중상을 입은 것이 다행이라는 말로 들렸기 때문이다.

이남순과 단병호는 설렁탕이 앞에 놓여 있었지만 수저를 드는 것도 잊은 듯 눈만 끔벅이며 앉아 있었다. 사당동 사거리 근처의 허름한 식당 안에는 손님들이 서너 테이블뿐이었는데 모두 그들의 일행이었다. 이윽고 이남순이 먼저 입을 열었다.

"이제 단위 노조별로 행동하는 수밖에 다른 방법은 없습니다. 양대 노총의 연합은 오늘자로 해체합시다."

단병호가 입맛을 다시더니 주름진 얼굴을 들고 초점 없는 시선으로 앞쪽을 보았다. 만일 노조가 다시 모이기라도 한다면 시민들한테 뭇매를 맞게 될 상황이 되어버린 것이다. 실제로 오늘 아침에 명동성당에 들어가 장비를 챙겨 나오려던 노조원 10여 명은 몰려든 시민들한테 폭행을 당했다. 대통령의 피습사건으로 시민들이 흥분한 것이다. 노조가 국민의 지지를 받기는커녕 폭행을 당하는 현실이다. 단병호가 갈라진 목소리로 말했다.

"도대체 어떤 놈들이 돌을 던졌는지. 안대창이도 누군지 모르겠다고 합니다."

"수천 명 중에서 누군지 어떻게 찾아내겠소? 다 끝난 일이오."

"이렇게 허무하게 끝나다니."

어깨를 늘어뜨린 단병호가 길게 숨을 뱉었다. 정부는 오늘 아침에 전면적인 공기업 개혁안을 발표했다. 발표 내용은 충격적이었다. 낙하산 인사로 들어간 모든 정치인 출신 임원들의 사직서를 받음과 동시에 공기업의 70퍼센트를 매각 또는 민영화한다는 내용이었다. 언론에 대서특필된 내용은 정부가 그동안 철저하게 각 공기업의 실적을 감사했음을 보여 주었다. 따라서 대다수의 국민은 이 결정을 적극 지지했다. 정부는 공기업 개혁의 대세를 탄 것이다. 그것이 대통령의 피습 사건으로 기폭제가 되었으니 정부는 하루아침에 앓던 이를 뽑은 셈이다.

"주식 시장이 사흘째 폭등하고 있습니다. 사흘 동안 지수가 120이 올랐습니다."

오후 5시가 되었을 때 비서실장 주진우가 총재실로 들어와 보고했다. 그의 얼굴은 무표정했지만 목소리는 조금 높았다. 흥분을 감추고 있는 것이다. 서류에서 시선을 든 이회창이 입술 끝을 올리며 넓게 웃었다.

"이봐요, 주 실장. 잘된 일이라고 축하해 줘야 돼. 대변인을 불러요."

주진우가 몸을 돌려 나가더니 금방 권철현과 같이 들어왔다. 두 사람이 앞쪽 소파에 앉았을 때 이회창이 입을 열었다.

"사고 후에 유감 표명의 당 발표는 했었지만 적극적인 당의 입장 표명이 있어야 할 것 같은데."

"예, 그렇습니다."

권철현이 금방 동의했다. 정국은 정부 주도의 공기업 개혁으로 국민의 지지를 등에 업고 급박하게 돌아가고 있는 것이다. 거대 야당이 팔짱만 끼고 있는 것보다 분명히 입장을 밝히는 것이 떳떳하다.

"정부의 개혁을 적극 지지한다는 발표를 해요. 가능한 모든 수단으로 정부를 돕겠다고 말이오."

"예, 총재님."

"부총재들과 당 중역 대부분도 동의했으니까 기안해 보세요."

"알겠습니다."

권철현이 바람을 일으키며 방을 나가자 이회창이 주진우를 보았다.

"내가 이번 일로 느낀 점이 있어."

"무엇을 말씀입니까?"

"DJ는 이번에 온몸을 던진 것 같아."

"예, 그런 것 같습니다."

언론에도 그렇게 기사가 난 터라 주진우가 머리를 끄덕였다. 대통령은 몸으로 때웠다고도 했다. 이회창이 혼잣소리처럼 말했다.

"몸을 던진 사람에게는 진실과 허위 따위는 아무 소용이 없어."

4장
다시 원점으로

대통령이 퇴원한 것은 한 달 후인 6월 20일이었다. 그동안 구조조정 작업은 가속이 붙었다. 실업자는 20만 가깝게 부쩍 늘어났지만 경기는 눈에 띄게 안정이 되어 갔다.

주가는 750선을 오르내렸으며 외국인의 투자가 사상 최대로 몰려들어서 경제가 안정되어 간다는 것을 현실로 보여 주었다.

개혁은 각 개체의 의지와 신념이 바탕에 있어야 가능한 것이다. 대통령의 지시로 되는 것이 아니다. 금융, 기업, 노사, 공공 분야의 4대 부문 구조 개혁에서 공공 분야의 개혁은 정부 몫이다. 정부는 자신의 살을 깎아내는 모범을 보임으로써 구조 개혁을 선도했던 것이다.

따라서 나머지 3개 분야도 탄력을 받았는데 그 배경에는 정치권의 안정이 한몫을 했다. 대통령이 당적을 떠난 터라 민주, 한나라, 자민련의 3당 대표가 국정을 논의하는 시스템이 자연스럽게 형성되었고 현안의 합의가 이루어진 것이다.

대통령이 입원해 있는 동안 이한동(李漢東)총리의 주재로 3당 대표는 매주 월요일 아침에 정기 회의를 했다. 비서실장 한광옥은 배석자로 참석했는데 거의 대통령의 뜻을 전하지 않았다. 민주당과 자민련은 이미 연합체가 되어 있는 터라 의견 불일치가 있을 리 없지만, 이회창도 당리당략을 거의 내세우지 않아서 국사는 참으로 순탄하게 처리되었다. 아무도 대세를 거스를 수 없었기 때문인지도 모른다.

한나라당으로서도 당리당략은 결국 대권으로 집약된다고 봐도 될 것이다. 따라서 민주당과 합당설이 피어오를 정도로 밀접해진 상황에서 국정에 참여하게 된 기회를 떨치고 나갈 수도 없는 처지였다.

대통령은 머리의 붕대를 풀고 팔의 깁스도 떼었지만 걸음이 불편했다. 통합 병원의 현관으로 나와 차에 오르는 장면이 저녁 뉴스에 나왔을 때 방송 3사의 시청률은 각각 최고를 기록했다.

한마디로 대통령의 청와대 귀환은 금의환향이라고 불릴 만했다. 대통령은 지난 3년 동안 빠져 들어간 수렁에서 나온 기분이었을 것이다. 공기업의 구조조정은 확실하게 마무리되었고 노조는 정책에 승복했다.

금융 부문에서도 그 사이에 은행장 여섯이 물러난 데다 합병이 두 번이나 일어났다. 모두 자율적으로 이뤄진 일이어서 그 의미는 더 컸고 국민들은 물론이고 외국 자본 세력도 높게 평가를 했다.

대통령은 퇴원한 다음날 아침에 집무실에서 한광옥과 마주앉았다. 오전 9시였는데 한광옥이 보고드릴 일이 있다면서 찾아온 것이다.

"겉으로는 내색을 안 하지만 당 내에서 차기에 대한 논의가 상당히 깊게 진행뇌고 있습니다."

한광옥이 조심스러운 표정으로 말을 이었다.

"한나라당과의 연정이 되어 이 총재가 통합 총재가 될 것이라는 추측도 나오고 있는 상황입니다."

"그렇겠구먼."

대통령이 머리를 끄덕이며 쓴웃음을 지었다.

"한나라 쪽에서도 그렇겠지?"

"이 총재 자신도 그렇게 생각하고 있는지도 모릅니다."

그것은 당연한 일이었다. 이미 안보회의에 참석하여 국가 기밀을 공유하게 된 데다 대통령이 당적을 떠난 지금 상황에서 이회창만큼 유력한 대선 주자는 없다.

이회창은 여론 조사에서 민주당 측의 어떤 후보가 나오더라도 20퍼센트 이상 격차를 내고 당선될 것이라고 예상되었다.

이것은 모두 대통령의 지원 때문이었으니 이회창이 그렇게 생각할 만도 했다. 한광옥의 재촉하는 듯한 시선을 받은 대통령이 다시 머리를 끄덕였다.

"병원에서 줄곧 그 일을 생각해 왔어."

"경제는 풀려가는 상황이니 대통령님께서는 차기 문제에 신경을 쓰셔야 될 것 같습니다."

김중권 대표는 아직 확실하게 당을 장악하지 못하고 있는 데다 이회창의 접근으로 기존의 입지마저 흔들리는 상황인 것이다. 따라서 진작부터 대선 출마 의사를 피력해 온 이인제와 노무현이 연말의 전당 대회에 대비하여 활발하게 움직였고, 김근태와 정대철도 표를 모으는 중이다. 그리고 아직 겉으로 드러내지는 않지만 민주당 제1의 세력인 한화갑이 가만히 당하기만 할 사람인가? 민주당 내에서는 일거에 전세를 뒤집을 수 있는 저력이 있는 사람인 것이다. 한광옥이 말을 이었다.

"JP도 요즘 불안해하는 것 같습니다. 며칠 전에는 저한테 대통령님의 의중을 알고 싶다고 하시더군요."

"내 의중이라."

쓴웃음을 지은 대통령이 의자에 등을 붙였다.

"그 사람들이 내가 예전의 나인 줄로 알고 있는 모양이군."

퇴원 후의 첫 안보회의는 오전 10시에 청와대 소회의실에서 열렸는데 먼저 국정원장 정형근이 보고를 시작했다.

"CIA에서 넘겨 준 정보에 의하면 북한군은 휴전선 부근에 2개 기갑 사단을 증가시켰습니다. 바로 서부전선 서울 위쪽입니다."

힐끗 대통령에게 시선을 주었던 정형근이 말을 이었다.

"휴전선 부근에만 북한군 총병력과 장비의 60퍼센트가 밀집되어 있는 상황입니다."

2개 사단이 증가되었다고 해도 전과 비슷한 비율이긴 했다. 그러나 정형근의 의도는 다른 곳에 있었다. 그가 대통령을 똑바로 보았다.

"김정일은 미국에 대한 시험대로 한국을 자극하려는 행태를 보이고 있습니다. 기갑사단의 증가나 대남 방송이 공격적이 된 것도 한국을 건드려 미국의 반응을 보려는 것입니다."

"그런 것 같군."

대통령이 머리를 끄덕이자 정형근의 목소리에 힘이 실렸다.

"일부 개혁주의자들이 남북 관계를 원점으로 돌린다는 비판을 하겠지만 미국의 반응을 기다리기 전에 한국이 적극 대응해야 한다고 믿습니다만"

"일부 개혁주의자라."

혼잣소리처럼 말한 대통령이 정형근을 보았다. 정색한 표정이다.

"아무래도 국정원장은 날더러 하는 소리 같은데, 그렇지 않습니까?"

"그, 그게 아니고."

당황한 정형근의 얼굴이 벌게졌다가 금방 하얗게 굳어졌다.

"제가 어찌 대통령님을."

"알아요, 알아."

쓴웃음을 지은 대통령이 손을 젓자 이한동은 물론이고 이회창까지 소리 죽여 숨을 뱉었다. 이제까지 그 개혁주의자의 중심에는 대통령이 서 있었기 때문이다. 특히 남북 관계에 있어서는 대통령이 선두에 서 왔던 것이 현실이다. 가볍게 헛기침을 한 대통령이 좌우를 둘러보았다.

"지난번에 북한이 사단급 훈련을 실시했다니 우린 이참에 군단급 기동 훈련을 한번 해봅시다."

대통령의 시선이 국방장관 조성태에게로 옮겨졌다.

"가능하겠지요?"

"미국 측은 받아들일 것입니다."

조성태가 대답하자 대통령이 다시 정형근에게 물었다.

"이만하면 되겠소?"

"충분합니다."

"그리고 경의선 철도 공사는 당분간 중지시켜요."

"예, 대통령님."

"우선 국민들한테 내가 내통자라는 누명부터 벗어야 쓰겠어."

다시 혼잣소리처럼 말했지만 목소리가 컸으므로 모두 긴장으로 몸을 굳혔다.

"내가 한때는 그런 생각이 없지는 않았지만 정권 재창출의 수단으로 남북 관계를 이용하려던 방법은 아주 위험하다는 걸 깨달았습니다. 이것은 대한민국의 기본 이념부터 확실하게 다진 다음에 차근차근 진행시켜야 되는 것이었소."

그러고는 대통령이 쓴웃음을 지었다.

"김정일 씨가 그냥 이용당할 사람도 아니고 말이오."

"대통령이 저렇게 화끈하신 분인 줄은 몰랐습니다."

눈을 치켜뜬 정형근이 이회창에게 말했다. 그들은 회의실을 나와 현관으로 다가가는 중이었다.

"그렇지 않습니까? 광화문 사건도 그렇고 오늘 말씀하신 것도 들으셨지요? 마음속을 다 털어 놓으시지 않습니까?"

"정 원장은 이제 대통령 사람 다 되었소."

쓴웃음을 짓고 이회창이 말하자 정형근은 정색 했다.

"총재님, 대통령은 당적을 버리셨지 않습니까? 그리고 저는 정부 각료올시다. 예전과는 입장이 다르지요."

"정 원장의 뿌리는 한나라당 아니었나요?"

"아, 그거야."

그때 비서관 하나가 서둘러 뒤에서 다가오더니 정형근을 불렀다.

"국정원장님, 대통령께서 부르십니다."

정형근이 집무실로 들어섰을 때 한광옥과 마주앉아 있던 대통령이 앞쪽을 가리켰다.

"상의할 일이 있어서."

"예, 대통령님."

대통령과의 독대를 기다리며 수많은 장관과 정치인들이 목을 늘이고 있을 것이다. 그리고 몇 마디 이야기만 나누었어도 침소봉대되어

사방팔방으로 전달이 되면서 순식간에 격이 높아진다. 아는 체도 않던 작자들한테서도 만나자는 연락이 오고 회합이 있게 되면 상석이 마련되는 것이 세상인심이다. 그런데 정형근은 오전에만 두 번씩이나 대통령과 마주앉는 입장이 되었다. 정형근의 시선을 받은 대통령이 입을 열었다.

"보안법을 기준으로 보면 인지까정의 내 행동 중에서 법을 위반헌 일이 있을까?"

처음에 정형근은 대통령의 전라도 사투리가 튀어 나왔을 때 가슴이 뛰는 바람에 내용 파악을 늦게 했다. 대통령이 극히 친근한 심복들한테나 사투리와 반말을 쓴다는 것을 알고 있었기 때문이다. 그러나 내용을 깨닫고 긴장했다.

"무슨 말씀이신지, 저는 잘"

"북한에 대한 내 행동이 말이여, 보안법에 걸리는 점이 많을 틴디."

"그, 글쎄요."

"정 원장이 찾아 보면 금방 나올 거여. 내가 김정일 씨를 찬양한 적도 있잖여? 부시 앞에서도 김정일 씨 칭찬을 혔고."

놀란 정형근이 도움을 청하듯이 옆을 보았지만 시치미를 뗀 한광옥은 눈길도 주지 않았다. 정색한 대통령이 말을 이었다.

"악법도 폐지될 때까지는 법인 거여. 그리고 대통령이 초법적인 위치에 있으면 안 되는 거여. 그래서 말인디."

대통령이 똑바로 정형근을 보았다.

"정 원장이 보안법 위반으로 날 기소해 줬으면 쓰겄는디."

놀란 정형근이 입을 딱 벌렸을 때 대통령이 입술 끝만 올리고 웃었다.

"물론 쇼헌다고 그러겄지. 허지만 그것으로 우리 입장이 내외로 확실허게 알려질 것 같은디."

"그렇습니다."

저도 모르게 목소리를 높였던 정형근의 얼굴이 붉게 상기되었다.

"말씀을 똑똑히 알아들었습니다, 대통령님. 그보다 더 확실한 방법이 어디 또 있겠습니까?"

"쇼허구 있네."

YS의 얼굴은 긴장으로 굳어졌다. 그가 앞에 앉은 박종웅에게로 머리를 돌렸다.

"도대체 누가 코치한 기고? 김대중이가 완존히 다른 인간이 돼 삐린 기가?"

"글쎄요. 저는 아직."

박종웅이 아직도 어안이 벙벙하여 말을 더듬었다. 오전 10시 10분이었다. TV에서는 이제 연속극 재방송을 다시 시작하고 있었지만 바로 조금 전의 임시 뉴스에 국정원에서 보안법 위반 혐의로 대통령을 검찰에 기소했다는 내용이 보도되었던 것이다. 엄청난 뉴스여서 방송 3사는 물론이고 인터넷 방송, 라디오 등 모든 방송 매체가 일제히 보도를 했다. 아마 저녁의 뉴스 시간대에서 청취율 기록을 다시 깨뜨릴 것이다.

"절대로 정형근이가 지 혼자 했을 리는 엄꼬, 김대중이가 시킨 기라."

YS가 그림만 나오는 TV를 노려보며 말했다.

"지를 기소시키다니, 참으로 별나다이. 인자 인기가 치솟을 끼구마."

박종웅도 서당 개 3년이면 풍월을 읊는다고 정치 감각이 누구 못지 않다. 박종웅이 정신을 차린 듯 머리를 끄덕였다.

"현직 대통령은 임기 중에 형사 처벌을 받지 않도록 되어 있으니까요. 지금 당장 무슨 일이 벌어지는 것은 아니지만 말입니다. 어쨌든 인기가 높아지겠습니다."

그러나 이미 대통령의 인기는 취임 초의 지지도로 치솟아 올라 있었다. 며칠 전에 조선, 동아, 중앙 3대 신문에서 조사한 여론 조사 결과로는 대통령의 업무수행 능력에 70퍼센트 가까운 국민이 잘한다고 평가했다. 두 달 전의 10퍼센트대에 비하면 천양지차가 난다. 이윽고 YS가 입술 끝을 비틀며 희미하게 웃었다.

"첨에는 노망든 줄 알았는데 잘하는 기라. 김대중이가 학실하게 마음을 비웠데이."

지금 김현철은 부산에 내려가 선거 운동 중이었다. 보름 앞으로 다가온 선거에 김현철이 당선될 것은 분명했다. 한나라당에서도 후보를 내지 않은 데다 경쟁상대로 나선 인물은 무소속 두 명이었는데, 둘 다 학력 허위 기재와 전과 사실 등이 드러나 제대로 선거 운동도 못 하고 있다. 아마 정동영의 기록을 깨는 전국 최다 득표를 할지도 모른다.

"허허허."

JP가 시선을 벽에 둔 채 허탈한 표정으로 웃었다. 당사에서 그도 방금 TV 임시 뉴스를 본 것이다.

"정형근이 대통령을 기소혔다구? 허허허."

"다 짜고 치는 고스톱 아닙니까?"

옆에 앉은 김종호가 쓴 것을 삼킨 얼굴로 말했다. 회의실에는 변웅

전과 이양희, 김학원까지 다섯이 둘러앉아 있었는데 다른 사람들은 섣불리 입을 열지 않았다.

자민련은 보수 본류를 자처해 왔었지만 북한과의 관계에서 대통령이 막 나갈 적에 제대로 보수의 목소리를 낸 적이 드물었다. 그것이 연정 파트너로서 대통령을 지지한다는 의미는 되었지만 색깔이 흐려진 것은 분명했다. 그러다가 이번 정형근의 대통령 기소로 다시 허를 찔린 셈이 된 것이다. JP가 가늘게 뜬 눈으로 김종호를 보았다.

"어디, 이인제를 한번 만나봅시다."

"그러시지요."

노회한 김종호가 선뜻 대답했다.

"오늘 저녁에 자리를 만들까요?"

"그러시오. 내 집에서 같이 식사나 하자고 허시오."

김종호가 정색하고 머리를 끄덕였다. 지난번에는 여의도의 식당에서 은밀하게 만난 것이다. 그런데 이번은 언론에 알려져도 좋다는 뜻이었다. 청구동에 오는 인사는 거의 모두 언론사에 체크가 된다. 이제 JP는 전면에 나선 것이다.

당사에서 돌아오는 이회창의 승용차에는 윤여준이 동석했다. 오후 6시 30분이 되어가고 있었다.

"연말까지 정계가 자연스럽게 개편될 것 같습니다."

윤여준이 차분한 목소리로 말을 이었다.

"DJ는 민주당 당적을 버렸지만 DJ가 밀어 주는 후보가 대선에 승리할 가능성이 현재로서는 75퍼센트입니다."

앞쪽만 바라보던 이회창이 차갑게 보이는 얼굴로 윤여준을 보았다.

"그건 우리 한나라와 합당이 되었을 때의 경우를 말하는 것이겠지?"

"그렇습니다. 이 페이스로 가면 DJ가 아무리 부정하더라도 민주와 한나라는 합당의 수순을 밟게 됩니다."

"민주당 쪽에서는 누가 앞장을 설까?"

"권노갑과 한화갑이 나서면 됩니다."

"이인제를 후보로 내세울 가능성은?"

"그렇게 되면 우리 한나라의 반발로 다시 원점으로 되돌아 가게 되지요. 한화갑이 노무현, 김근태를 내세워도 마찬가지일 겁니다. 정색한 윤여준이 이회창을 보았다.

"총재님, DJ가 총재님만 밀어 준다면 내년 대선은 100퍼센트 승리합니다, 그래서"

묻는 듯한 이회창의 시선을 받자 윤여준이 목소리를 낮췄다.

"DJ에게 조금 더 접근하시지요. DJ는 지금 총재님께 신호를 보내고 있습니다."

그러자 이회창이 쓴웃음을 지었다.

"당신은 또 내 융통성을 꼬집으려는 것 같구먼. 아직 시간이 있어."

"오늘 저녁 JP와 이인제가 회동을 합니다. 위기 의식을 느낀 두 사람이 이제는 공식 회동으로 도전했다고 봐도 됩니다."

"JP는 또 금방 발을 뺄 거야. 그 사람 제스처에 일희일비할 것 없어."

"민주당과 한나라당 저항 세력이 모여진다면 만만치 않습니다. 그들이 구체적인 윤곽을 잡기 전에 DJ한테서 낙점을 받아야 합니다."

윤여준의 목소리가 조금 높아졌다.

"YS가 현철이를 민주당에 넣었지만 DJ에게 그냥 따를 사람입니까?

한나라와 합당이 된다면 당장에 하나의 세력을 만들 수가 있습니다. 그 전에"

"알았어."

길게 숨을 뱉은 이회창이 시트에 등을 붙였다.

"정말 DJ는 놀라운 양반이야."

6월 하순이었지만 날씨는 찌는 듯이 더워서 한낮의 기온이 30도를 넘었다. 이수성이 에어컨을 켜놓아 시원한 인터컨티넨탈 호텔 로비로 들어섰을 때는 오후 3시 5분 전이었다. 곧장 로비를 지나 엘리베이터에 오르는 동안 시민 서넛이 얼굴을 알아보고 힐끗거렸으므로 이수성은 서둘러 발을 떼었다. 다행히 엘리베이터 안은 비어 있었다. 18층에서 내려 1807호실 앞으로 다가간 이수성이 벨을 눌렀을 때 곧 문이 열렸다. 이수성을 맞은 사람은 권노갑이다.

"어서 오십시오, 총리님."

얼굴을 활짝 펴고 웃으며 권노갑이 이수성의 손을 잡았다.

"오랜만입니다."

이수성이 절도 있게 인사를 하고는 권노갑이 이끄는 대로 방 안의 소파에 앉았다. 방 안에는 그들 둘뿐이다.

"갑자기 뵙자고 해서 죄송합니다."

앞쪽에 앉은 권노갑이 부드러운 시선으로 이수성을 보며 말했다. 미국 LA에 가 있던 권노갑은 대통령의 피습 사건이 일어나자 즉각 귀국했다. 그러나 일절 언론에 모습을 노출시키지 않은 터라 세간에 소문만 무성했을 뿐이다.

이수성이 정색한 얼굴로 권노갑을 보았다. 은밀히 둘이서 만나자는 권노갑의 연락을 받은 것이 어젯밤이다. 그래서 이수성은 승용차편으로 대구에서 달려온 참이었다.

"요즘 바쁘시지요?"

권노갑이 묻자 이수성이 다시 쓴웃음을 지었다. 지난 3월 말 민국당 전당 대회가 파탄으로 끝난 후에 민국당의 한승수, 강숙자 두 현역 의원은 민주당과의 연정에 합류했다. 그러나 주류인 김윤환과 비주류 최고위원인 이기택, 장기표는 탈당했고, 허화평, 신상우, 김동주 등과의 갈등은 끝나지 않았다. 이수성은 조순, 박찬종, 김상현과 함께 민국당의 고문인 것이다.

"다 아시면서 그러십니까? 민국당은 이제 겨우 두 현역만 살아 있는 꼴이 되었습니다."

"너무 거물들이 많은 것도 탈입니다."

권노갑이 이수성의 앞에다 오렌지 주스 잔을 놓으면서 말했다.

"전부터 위태위태했지요."

"그런데 요즘 대통령께서 아주 변하셨더만요, 놀랐습니다."

화제를 바꾼 이수성이 정색하고 권노갑을 보았다.

"대구 인심도 많이 바뀌었습니다. 잘하신다는 소리도 들린다니까요."

"그래서 말인데요."

한 모금 토마토 주스를 삼킨 권노갑이 이수성을 보았다.

"이 총리께서 민주당에 입당하셨으면 해서요. 지금 김중권 대표가 있지만 아직 뒷심이 약합니다, 그래서"

"날더러 김 대표의 뒷심이 되라는 말씀이신가요?"

"내 참, 무신 말씀을 그렇게."

이제는 권노갑도 정색했다.

"내년 대선에 나오시라는 말씀을 드리는 겁니다."

"대선에."

이수성이 놀란 듯 눈을 치켜떴고 권노갑은 말을 이었다.

"김 대표와 이 총재의 양자 대결이 되리라고는 이 총리께서도 생각지 않으셨겠지요? 이인제가 가만있지 않을 것이고, 한화갑이 그렇게 되도록 보고만 있겠습니까? 치열한 접전이 되겠지만 결국 누가 되어도 이 총재의 적수로는 역부족입니다."

"…."

"왜냐하면 김 대표의 영남 기반이 취약할 뿐만 아니라 전라도 표의 이탈 가능성이 많아질 테니까요."

다시 한 모금 주스를 삼킨 권노갑이 말을 이었다.

"이인제가 대선후보가 되어도 마찬가지입니다. 경상도는 말할 것도 없고 전라, 충청도 뭉치지 않을 테니까요."

"한 최고는 어떻습니까?"

"그만 한 인물도 없지만 전라도 아닙니까? 대선 때의 지역감정은 없다가도 만들어지니까요."

"그래서 내가 어떤 역할을 하라는 말씀입니까?"

"당고문이 되어서 기반을 닦으세요."

자르듯 말한 권노갑이 상체를 굽히고는 이수성을 노려보았다.

"대통령께서는 전국적인 지지를 받는 차기 후계자를 바라십니다. 그 후보 중 하나로 이 총리가 지명되셨다는 말입니다."

대통령의 뜻이라는 말이었다. 숨을 죽인 이수성에게 권노갑의 말이 나직하게 이어졌다.

"후보지명 전당 대회가 앞으로 6개월 남았습니다. 아직 시간이 있어요. 정치는 생물(生物)이어서 항상 움직이고 있으니까요. 받아들이는 자의 역량에 따라 변하기도 한단 말입니다."

이수성이 민국당을 탈당함과 동시에 민주당에 입당한 것은 이틀 후였다. 민주당사에서 김중권 대표와 최고위원들이 참석한 입당 발표는 뉴스로 보도되었는데 이수성은 입당과 동시에 당 고문으로 위촉되었다. 화려한 변신이었다. 그러나 이수성의 입당 배후에 대통령이 있다는 것은 초등학생도 알고 있었다. 대통령이 민주당적을 버렸다고는 하지만 절대적인 당원들의 지지를 받는 터였고 완전히 당사(黨事)를 떠날 수는 없는 것이 현실이었다. 만일 그렇게 된다면 민주당은 당장에 사분오열이 될 테니 당대표 김중권으로서도 매달려 잡아야 할 판이었다.

"흐음, 드디어 김대중이 밑그림을 그리기 시작하는고마."

TV의 스위치를 끈 YS가 눈을 가늘게 뜨고 앞에 앉은 김덕룡을 보았다. 오늘은 김덕룡이 상도동에 찾아온 것이다.

"이수성을 키워 이회창을 누르겠다는 계략이다. 이수성이 이인제 용도로 쓰이는 기라."

"그러면 민주당 후보로는 이인제가 됩니까?"

정색한 김덕룡이 물었다.

"이인제가 한화갑, JP의 지원을 받으면 지난번 DJ 모양새가 될 것 같은데요."

"글쎄."

YS가 머리를 한쪽으로 기울였다.

"두어 달 전의 김대중이 같으면 금방 수를 읽을 수 있겠고마 지금은 다르지 않나? 김대중이가 광화문에서 돌을 맞고 더 이상해진 기라."

"김중권의 영남기반을 떼어 갈 테니 민주당 안이 시끄러워지지 않겠습니까?"

"권노갑이 뒤에서 잡고 있는 기라."

소파에 등을 붙인 YS가 상기된 얼굴로 옆쪽에 앉은 박종웅을 보았다. 그는 방금 부산에서 올라온 참이었다.

"이회창이가 더 불안해 하겠데이. 종웅이 니가 잘 살피그라."

"예, 각하."

"이수성과 이회창의 쌈이 될 가능성도 있는 기라. 그땐 이회창이 불리하다."

그러자 김덕룡이 커다랗게 머리를 끄덕였다. 그도 한나라당 최고 원로급이었지만 YS의 예단에 감탄한 표정이 역력했다. 단순한 것 같으면서도 육감과 순발력이 출중한 것이다. 보통 사람은 도저히 따라가지 못한다. 그래서 대통령까지 된 것이 아닌가?

다음날 오전은 안보회의가 있었으므로 이회창은 청와대로 출근했다. 북한은 한국군의 군단급 기동 훈련에 격렬한 비난을 퍼붓고 적십자사 회담도 중지시켰지만 금강산 관광이나 고성항 건설 사업 관계 등 경제 사업과 연결시키지 않았다. 대통령의 미국 방문 이후로 남북 관계는 조금도 진전되지 않은 것이다. 그것은 그동안 한국 측에서 아무것도 북한 측에 준 것이 없다는 말이나 같다.

그러나 미국과의 관계는 호전되어서 군단급 기동 훈련이 끝난 후에 부시는 대통령에게 전화를 걸어 안부를 물어왔다. 지난번 돌을 맞고 입원했을 때 병원에다 전화를 해왔을 때보다도 더 부드러운 분위기였다.

회의를 마쳤을 때는 거의 10시가 되어가고 있었다. 대통령이 생각난 듯 입을 열었으므로 모두의 시선이 모여졌다.

"저, 로버트 김이라는 사람 말인데."

회의실 안은 조용해졌다. 로버트 김은 한국명이 김채곤인 미국 시민으로 지금 펜실베니아 주 엘런우드 연방 교도소에 5년째 수감되어 있다. 죄명은 국가 기밀 취득 공모죄로 자신이 근무하던 해군 정보국(ONI)에서 빼낸 정보를 한국 대사관의 무관 백동일 대령한테 건네주었던 것이다.

그러나 로버트 김은 대가를 받지도 바라지도 않았다. 그리고 그 기밀서류라는 것도 비군사적인 한반도와 아시아 태평양 지역에 대한 정보로서 내용은 미국과 우방이 공유한 것들이며 한국이 공식 채널을 통해 얻을 수도 있는 정보였다.

또한 로버트 김은 문서의 발신자를 자신으로 기재했으며 미국정부를 위해 기밀 등급과 출처도 삭제시키고 건네주었다. 그래서인지 미국 정부는 백 대령에게 구금이나 처벌의 허가도 얻으려고 하지 않았고 공식 항의도 없었던 것이다. 그러나 로버트 김은 법정 최고 형량인 징역 9년에 보호 관찰 3년의 형을 받은 채 외롭게 구속되어 있다.

지난 3월 초의 대통령의 미국 방문 시에 로버트 김 구명 위원회에서는 대통령이 직접 부시에게 청원을 해 주기를 바랐지만 무위로 끝났다. 대통령은 청원을 하지 않았던 것이다. 대통령의 말이 이어졌다.

"10월 4일이 대법원의 마지막 재심 청구일이라는데, 고급 변호사를 선임해야 되지 않을까요?"

그러자 정형근이 헛기침을 했다.

"예, 한국계 변호사가 애쓰고 있지만 유명한 백인 변호사를 고용하면 큰 도움이 될 것 같습니다."

"그럼 남북협력 기금에서 조금 빼 쓰면 어떻겠습니까? 변호사 비용으로 말이오."

대통령의 시선이 이회창과 김중권에게 차례로 옮겨졌다.

"국회에서 동의를 받을 수 있겠지요?"

"물론입니다."

김중권이 서둘러 대답했고 이회창은 입술 끝을 올리며 웃었다.

"반대할 사람이 있겠습니까?"

머리를 끄덕인 대통령이 끝 쪽에 앉은 한광옥을 바라보았다.

"외교장관한테 말해서 주미 대사더러 교도소에 면회를 가라고 해요. 집에도 찾아가 가족들도 위로해 주고."

"예, 대통령님."

"가족들 생활비로 한 200만 달러만 따로 보내 주먼 쓰겄는디, 될까요?"

그러자 이번에는 이회창이 먼저 대답했다.

"변호사 비용까지 300만 달러를 보내지요."

"그럼 한나라당에서 제안을 허시지요."

그러고는 대통령이 자리에서 일어섰다.

"애국자를 도우는디 여야가 따로 있습니까? 대통령이 생색내서 뭣에 쓰겠습니까?"

그날 오후에 여야의 공동 발의로 남북협력 기금 중에서 300만 달러를 떼 내어 로버트 김에게 보내는 법안이 상정되어 30분 만에 만장일치로 가결되었다. 그것이 요즘 특종에 재미를 붙인 언론사 기자들을 통해 일제히 저녁 뉴스에 보도되었는데 민주당은 물론이고 한나라당까지 대변인 성명으로 대통령의 지시였다는 것을 밝혔다.

"그것 참."

기사식당에 앉아 저녁으로 쌈밥을 먹으면서 뉴스를 보던 박대구가 목이 메어 말을 잇지 못했다. 그가 부릅뜬 눈으로 옆자리에 앉은 젊은 기사를 보았다.

"바로 저렇게 혀야 허는 거여."

"뭐가 말이오?"

"대통령이 큰 정치 헌다고 의원 꿔주기나 허는 것이 아니란 말이여. 저렇게 국민 한사람한티 신경을 써야 되는 거여"

"어디 저 사람이 한국 사람이오? 미국 사람이라던데."

안면이 많은 젊은 기사는 택시 회사 소속의 영업용 기사였다. 그가 순대국밥을 씹어 삼키더니 박대구를 보았다.

"아저씨는 정치에 디게 관심이 많으십디다. 자주 열 받으시는 걸 보니까 말이요."

"내가 열을 받는다고?"

기분이 상한 박대구가 눈을 부릅뜨자 사내가 자리에서 일어섰다.

"다 그놈이 그놈이오. 난 아예 신문도 안 봅니다."

밥값을 치른 사내가 식당을 나서자 박대구는 입맛을 다셨다.

"저 새끼는 평생 영업용만 굴리다가 뒈질 놈이구먼. 말허는 꼬락서니를 봉게 말이여."

오늘 최만성이 옆에 있었다면 같이 맞장구를 쳤을 것이다. 요즘 최만성도 DJ맨이 되어서 둘이는 아주 죽이 맞는다.

7월 초여서 연일 30도를 웃도는 땡볕이 쏟아져 내렸다가 아침에 한 차례 소나기가 내린 다음에 오후에는 선선해졌다. 점심을 마친 이진철 검사가 사무실로 돌아왔을 때는 오후 1시 30분이었다.

"연락 온 데 없습니까?"

몸에서 갈비 냄새를 풀풀 내고 있는 장성호 계장한테 건성으로 물으며 자리에 앉았을 때 전화벨이 울렸다.

"예, 서울지검 공안 제1과장실입니다."

장성호는 이진철의 앞인지라 제법 공손하게 전화를 받았다. 검찰 업무를 하다 보면 저도 모르게 말투가 고압적이 되는 것이다. 그것은 권위 의식 때문이라기보다 피의자를 심문해 오던 습성이 몸에 배어서 그런다. 정중하고 겸손하게 강도나 살인자를 대했다면 열에 아홉은 기어올라 하루에 조서 두어 장 받는 것으로 끝장이 날 것이다.

"예? 누구시라고요?"

장성호의 목소리가 높아졌으므로 이진철은 시선을 들었다. 이맛살을 찌푸린 장성호는 짜증이 난 표정이었다.

"다시 말씀해 주시지요."

그러더니 이번에는 머리를 한쪽으로 기울였다.

"한광옥 씨요? 실례지만 무슨 일로."

했다가 장성호가 퍼뜩 눈을 치켜뜨더니 상반신을 뻣뻣이 세웠다. 그때는 이진철도 긴장해서 장성호를 노려보고 있었다.

"청, 청와대이십니까? 그, 그러면."

그러고는 장성호가 벌떡 자리에서 일어섰다.

"예, 저는 담당계장 장성호올시다. 예, 지금 과장님 계십니다."

대통령 비서실장 한광옥인 것이다. 이진철이 서둘러 다가와 전화기를 낚아채었다.

"예, 공안 1과장 이진철입니다."

그러자 굵고 낮은 목소리가 귀를 울렸다.

"예. 난 한광옥입니다. 바쁘신데 전화로 실례합니다."

"아닙니다."

"저, 지난번에 국정원에서 고발한 서류가 거기에 있지요?"

"무, 무엇을 말씀하시는지."

이진철은 손등으로 이마의 땀을 닦았다. 지난달 국정원장 정형근이 대통령을 보안법 위반 혐의로 고발한 고소장을 말하는 것이다. 국정원에서 작성된 서류여서 대통령의 보안법 위반 사실이 조목조목 나열되어 있었는데 완벽했다.

그래서 검찰 수뇌부는 물론이고 대공부 검사들까지 열독(閱讀)한 것이다. 그러나 그것으로 그만이었다. 대통령이 보안법의 강화를 목적으로 쇼를 한 것이 분명했다.

따라서 수뇌부는 이진철에게 보관하고 있으라고만 지시를 내렸다. 그때 한광옥의 목소리가 이어졌다.

"대통령께서 언제 출두하면 좋겠느냐고 물으시는데, 오늘 오후 5시쯤이 어떻습니까?"

"대통령이 말씀입니까?"

"예, 대통령이 재직 시에는 형사 소추를 받지 않을 면책 특권이 있는 줄은 압니다만 출두하셔서 조사를 받으시겠답니다."

"아아, 예."

당황한 이진철이 초점 없는 시선을 굴리다가 헛기침을 했다. 입장이 거꾸로 되어 있었지만 아직 그것을 판단할 여유도 없었다.

"예, 잘 알겠습니다."

"그럼 5시에 뵙지요."

"예, 안녕히."

저쪽에서 끊기를 기다린 다음에 이진철은 전화기를 내려놓았다. 그러고는 다시 전화를 들었다. 이것은 검찰총장에게 직보를 해도 상관없는 엄청난 사건이었지만 순서를 따질 겨를은 있었다. 서울지검장은 방에 없더라도 번개처럼 연락이 될 것이다.

청와대 공보 수석실의 안대훈 언론 비서관의 전화가 왔을 때 조선일보 편집국장 백명호는 회사 근처의 일식집에서 점심에 곁들여서 낮술을 마시는 중이었다.

안대훈도 기자 출신으로 백명호와는 꽤 친숙한 사이였다.

"백 형, 특종이 있는데 가보셔야지."

안대훈이 대뜸 말했으므로 백명호가 손을 들어 식탁 주위의 입들을 막았다.

"무슨 특종인데 그래?"

"대통령께서 5시 정각에 서울지검에 출두하셔. 사진이라도 몇 방 찍어 주셔야지."

"하하, 그것 참."

저도 모르게 소리 내어 웃은 백명호가 핸드폰을 고쳐 쥐었다. 어쨌든 대특종이다.

"대통령께서 요즘 왜 그러시는 거야? 우리한테는 좋지만 말이야."

"그렇다고 너무 노골적으로 쇼라고 매도하지는 마라."

안대훈의 목소리가 가벼웠으므로 백명호도 들뜬 기분이 되었다.

"서울지검 누구한테 가는 거야?"

"담당이 공안1과장이라고 하더구먼. 아마 그 친구한테 가겠지."

"로비의 촬영선에서도 서 주실 건가?"

"그렇게는 못 하지만 현관 앞은 비워 줄 테니까 얼른 서둘러."

"알았어."

핸드폰의 뚜껑을 닫으면서 백명호는 서둘러 일어서다가 식탁이 밀려 술잔이 엎어졌다. 백명호가 눈을 부릅떴다.

"시발, 대특종이다. 5시에 대통령이 서울지검 공안1과장한테 출두한다."

함께 있던 부장들이 놀라 따라서 일어섰고 정치부장 고병진이 소리치듯 물었다.

"자진해서 가는 것이지요?"

"그걸 말이라고 해?"

방에서 한꺼번에 손님들이 쏟아지듯 나왔으므로 주인과 종업원이 놀란 듯 바라보았다. 백명호의 뒤를 따르면서 고병진도 들뜬 목소리로 말했다.

"전 언론기관에다 연락을 했겠구먼요. 9시 뉴스에 특종으로 보도 되겠습니다."

"그럼 서울 지검에 나가 있는 중계차로 연결하겠습니다."

아나운서의 멘트가 있은 다음에 서울 지검의 대낮같이 불을 밝힌 청사를 배경으로 서 있는 기자의 모습이 화면에 떴다.

"여기는 서울지검입니다."

화면에 자주 나오는 고참 기자였지만 얼굴 표정과 목소리는 흥분으

142

로 들떠 있었다.

"지금 9시 15분 현재, 대통령은 아직 나오지 않았습니다. 5시부터 4시간이 넘도록 조사를 받고 있는 것입니다."

"언제 끝난다고 합니까?"

본부의 아나운서가 묻자 기자의 대답이 이어졌다.

"아직 정확한 정보는 없습니다만 대통령은 7시경에 밖에서 들여간 설렁탕으로 저녁을 드셨다고 합니다."

"이렇게 오래 걸리는 건 사건이 심각하기 때문입니까?"

"그렇게는 보지 않습니다. 그리고 대통령은 임기 중에 형사 소추를 받지 않는다는 면책 특권이 있기 때문에 조사는 곧 끝난다는 것이 검찰청 주변의 분위기입니다."

"그럼 이 기자 계속 수고해주세요."

그러고는 화면이 데스크로 돌아오더니 아나운서가 옆에 앉은 동국대학교 교수 서정수에게 물었다.

"꽤 오래 걸리는데, 서 교수께서는 오늘 대통령의 검찰 자진 출두를 어떻게 보십니까?"

"요약하면 법치 국가에서 대통령부터 법을 지켜야 한다는 것을 행동으로 보이신 것이라고 볼 수 있습니다."

입바른 소리로 유명한 서정수의 얼굴에서 야릇한 웃음기가 번졌다.

"그리고 보안법을 유지시켜야 한다는 대통령의 의지를 표현한 것이지요."

"쇼하고 있네."

쓴웃음을 지은 YS가 화면에서 머리를 돌리더니 옆에 앉은 김현철을 보았다. 김현철이 정형근의 지역구인 부산 북 강서갑에서 압도적인 지지를 받아 국회의원에 당선된 것이 사흘 전이다.

"하지만 김대중이의 변신은 놀랍다. 요짐 민심을 잘 읽고 있는 기라."

"부산 인심도 많이 좋아지고 있었습니다."

김현철이 웃음 띤 얼굴로 화면과 YS의 얼굴을 번갈아 보며 말했다.

"모두 쇼인 줄은 알지만 하는 짓이 가슴에 와 닿는다고 합니다."

"무신 가슴."

혀를 찬 YS가 이맛살을 찌푸렸다.

"저러다가 뒤통수친다 아이가? 내가 보기에는 개헌할라꼬 꼼수를 쓰는 것 같데이."

"한나라하고 합당을 하면 몰라도 개헌이 되겠습니까?"

"합당할 테니 두고 보아라."

마침 서재에는 둘뿐이었지만 YS가 목소리를 낮췄다.

"김대중이가 이회창이는 이미 손안에 넣었데이. 더구나 당적까지 버렸으이 새 당을 만들어 총재가 되고 개헌을 할 끼라. 그라고 한 번 더 대통령을 해묵고 넘길 가능성이 있는 기라."

"설마 그러기야 하겠습니까?"

그러면서도 김현철의 얼굴도 긴장으로 굳어졌다. 그런 소문도 들었기 때문이다.

대통령은 밤 10시 30분에 서울지검에서 나왔는데 대기하고 있던 승용차에 오르더니 곧장 청와대로 향했다. 그때까지 서울지검의 현관 앞에 진을 치고 있던 언론사 기자들은 이번에는 경호실 요원들이 멀찍이 밀어낸 바람에 먼 거리에서 대통령의 모습만 찍었을 뿐이었다. 그래서 대통령이 나간 후에 서울지검으로 몰려가 발표를 기다렸다.

"서울지검은 고발 내용의 사실 조사만 했다는 발표를 할 것입니다."

돌아가는 차 안에서 한광옥이 옆에 앉은 대통령에게 조심스럽게 말했다. 그도 안쪽 대기실에서 다섯 시간이 넘도록 기다리면서 저녁은 자장면으로 때웠다.

"지검 차장이 발표할 것입니다."

"모두 쇼라고들 허겠지?"

대통령이 불쑥 물었으므로 한광옥은 저도 모르게 입맛을 다셨다. 오후에 대통령이 서울 지검에 출두하겠다고 말했을 때 한광옥은 극력 반대를 한 것이다. 보안법 위반으로 국정원장이 고발한 것만으로도 헌법이 우선이라는 의식을 국민들에게 충분히 심어 주었다고 그는 판단했다. 대통령이 자진 출두하는 모양은 너무 뻔한 연출인 것이다. 그러나 차마 그렇게는 말 못 하고 대통령의 고집대로 지검에 동행했지만 내내입맛이 썼다.

대통령의 기다리는 듯한 시선을 받은 한광옥이 입을 열었다.

"예, 아마 그럴 것 같습니다. 대통령은 면책특권이 있는 터라."

"아따. 검사 앞에 앉았더니 분위기가 썰렁허데. 대통령인 내가 그러니 일반 국민들은 오죽 허겠어?"

"…."

"조사받는디 검찰총장이 두 번이나 들어 왔어. 그래서 같이 9시 뉴스를 봤어."

"법무장관도 청사에서 대기하고 있었습니다."

법무장관뿐만 아니다. 이한동 총리에다 고발 당사자인 정형근 국정원장까지 모두 사무실에서 저녁을 시켜 먹고 기다렸던 것이다. 피로한지 대통령이 시트에 등을 붙였다.

"쇼는 쇼지만 검찰의 위상이 이것으로 저도 모르게 세워졌을 거여. 앞으로는 비리 정치인이나 공직자가 제 발로 출두하지 않으면 안 될 팅게."

혼잣소리처럼 대통령이 말했으나 한광옥이 퍼뜩 눈을 크게 떴다. 대통령은 대규모 사정을 예상하고 있는 것일까? 온몸에 찬 기운이 스며드는 것 같았으므로 한광옥은 배에 힘을 주었다. 대통령이 스스로 검찰에 출두한 상황인데 그 어느 누가 의원의 면책특권이네 고위 공직자를 사칭하고 뻗댈 수가 있겠는가?

현대건설이 부도 후 법정 관리로 들어갔을 때 경제에 끼친 영향은 컸다. 수백 개의 하청 회사가 도산했고 5만 명이 넘는 실업자가 발생한 것이다. 거기에다 공기업 구조조정까지 덮어씌운 바람에 한국 경제는 거의 마비 상태가 되었다.

그러나 대통령의 극적인 광화문 사건이 일어난 지 두 달이 지난 지금 상황은 180도 바뀌었다. 공기업 구조조정이 마무리되면서 노조의 세력이 눈에 띄게 약화되었고 그것을 시발로 외국자본이 대거 쏟아져 들어온 것이다.

또한 정부 정책을 신임하기 시작한 기업가와 국민들의 투자 활동이 왕성해지면서 경제는 급속도로 탄력을 받았다. 국민이 정부를 믿으면 불가능한 일이 없다는 증거인 것이다. 그리고 그 핵은 대통령이다. 국민들은 이제 대통령을 믿기 시작한 것이다. 그동안 수없이 말을 바꾸면서 오만과 독선의 행태를 보여 왔던 대통령이다. 그것이 어떤 거창한 목표를 위한 일이었건 간에 국민이 얼른 납득하지 못한 방법이라면 오직 교언과 술수로만 비쳐질 뿐이다.

특히 대북 관계에 있어서는 국민 대다수를 차지하는 보수층과 기업인, 군인들까지 대한민국의 미래에 대해서 불안감을 품게 만들었다. 시드니 올림픽에서 남북한 선수단 비율이 400명 대 100명인데도 불구하고 입장식에 100 대 100으로 참가시켜 한국 선수단 300여 명을 구경꾼으로 배제시킨 것이 남북 연방제의 단적인 예로 비추어졌다. 생소한 한반도기를 보면서 감개에 젖은 사람은 드물었던 것이다.

피땀 흘려 이룩한 경제 부흥은 대한민국 전체 국민의 몫이며 자랑인 것이다. 300만이 굶어 죽었다는 북한의 경제 악화는 집권층의 독재와 무능 때문이겠으나 어쨌든 북한이 짊어져야 할 책임이다. 그러나 통일과 민족이라는 명분으로 대통령은 무조건 국민들의 피땀이 섞인 세금을 북한에다 퍼 주었다. 그것도 모자라 현대를 통해 간접적으로도 쏟아부었다.

따라서 경제적, 보수적 사고를 갖춘 한국인의 입장으로는 남북한 모두 합쳐 500여 명의 선수단이 200명으로 줄어든 것에 빼앗긴 것처럼 허탈했고 급조된 우스꽝스러운 한반도기에 불안감을 느꼈을 것이 당연했다. 또한 소외된 한국 선수단 300명에서 이 괴상한 남북 관계 상황 한복판에 서 있는 자신의 모습을 보았을지도 모른다.

그러나 대통령은 달라졌다. 현대아산을 통해 금강산 관광은 계속되고 있었으나 북한에 대한 경제 원조니 협상은 내국 사정도 있는 터라 딱 끊었고 신임 국정원장을 중심으로 대북관을 다시 정립시켰다.

그동안 북한은 연일 강경한 대남 비방을 퍼부었지만 행동으로 옮기지는 않았다. 미국의 부시와 파월로 이어지는 강경 노선이 걸렸기 때문이기도 할 것이다.

그래서 며칠 전에는 북한 방송이 김대중은 노벨상을 타려고 남북 관계를 이용했다는 폭언까지 퍼부었다. 차마 눈뜨고 볼 수 없는 작태였다. 청와대에서 안보회의를 마친 이회창이 막 현관 앞에 멈춘 승용차에 오를 때에 비서관 하나가 서둘러 다가왔다.

"총재님, 대통령께서 부르십니다."

그러자 허리를 편 이회창이 쓴웃음을 지었다.

"회의 끝나고 말씀하셨다면 이곳까지 나오지 않았어도 되는 것 아뇨?"

"죄송합니다."

비서관은 머리를 숙였지만 죄송한 얼굴은 아니었다.

"지금 기다리고 계십니다."

대통령은 한광옥의 안내를 받은 이회창이 집무실로 들어서자 자리에서 일어나 맞았다.

"상의 드릴 것이 있어서요."

장방형의 테이블에 셋이 앉았을 때 대통령이 입을 열었다.

"민주당은 자민련, 민국당의 3당 연합으로 겨우 137석이 되었지만 한나라당의 협조 없이는 아무것도 못 합니다."

이제야말로 본격적인 정치 협상이 시작되는가 보다 하고 이회창은 바짝 긴장했다. 대통령은 지금까지 자신을 안보회의의 위원으로 참석시켰으며 한나라당 의원 정형근을 국정원장에 임명하는 파격을 보였다.

그래서 이쪽에서도 정형근의 지역구인 부산 북 강서갑을 민주당 김현철에게 내준 데다 시위에 관한 법안 등에 적극 협조해 준 것이다. 여야가 합심해서 국난을 헤쳐 나간다는 자세를 국민에게 보여 준 셈이어서 한나라당의 지지도도 민주당과 같이 상승했다.

따라서 정가에서는 물론이고 일반 국민들 사이에서도 민주당과 한나라당이 합병한다는 소문이 끊임없이 나돌았다. 그와 비례해서 자민련은 소외감을 느끼고 있는 것이다. 대통령의 말이 이어졌다.

"지금 민주당에 이수성 고문까지 입당한 바람에 춘추 전국의 양상이 되었지요. 하지만 잘 아시다시피 모두 한계가 있습니다."

이회창은 똑바로 대통령에게 시선을 준 채 가만있었다. 이수성의 입당으로 제일 타격을 입은 사람은 민주당 대표인 김중권일 것이다. 김윤환과 손을 잡고 대구 경북 지역의 기반을 바탕으로 경남과 부산까지를 석권하려던 화려한 계획이 무산된 것은 말할 것도 없고 당대표의 위상마저도 흔들리는 중이다. 그것은 이수성을 입당시킨 배후가 권노갑이라는 것을 모두가 알기 때문이다.

권노갑은 대통령의 분신인 사람이다. 그러나 이수성이 김중권보다 파괴력이 높은 건 사실이었으나 정치 기반이 취약했다.

권노갑이 애를 쓰겠지만 벌써부터 이인제는 JP와 밀접해져서 반란의 움직임을 보이고 한화갑의 전라도 세력도 호락호락 굽히고 들어갈 분위기가 아니었다. 대통령의 말이 이어졌다.

"그래서 말씀인데, 난 이미 민주당을 떠난 입장이라 민주당 내부에서 대권 후보가 누가 될 것인가는 각자의 능력에 맡길 수밖에 없습니다."

"지당하신 말씀입니다."

마침내 이회창도 한 마디 했지만 속으로는 뒤에서 다 조종하면서 딴

소리 한다고 생각했다.

"이 총재."

대통령이 은근한 시선으로 이회창을 보았다.

"내가 중립적인 입장에서 드리는 말씀인데, 내 부탁을 들어 주실랍니까?"

"예, 말씀 하시지요."

"의약분업 관계 법안을 모두 원점으로 돌립시다. 무슨 말인고 하면 의약 관계를 모두 의약분업 이전의 상태로 환원시키자는 말씀입니다."

놀란 이회창이 눈을 크게 뜨고는 대통령의 얼굴에서 한광옥으로 시선을 옮겼다. 그러나 한광옥의 포커페이스는 조금도 변하지 않는다.

"대통령님, 그, 그러면"

"지금 김원길 장관이 애쓰고는 있지만 땜질 처방이 될 뿐입니다. 나중에는 국고를 쏟아부어야만 해요. 의약 정책은 결국 실패했습니다."

정색한 대통령이 말을 이었다.

"더 이상 국민을 기만한 채 끌고 나갈 수는 없다고 생각해요. 그래서 이 총재가 직접 이 문제를 제기해 주셨으면 좋겠는데."

"제, 제가 말씀입니까?"

"그렇습니다. 이 일은 나하고 이 총재, 그리고 여기 있는 한 실장까지 셋만 알고 있기로 하십시다."

이회창은 눈을 크게 뜬 채 얼른 대답하지 않았다. 의약분업 정책은 국민의 정부에서 YS 정권 때의 금융 실명제와 비견할 만한 업적으로 삼고 싶었던 대선 공약이었다. 그러나 의보 통합으로 재정 적자가 일거에 4조 가깝게 됨으로써 졸속 정책, 실적에 눈이 먼 명분과 구호에만 집착한 정책이라는 것이 만천하에 드러났다.

그래서 대통령은 사과까지 하고 김원길을 장관으로 임명했으나 특별한 대안이 있을 리가 없었다. 의보 통합과 의약분업은 재정 고갈을 불러일으킬 것이라는 반대 의견을 오만과 독선으로 밀어붙였기 때문이다. 그 주역이 바로 대통령이다. 그런데 대통령의 입에서 의약분업 법안을 다시 원점으로 회귀시키자는 제안이 나온 것이다. 그것도 야당 총재의 제안으로 국회에서 관계 법안을 원점으로 돌리라는 말이었다. 이회창의 표정을 본 대통령이 쓴웃음을 지었다.

"내가 저질러 놓은 일이라 내가 도로 물리는 것이 어색해서 그런다고 생각하시면 됩니다. 이 총재께서 법안 폐지를 주장하시는 것이 당연하구요. 그래야 정상이고 내 실정(失政)이 분명해집니다."

"대통령님, 그렇지만."

침을 삼킨 이회창이 대통령을 똑바로 보았다.

"다른 방법이 있지 않을까요? 그렇게 되면 너무"

말을 그친 이회창은 이게 무슨 말인가 하고 자신을 나무랐다. 자신도 모르게 대통령의 입장을 생각했던 것이다.

그러자 대통령이 머리를 저었다.

"아닙니다. 난 이미 결심했습니다. 이 총재께서 서둘러 주세요. 국회 표결에서도 별 문제가 없을 겁니다."

집무실을 나온 이회창이 옆에 따라붙은 한광옥에게로 머리를 돌렸다. 아직도 놀라움에서 깨어나지 않은 이회창의 얼굴은 굳어져 있었다.

"난 아직도 머리가 혼란스러운데."

이회창이 정색하고 말을 이었다.

"1년여 동안 그 고생을 하고 만들어 낸 법인데, 괜찮을까요?"

"악법이지요."

입술 끝을 구부리고 웃은 한광옥이 혼잣소리처럼 말했다.

"총재께서는 그냥 추진하세요. 이대로 놔둘 수는 없다는 것이 대통령님의 의지입니다."

"그나저나 대통령께서"

"마음을 비우신 것이지요."

그러고는 한광옥이 길게 숨을 뱉었다.

"몇십 년 모신 저도 요즘은 깜짝깜짝 놀랄 정도니 이 총재께서 그러시는 건 당연하지요."

이회창이 저도 모르게 한광옥을 따라 길게 숨을 뱉었다. 그러나 가슴은 벅차올랐다.

다음날 아침 당무 회의에서 이회창은 당직자의 보고를 들은 다음 헛기침을 하더니 앞에 놓인 마이크를 끌어 당겼다.

"오늘 오후의 국회 본회의에서 내가 의약분업 법안을 예전으로 회귀시키자는 제안을 할 것이고 법안 폐기에 대한 국회 동의안을 제출할 예정입니다. 그러니 원내 총무는 준비를 해 주시고 대변인은 성명서를 작성해 주시도록."

그러자 장내가 금방 술렁거렸다.

"아니, 총재님."

부총재 이부영이 정색하고 이회창을 보았는데 입끝이 조금 올라가 있다. 기가 막힐 것이다.

"민주당이 당운을 걸고 추진한 의약분업 법안인데 받아들이겠습니까? 신중하게 처리하시는 것이 낫겠다고 생각합니다만."

그러자 김덕룡이 나섰다.

"모처럼 여야가 합심해서 국정을 처리한다고 여론이 좋아지는 상황인데 민주당을 들쑤실 필요는 없다고 생각합니다."

"잘못된 법안은 문제 제기를 해야 됩니다. 민주당과 분위기가 좋아졌다고 이대로 안주할 생각은 없습니다."

이회창이 단호하게 말하자 최병렬과 강삼재, 강재섭, 거기에다 박근혜까지 머리를 끄덕이거나 옳다고 동의를 했다. 그러나 각각 나름대로의 계산과 복선들이 있는 터라 표정은 모두 달랐다. 분위기가 잡혔으므로 이회창이 다짐하듯 결론을 내렸다.

"그럼 오후의 동의안 제출과 표결에 대비해서 총무와 총장, 대변인은 만반의 준비를 해 주시도록."

이회창이 회의실을 나가자 먼저 부총재 강삼재가 옆에 앉은 강재섭에게로 머리를 돌렸다.

"여론을 타겠다는 거야, 뭐야?"

"글쎄, 이참에 주도권을 한번 잡아보자는 생각이신가?"

둘의 얼굴에는 비슷한 형태의 웃음기가 떠올라 있었다. 그들의 건너편에 앉은 김덕룡은 다가온 이부영에게 쓴웃음을 지어 보였다.

"영웅심이 발동한 것인가? 저 양반."

"DJ가 펄쩍 뛰게 생겼는데요. 이제까지 뒤를 살살 봐 준 형편이니 배신당한 기분일 거요."

이부영이 비어 있는 옆자리에 앉자 김덕룡은 다시 풀썩 웃었다.

"뒤통수만 치던 DJ가 이번에는 저 양반한테 뒤통수를 맞게 되겠군."

"말도 안 되지. DJ가 요즘 달라졌다고는 하지만 집권 4년간 기를 쓰고 만든 의약분업 법안을 폐기하려고 하겠습니까? 자신의 실정을 만천하에 드러내는 일인데 말이오."

"아, 글쎄, 영웅심이라니까."

입맛을 다신 김덕룡이 자리에서 일어섰다.

"이 총재는 과반수 미달로 국회 본회의 표결에 상정도 못 하고 쇼로 끝날 거요."

"괜찮을까요?"

원내 총무 정창화가 조심스럽게 묻자 이회창은 정색하고 머리를 끄덕였다. 총재실 안에는 부총재 최병렬과 하순봉, 그리고 정창화와 사무총장 김기배, 정책위의장 목요상에다 대변인 권철현까지 모여 있었지만 분위기는 가라앉아 있었다. 한마디로 자신감이 결여된 표정들이다.

"쇼라고들 하겠지만 국민의 원성이 대단한 상황인데 우리가 나서야 하지 않겠소?"

"현실적으로 통과가 불가능한 상황이라 여야 관계만 악화될 것 같아서 그러는 겁니다."

최병렬이 입바른 소리를 했다.

"그렇게 되면 총재님 모양새만 우습게 될 것 같아서 걱정입니다."

"상관없어요."

부드럽게 말한 이회창이 정창화에게로 머리를 돌렸다.

"지금쯤 민주당 쪽에도 정보가 흘러갔겠지요?"

"이회창이 돌았군."

정대철이 기가 막힌다는 표정을 하고는 주위를 둘러보았다.

"배은망덕도 유분수지. 우리가 국정 파트너로 삼아 주었으면 합리적인 다른 방법을 연구하자고 해야 정상이지, 법으로 의약분업을 원점으로 돌리자고?"

백번 맞는 말이었으므로 둘러앉은 최고위원, 고문단은 아무도 반론을 내지 않았다. 한나라당의 당직자 회의가 끝난 지 15분이 지난 오전 10시 30분이다. 정보는 10분 후에 곧장 이쪽으로 전달이 되어서 최고위원과 고문단의 긴급회의가 열린 것이다. 김중권이 입을 열었다.

"오늘 오후의 본회의에서 이 총재가 제안하고 폐기 법안 상정을 할 모양인데 참석은 하십시오."

"그러지요, 뭐."

담배를 입에 문 박상천이 라이터 불을 켰다가 그냥 끄면서 시큰둥하게 말했다.

"이 총재가 제안할 때 퇴장해 버립시다. 그럼 과반수도 안 될 테니 아예 의안 상정도 못 할 거요."

11시 30분이 되었을 때 정동영은 국회 의사당 근처의 일식집 희빈으로 들어섰다. 아직 점심시간 전이어서 홀은 비어 있었는데 기다리고 있던 지배인이 정동영을 안쪽의 밀실로 안내했다. 정동영이 밀실 안으로 들어서자 방 안에 혼자 앉아 있던 권노갑이 손을 내밀었다.

"응, 어서와."

작년에 대통령 앞에서 권노갑을 제2의 김현철이라고 부른 후로 둘 사이는 서먹해졌다. 그 후로 권노갑은 미국에 갔다가 돌아와 아직도 공식적인 활동은 삼가고 있었지만 지난번처럼 언론으로부터 거친 비난은 받지 않았다. 그것은 물론 대통령의 전혀 달라진 행태 때문이긴 했으나 대통령이 당적을 떠난 후로 권노갑의 존재 가치는 확고하게 굳어졌다. 민주당이 권노갑을 통해 대통령의 지도와 지시를 받고 싶어했기 때문이다.

민주당은 대통령의 힘을 필요로 했고 그 연결 고리로 권노갑만 한 인물이 없었으며 현재 위치로도 최적격이었던 것이다.

정동영이 서먹한 표정으로 시선을 주었으므로 권노갑이 부드럽게 웃었다. 둘만의 독대는 작년 사건 이후로 처음이다.

"이봐, 정 최고, 내가 부탁이 있는데."

엽차 잔을 든 권노갑이 정동영을 보았다. 지배인은 지시를 받은 모양인지 종업원도 보내지 않았다.

"저, 오늘 오후에 이회창 씨가 의약분업을 원점으로 돌리자고 제안하고는 곧 표결에 부칠 거야."

"들었습니다."

조금 긴장을 푼 정동영이 머리를 끄덕였다. 방금 당직자 회의에서 이회창이 제안할 때 모두 퇴장하자고 말을 맞추고 나온 참이다. 권노갑이 정색하고 정동영을 보았다.

"이봐, 정 최고, 남아서 의약분업 폐기 법안에 찬성을 해버려."

"예? 무슨 말씀인지."

"그 빌어묵을 의약분업 정책은 실패했지 않은가? 더 질질 끌어서 국고만 축내지 말고 솔직하게 실패를 시인하자고."

저도 모르게 마른침을 삼킨 정동영이 권노갑을 노려보았다. 이 영감이 갑자기 미쳤나 하는 시선이었다.

"아니, 권 최고님 그렇게 되면."

당황한 정동영이 권노갑에게 진작 내놓은 최고위원 감투를 씌웠다.

"조금 전에 한나라당 측 정보를 받고 열린 당무 회의에서 모두 퇴장하기로 결정을 했습니다만."

"정 최고가 초재선 의원 다섯 명만 데리고 남아, 그쯤 할 수 있겠지?"

그때서야 조금 진정이 된 정동영이 엽차 잔을 들어 마른 입술을 적셨다.

"대통령님의 뜻입니까?"

"그럼 내가 혼자서 이 지랄을 할 것 같은가잉?"

"그럼 제가 한 실장님한테 확인 전화라도 한번 하면 안 되겠습니까?

"그려."

그러더니 권노갑이 상체를 의자에 붙였으므로 정동영은 핸드폰을 꺼내 들었다. 한광옥의 직통 전화 번호를 누르자 금방 연락이 되었다.

"여보세요."

굵은 한광옥의 목소리가 울렸으므로 정동영은 전화기를 귀에 바짝 붙였다.

"한 실장님, 정동영입니다."

"어, 웬일여?"

"지금 권 최고님하고 같이 있는데요."

"그려, 시키는 대로 혀."

정동영이 입만 딱 벌렸을 때 한광옥의 말이 이어졌다.

"다 당신 생각혀서 그러는 거여."

그날 오후에 TV로 생중계된 국회에서의 의약분업 법안의 파기 투표 현황은 그야말로 드라마틱했다. 이회창 총재가 직접 제안한 파기 법안이 민주당 의원 정동영과 김근태 두 최고위원에다가 12명의 의원이 당명을 거역하고 한나라당 편에 선 데다 무소속 의원 3명도 가세했다. 따라서 과반수를 10표나 넘는 147표로 가결된 것이다.

그때가 오후 4시였는데 국민들은 길을 가다가 TV 상점이나 식당, 또는 구멍가게까지 달려가 현황 중계를 보았고 법안이 가결되었을 때 저도 모르게 탄성을 뱉었다. 의약분업 실시로 1년여 동안 고통을 받은 것은 의사도, 약사도, 정책 당국자도, 정치인도 아닌 바로 국민이다. 그 국민들이 고통을 겪은 지난 일에 대한 분노보다도 탄성부터 뱉은 것이다. 그들에게 국회가 새롭게 보이기 시작한 날이었다.

다음날 오전 10시 정각에 대부분의 국민은 TV 앞에 모여 앉았다. 회사는 물론이고 관공서, 커피숍, 가정집 등 TV가 있는 곳에 모여든 국민은 1000만 명이 넘었다. KBS 한 곳에만 방영토록 한 터라 KBS 측은 입이 귀밑까지 찢어졌다. 시청률이 방영 직전에 75퍼센트를 기록하고 있었던 것이다. 이윽고 청와대 집무실에 앉은 대통령의 모습이 보인 것은 10시 5분이다. 시청자가 숨을 죽였을 때 대통령이 입을 열었다.

"존경하는 국민 여러분, 저는 여러분께 오늘 사죄의 말씀을 드리려고 이 자리에 나왔습니다."

대통령의 지친 표정이 화면에 가득 클로즈업 되었고 말이 이어졌다.

"의약분업은 대선 공약에만 집착한 제가 실적에 급급한 나머지 준비가 덜 되어 있는데도 불구하고 강행시킨 것이 잘못입니다. 이로 인해 국민 여러분은 물론이고 의료계 종사원 여러분들까지 극심한 고통을 겪게 해드린 것에 대해서 깊은 사죄의 말씀을 드립니다."

그러고는 대통령이 앉은 채로 깊게 머리를 숙여 절을 했다. 머리를 든 대통령이 말을 이었다.

"어제 국회에서 통과된 대로 저는 의약분업을 원점으로 회귀하고 기초 준비부터 착실하게 다진 다음에 시작하도록 하겠습니다. 이것은 모두 제 잘못이며 제 책임입니다. 국사를 독선과 아집으로만 강행시켰던 제가 책임을 져야만 할 일입니다."

시청자 모두가 긴장했을 때 대통령의 말이 이어졌다.

"제 임기가 끝나는 즉시 저는 일반인이 되어서 국정 조사는 물론이고 법의 심판까지 받을 것을 이 자리를 빌려 국민 여러분께 약속드립니다."

그러고는 대통령이 다시 머리를 숙였고 화면이 바뀌었다.

"씨발, 확실히 달라졌는데."

식당에 들어와 앉은 최만성이 먼저 박대구에게 말했다. 아직 이른 시간이었지만 기사식당에는 기사들이 꽉 차 있었는데 모두 TV를 보러 들어왔기 때문이다.

"바로 저래야 된다 아이가?"

박대구는 숨을 크게 들이켰을 뿐 얼른 대답하지 않았다. 감정이 북받쳐서 말이 안 나온 것이다.

5장
4인의 노룡

한나라당은 지난번 대선 때 경상도 지역의 몰표를 얻은 데다 총선에
서도 싹쓸이를 했지만 이회창의 지역 기반은 아니다. 경상도 지역이 이
회창에게 몰표를 준 이유는 딱 하나, 그저 DJ가 싫었기 때문인 것이다.
지역 갈등은 역대 대선에서부터 시발되었으며 이것에 DJ도 결코 자유
롭지 못하다. 지난 대선에서 대통령은 전라도 표를 독식했어도 만일 이
인제가 경상도 표를 갈라놓지 않았다면 이회창이 이미 대통령이 되었
을 것이다.

DJ가 대통령이 된 지 3년 6개월, 이제 대선은 내년으로 다가왔으나
지역 갈등은 여전히 해소되지 않았다. DJ는 요즘 일련의 사건들로 인하
여 경상도 지역에서의 인심이 조금 부드러워졌다고는 해도 아직 대다
수는 의혹의 시선을 거두지 않았다. 깊게 찢긴 상처에다 약 몇 번 칠한
셈이나 될까?

또한 전라도 지역에서의 이회창에 대한 반응은 더하면 더했지 덜하
지가 않았다. 경상도 표를 얻었지만 이회창의 고향이 충청도라는 것을
모두 알고 있는데도 그러는 것이다. 좌우지간 경상도당의 총재이니 우

리와는 상종 못 한다는 의식이 지배적이다.

의약분업이 원점으로 회귀한 경천동지(驚天動地)할 사건이 일어난 지 1주일쯤 후인 8월초의 오전 10시경, 대통령의 집무실로 불려 들어간 비서실장 한광옥은 눈을 둥그렇게 떴다. 집무실 복판에 선 대통령이 배드민턴 라켓을 쥐고 있었기 때문이다. 한광옥의 시선을 의식한 대통령이 겸연쩍게 웃었다.

"이봐, 이 운동은 뛰지 않아도 되겠구만그려."

"아니, 대통령님."

따라 웃지는 못한 한광옥이 어정쩡한 얼굴로 한 걸음 다가가 섰다.

"그 라켓은 어디서."

"김 비서관한테 가져오라고 했어."

"아아, 예."

"내가 김영삼 씨하고 한번 쳐 볼라는디 괜찮을까?"

"김, 김영삼 씨하고 말씀입니까?"

"맨날 이걸 친다든서?"

"예, 그건"

"노태우 씨는 테니스를 헌다닝께 같이 못 허겄고 이건 헐 만 헌디."

대통령이 라켓을 옆으로 휘둘러 치는 시늉을 했지만 영 어색했기 때문에 한광옥은 시선을 내렸다. 대통령은 10년을 연습해도 YS의 운동 신경은 따라잡지 못할 것이다. 대통령이 이번에는 라켓을 위에서 아래로 후려갈겼다. TV에서 보기는 본 모양이었다.

"어쩌? 내가 한 열흘만 연습허면 김영삼 씨허고 같이 칠 수 있을까?"

"예, 그것이"

정색한 한광옥이 어금니를 물었다. 비서실장 생활이 햇수로 2년이 되어 가지만 이런 난처한 질문은 처음인 것이다. 그때 대통령이 옆쪽 소파에 앉더니 손수건을 꺼내어 이마의 땀을 닦았다. 선 채로 몇 번 라켓을 휘둘렀을 뿐인데도 얼굴이 상기되어 있다.

"지역감정은 대통령을 지낸 사람들이 앞장서서 풀어야 혀."

대통령이 정색하고 말했으므로 한광옥은 긴장했다. 부른 목적은 배드민턴이 아니라 이것이다.

"김영삼 씨는 경남과 부산을, 노태우·전두환 씨는 경북과 대구를, 그러고 내가 전라도의 지역감정을 풀어야 혀."

눈만 껌벅이는 한광옥을 향해 대통령이 물었다.

"전임 대통령들은 아직도 충분히 일선에서 뛸 수 있을 것 아닌가? 모두 나보다도 훨씬 건강허지?"

"예? 예, 그것은"

"우리는 그 양반들을 활용할 수 있는디도 정권만 바꾸먼 싹 청산을 혔어. 아주 나쁜 습성이여."

대통령은 심복 앞에서는 전라도 말을 거침없이 쓴다. 긴장으로 온 신경을 곤두세운 한광옥이 분주히 머리를 굴렸으나 아직 대통령의 의중을 알아채지 못했다. 그래서 입안이 바짝바짝 탔다. 대통령이 라켓으로 방바닥을 가볍게 치면서 말했다.

"최규하 씨는 몸도 아픈게로 나허고 세 전직까지 합쳐 넷이 국정자문원로회의를 만들어야 것어. 원로회의의 첫 번째 목표는 지역감정 타파여."

"국, 국정자문원로회의 말씀입니까?"

"옛날에 전두환 씨가 맹글라다 만 것 허고는 성격이 달라야 것지."

"아아, 예."

"1주일에 한 번씩 만나 회의를 허고, 결정된 사항은 즉각 총리를 통혀서 국정에 반영하도록 허자구."

"그럼 조직을 갖춰야 될 것 같습니다만."

"한 실장이 정책 수석하고 구성해 보도록."

다시 정색한 대통령이 라켓을 개 잡는 몽둥이처럼 쥐었다.

"전직 대통령들이 앞장서서 지역감정을 풀어야 되여. 인자 국민들헌티 진 빚을 갚어야 할 때란 말이여."

"예, 대통령님."

"다 좋아할 거여."

대통령이 자신 있게 말하고는 탁자 위에 놓인 메모지를 집어 한광옥에게 내밀었다.

"원로회의 조직과 운영 방법이여. 지난 1년 동안 생각헌 것을 정리헌 것이니까 이렇게 구성혀봐."

메모지를 받은 한광옥이 훑어 읽다가 눈을 크게 떴다. 그러자 대통령이 싱긋 웃었다.

"아무리 캠페인을 벌이고 교류를 헌다고 혀도 선입관이 있는 터라 지역감정은 해소시키기 힘들어. 그것이 최선의 방법이여."

"전두환 씨, 노태우 씨도 다 참석한다고?"

YS가 눈을 가늘게 뜨고 한광옥을 보았다. 다음날 오전 10시경에 한광옥은 제일 먼저 YS부터 찾아가 대통령의 구상을 말한 것이다.

"예. 제가 각하께 제일 먼저 왔습니다만 두 분께서도 이의가 없으실 것 같습니다."

YS 시절에는 대통령을 각하라고 부른 터라 한광옥은 그 호칭을 그대로 썼다. YS가 헛기침을 했다.

"지역감정 타파가 원로회의의 첫 번째 목표란 말이지?"

"예, 각하."

"그라모 내가 부산, 경남 지역으루다가 돌아댕기믄서 김대중 씨 미워하지 말라꼬 해야 되나?"

"뭐, 그러실 것까지는."

입맛을 다신 한광옥이 정색했다.

"원로회의에서는 지역 편중 인사나 차별에 대한 시정 명령을 즉각 내릴 수 있는 권한을 갖게 될 것입니다. 즉, 행정부의 총리에게 지시할 수 있는 기관입니다."

"흠"

"그리고"

한광옥이 들고 온 서류를 YS에게 내밀었다.

"각하, 원로회의의 조직과 운영에 대한 내역을 정리해 왔습니다."

서류를 받아든 YS가 읽다가 흠칫 머리를 들었다. 어제 오전의 한광옥보다도 더 놀란 얼굴이다.

"아니, 그라모"

"예, 원로회의 위원은 각각 현역 국회의원 5명씩을 선임하여 입법부에 원로회의의 입장을 대변할 수 있도록 했습니다."

YS가 다시 서류에다 시선을 내렸다가 한광옥을 보았다. 정색한 얼굴이다.

"그라모 원로회의에 소속된 현역 의원은 20명인가?"

"예, 교섭 단체를 만들 수 있는 인원이지만 모두 각자의 당적은 지키도록 해야지요."

그러자 YS가 입술 끝을 일그러뜨리면서 웃었다.

"참말로 김대중 씨 기가 차데이, 머리가 좋은 건 내가 인정한다 아이가."

원로회의 위원 소속의 현역 의원이 지역 안배로 나뉜 것이다. 즉, 김영삼과 노태우, 전두환은 각각 3명 이상의 전라도 출신의 현역 의원을 선임해야 하고 대통령 또한 3명 이상의 경상도 출신을 뽑아야 한다. 그것은 곧 대통령에게는 한나라당 의원이, 세 전직에게는 민주당 의원이 소속된다는 말이었다. 한동안 서류와 한광옥의 얼굴을 번갈아 보던 YS가 이윽고 결심한 듯 말했다.

"노태우, 전두환이가 맘에 안 들지만 우짜겠노? 모처럼 김대중 씨가 마음을 비우고 도와 달라카는데 도와야제."

"좋소, 합시다."

서류를 내려놓은 전두환이 정색한 표정으로 말했다.

"힘껏 돕겠다고 전해 주시오."

결연한 목소리였으므로 한광옥은 머리를 숙였다. 이 사람은 표정과 목소리로 심정을 읽을 수 있는 사람이다.

"해야지요."

노태우가 부드러운 시선으로 한광옥을 보았다. 그러고는 곧 커다랗게 머리를 끄덕였다.

"마지막으로 국가에 봉사할 기회를 주셔서 대통령께 고맙다고 전해 주세요."

그날 저녁 7시에 청와대의 소식당에는 김중권과 이회창, 김종필까지 3당 대표와 총재가 다 모였다. 대통령이 저녁 식사에 초대한 것이다. 비서실장 한광옥과 정책수석 박지원까지 포함하여 여섯 사람은 가라앉은 분위기에서 곰탕으로 저녁 식사를 마쳤다.

의약분업의 폐기로 이회창의 위상은 단단하게 굳혀진 반면에 김중권은 더욱 침체되었던 것이다. 이수성이 고문으로 영입됨으로써 경상도를 카드로 내밀려던 계획이 답보 상태가 된 데다 이번 의약분업 표결 파동에서는 당내의 반란표를 사전에 차단하지도 못한 것이다. 더욱이 그것도 대통령의 은밀한 지시를 받은 권노갑이 반란자들을 선동했다는 소문이 언론에까지 보도된 터라 얼굴을 들고 다니기도 부끄러웠다.

또한 JP는 어떤가? DJP의 공조를 재확인하고 3월의 개각에서 자민련 의원을 3명이나 장관으로 보내면서 화려한 제2의 전성기를 맞는가 했더니 대통령의 연이은 이상한 짓으로 자민련의 주가는 이라크의 화폐 가치처럼 떨어졌다. 그래서 여러 번 이인제하고 만나는 시위도 해보았지만 전혀 약발이 통하지 않았다. 상황이 그의 표현대로 이상하게 흘러가고 있었기 때문이다. '이상한'이란 단어는 JP가 요즘 들어 자주 쓰는 말이었다. 그래서 식사를 마치고 옆쪽 소파로 옮겨가서도 분위기는 가라앉아 있었다. 박지원이 몇 번 분위기를 띄우려고 우스갯소리를 했지만 대통령도 눈만 껌벅거리는 통에 곧 입을 다물었다.

녹차가 나왔을 때 대통령이 헛기침을 했으므로 모두들 긴장했다. 대통령이 요즘 하도 이상한 짓을 많이 하는 터라 셋 중에서 저녁이나 먹는가 보다 하고 생각한 사람은 없었을 것이다.

"거시기, 내가 지역 갈등 해소를 위해서 국정자문원로회의를 구성할 생각입니다."

대통령의 목소리가 이어졌다.

"세 분 전직 대통령에다 나까지 넷이 위원이고 현역 의원 5명씩을 각 위원에게 배속시켜 지역차별 문제를 우선으로 처리할 기구지요. 이미 세 분 전직으로부터 승낙을 받았습니다."

놀란 JP와 이회창, 김중권이 눈만 치켜떴을 때 한광옥의 눈짓을 받은 박지원이 각자의 앞에 서류를 나눠 주었다.

"읽어들 보시고 의견을 말씀해 주시지요."

그로부터 한 시간쯤 후에 3당의 대표와 총재들은 각각 현관 앞에 대기하고 있는 차에 올랐다. 국가원로자문회의 구성에 대한 합의가 끝난 것이었다. 각 당에서 의원들을 탈당시키는 것도 아닌 데다 정부 조직의 구성은 대통령의 권한이다.

더욱이 지역 차별 문제를 우선적으로 다룬다는 명제에 아무도 이의를 제기할 수 없었다.

"그것 참, 이상혀."

차가 출발하자마자 JP가 옆자리에 앉은 이양희에게 말했다. 이양희는 대기실에서 기다리고 있었던 것이다.

"전직 3명한테 현역 의원 5명씩을 붙여 주다니, 도대체 무슨 속셈일까?"

아직 영문을 모르는 이양희가 눈만 끔벅이자 JP는 눈을 가늘게 뜨고 앞쪽을 보았다.

"세 전직이 서로가 앙숙인데 과연 의견 통일이나 될까?"

"무슨 일인데요?"

참다못한 이양희가 묻자 JP는 뱉듯이 원로회의 구성에 대해서 말해

주었다. JP가 말을 마쳤을 때 이양희가 머리를 한쪽으로 기울였다.

"우리 당에서 원로회의에 선출되는 의원이 있을까요?"

"많아야 두어 명 될 테지."

뱉듯이 말한 JP가 어금니를 물었다.

"민주당과 한나라당 놈들이 뽑힐 테니까. 아무래도 김대중 씨가 다시 우리를 엿 먹이려는 것 같아."

"그것으로 지역감정이 풀릴까요?"

"이것이 전혀 새로운 방법의 정계 개편이 될 가능성도 있어."

정색한 JP가 앞쪽을 노려보았다.

"전현직 네 대통령이 마음만 합친다면 한 방으로 대권이 결정될 테니까 말이여. 물론 그것은 아직 두고 봐야겠지만."

그러자 놀란 이양희가 눈만 크게 떴다.

이회창은 수행한 원내총무 정창화에게 먼저 가져온 국가원로자문회의에 대한 서류를 읽게 했다. 차가 광화문을 지날 적에 정창화는 서류를 다 읽고 나서 머리를 들었다.

"세 전직이 새로운 정치 세력을 형성할 가능성은 거의 없다고 생각됩니다."

"나도 그렇게 생각은 하지만."

이회창이 쓴웃음을 지었다.

"원로회의 소속 의원들은 상원 의원 같다는 생각이 드는구먼."

"하지만 원로회의에 보낼 의원을 원로위원이 선임할 수는 있어도 결정은 당 총재가 한다고 되어 있지 않습니까?"

서류를 흔들어 보이면서 정창화가 말을 이었다.

"우리 입장을 원로회의에 반영시킬 수도 있을 것 같은데요."

"그건 그렇지만."

희미하게 머리를 끄덕인 이회창이 낮게 말했다.

"숫자로 따지면 김영삼, 전두환, 노태우 세 전직은 민주당 의원 3명씩을 의무적으로 데려가게 되어 있으니 9명이라고 치고, 나머지를 한나라로 채우면 6명이야. 그런데 대통령을 한나라 3명에 민주당 2명이라고 계산하면"

"원로회의 소속 의원 배치가 민주당 11명에 한나라당 9명이 되겠습니다."

"박지원은 그런 건 의미가 없다고 설명하더구먼. 최종 결정은 원로위원 합의제로 한다니까."

머리를 끄덕인 정창화가 생각난 듯 물었다.

"글쎄, 아까 보니까 JP 기색이 좋지 않던데."

그러고는 이회창이 쓴웃음을 지었다.

"시종 아무 말도 안 하고 있더구먼."

"올 것이 왔군."

다음날 아침. 긴급 소집된 당직자 회의에서 김중권으로부터 원로회의에 대한 설명을 들은 이인제가 옆에 앉은 김근태에게 소곤대듯 말했다. 그러나 김근태는 머리만 희미하게 끄덕일 뿐 아무 말도 하지 않았다. 김중권의 말이 이어졌다.

"원로회의에서는 집중적으로 지역 화합에 대한 정책을 내놓을 겁니다. 한나라당도 협조하겠다는 합의를 했지만 우리 당이 선도적 역할을 해야 된다는 것을 주지시켜 주시기 바랍니다."

169

"이거, 옥상옥(屋上屋)이 되는 것 아녀?"

이번에는 박상천이 옆쪽의 정대철에게 낮게 말했다. 그러자 정대철
이 입맛을 다셨다.

"어쨌든 그쪽 싸움판이 볼 만하겠구먼."

그날 오전 11시에 청와대 대변인 박준영은 기자회견을 통해 원로회
의의 창설을 발표했다. 역시 이번에도 KBS를 통해서만 발표했는데 시
청률이 76퍼센트가 되었다. 지난번보다 1퍼센트 포인트가 더 올라 다
시 기록을 갱신했는데 MBC와 SBS는 KBS에만 방영권을 주는 것은 편
파적이라고 격렬하게 항의했다. 지난번 대통령의 국민과의 대화를 방
송 3개 사에 모두 방영시켰을 때도 MBC와 SBS 노조는 격렬하게 항의
했었다. 그들은 그때 KBS가 국영이니 그쪽에다만 방영시키라고 주장
했던 것을 잊어버린 모양이었다.

"김대중이가 무신 수를 쓰는 기 아이가?"

이맛살을 찌푸린 조동재가 앞에 앉은 장기환을 보았다. 대구 동성로
의 전자 대리점 가게 안은 그들 두 사람뿐이었다.

"전통, 노통에다 영샘이꺼정 김대중이 술수에 말려든 것 아이가?"

장기환이 머리만 기울였으므로 답답한지 조동재가 이제 연속극 재
방을 시작하는 TV를 껐다. 그들은 지금까지 박준영의 발표를 들은 것
이다.

"정권 재창출을 위한 꼼수 같데이."

조동재와 장기환은 골수 반DJ라고 볼 수 있을 것이다. 박통 시절부
터 지금까지 40년 가까운 세월을 그들은 초지일관 반DJ 정서를 품고서
지내왔다. 전자 대리점을 하는 조동재는 DJ가 집권했을 때 이민까지도

170

심각하게 고려했고, 길 건너편에서 호프집을 운영하는 장기환은 해병대 상사 출신이다. 대통령의 햇볕정책 이야기만 나와도 길길이 뛰는 통에 마누라는 햇볕이 밝은 날이 겁난다고까지 했다. 이윽고 장기환이 주름진 얼굴을 들었다.

"요즘 김대중이가 이상하긴 하데이."

"넌 너무 단순한 기라."

혀를 찬 조동재가 장기환을 흘겨보았다.

"모든 것이 정권 재창출을 위한 시나리오라는 걸 모른단 말이가?"

그러자 입맛을 다신 장기환이 자리에서 일어섰다.

"우쨌든 이상하데이."

"그건 종필이가 쓰는 말인 기라."

더 해대고 싶었지만 장기환이 밖으로 나가는 통에 조동재는 얼굴을 찌푸렸다. 그러나 그로서도 조목조목 정권 재창출을 위한 시나리오라는 것을 분석 해낼 수는 없었던 터라 장기환이 따진다면 말이 막혔을지도 몰랐다.

"전두환 전 대통령과 김 전 대통령 두 분이 겹치는 의원 숫자가 많습니다."

박지원이 말하자 대통령이 쓴웃음을 지었다. 집무실에는 한광옥까지 셋이 앉아 있었는데 오늘은 각 원로위원이 선정한 의원 명단이 올라온 것이다. 원로회의 창설 발표가 있은 지 닷새 후였으니 전임 대통령 셋은 그동안 동분서주했다.

그리고 오늘 아침 각각 5명씩 선정한 의원 명단을 1차로 대통령에게 제출한 것이다. 대통령은 여기에다 자신의 원로회의 소속 5명을 보태어 해당 정당에 내려 보내 의결을 받아야 한다. 그런데 겹치는 의원 숫자가 6명이나 되는 것이 문제였다. 또한 의원 5명은 한 명의 선임과 4명의 보조로 구성되었기 때문에 닷새 동안 국민의 호기심은 절정을 이루었다. 왜냐하면 그 선임의원으로 각 위원의 정치적 성향이 드러날 것이기 때문이다. 그래서 언론과 시중의 여론은 4명의 맹주가 각각 차기의 대선후보를 키울 것이라고까지 비약되었다. 그래서 4명의 전현직은 극비리에 행동을 했지만 몇 번 노출이 되었다. 특히 박종웅 의원이 신바람을 참을 수 없었는지 정권 창출 운운했다가 YS한테서 벼락을 맞았다고도 보도되었다.

그 어떤 정치 평론가도, 정치인도 상황이 이렇게 급변 하리라고는 예측하지 못했다. 의원들의 교차 공급은 지역 갈등을 해소하기 위하여 당연한 일이었던 것이다. 영남 출신 원로위원이 영남 출신 현역을 데리고 지역 갈등을 해소시킬 수는 없다. 대통령이 서류를 집더니 정색하고 보았으므로 집무실 안은 조용해졌다. 이윽고 대통령이 머리를 들었다. 웃음 띤 얼굴이다.

"정동영을 김영삼 씨하고 전두환 씨 둘이 선임으로 찍었구먼."

"예, 상종가입니다."

얼른 박지원이 대답했다가 한광옥의 눈치를 보고는 정색했다. 어쨌든 노태우는 김근태를 선임으로 선정했으니 전두환과 김영삼은 선임 의원 선정에서부터 싸우는 꼴이 되었다. 대통령이 한광옥에게로 머리를 돌렸다.

"이, 겹치는 사람들 내역을 각 위원들헌티 알려 주도록 혀. 위원들이 직접 의원들을 설득시키도록 허자고."

"알겠습니다."

긴장한 한광옥이 머리를 숙였다. 아직까지 각 위원들은 상대방이 누구를 선정했는지를 모르는 것이다. 그러니 이제부터 늙은 호랑이들의 싸움이 시작될 판이었다.

"도대체 DJ는 누구를 선임으로 정한 거야?"

하순봉이 물었으나 둘러앉은 서너 명의 당무 위원들은 제각기 딴전을 피웠다.

"오늘 선정안이 올라갔으니 곧 알게 되겠지. 어차피 조정을 해야 될 테니까."

무안해진 하순봉이 혼잣소리처럼 말했을 때 끝 쪽에 앉아 있던 박희태가 풀썩 웃었다.

"이 중에서 전임 쪽에 선정된 사람이 몇몇 있을 것 같은데."

그러고는 박희태가 옆에 앉은 강삼재와 강재섭, 이부영과 하순봉, 정창화까지 차례로 훑었다.

"어차피 오늘 오후쯤엔 오픈될 테니까 털어놓으시지."

"에이, 장난도 아니고."

이맛살을 찌푸린 이부영이 벌떡 자리에서 일어섰다.

"멀쩡한 국회 놔두고 뭐하는 수작들이야? 법에도 없는 짓거리들을 하고 있어."

오후 3시 30분이 되었을 때 정동영은 일식집 희빈의 뒷문으로 들어섰다. 쓰레기 더미를 지난 그가 주방 옆쪽의 계단을 올라 2층의 문을 열자 곧 복도가 나왔고 옆쪽에 '란(蘭)'실이 보였다. 방 앞으로 다가선 정동영은 가볍게 노크를 한 다음에 문을 열고 들어섰다.

"응, 어서 와."

이번에도 권노갑이 혼자 앉아 있다가 웃음 띤 얼굴로 정동영을 맞았다.

"이거 어떻게 해야 될지 모르겠어요."

앞에 앉은 정동영이 손수건을 꺼내어 이마의 땀을 닦았다.

"제가 다루기 쉽다고 생각했기 때문일까요?"

그러자 권노갑이 눈을 가늘게 뜨고 웃었다.

"이봐, 겸손 떨지 마라. YS나 전두환 씨나 자넬 높게 평가하는 거야. 지난번 의약분업안 폐기 표결 때의 활약으로 자네 주가는 더 뛰었어."

"모두 권 선배님이 끌어 주신 덕분 아닙니까? 제가 한 일이 뭐가 있다고."

"그래, 자네 생각은 어때?"

"조금 전에도 박종웅 씨한테서 연락이 왔습니다. 상도동으로 와 달라는데요."

"그래서?"

"그 전에는 전 안기부장 장세동 씨한테서 전화가 왔었습니다."

"YS는 한나라당 몫으로 강삼재와 박종웅을 지명했어. 거기에다"

정색한 권노갑이 정동영을 보았다.

"전두환 씨 측에서는 강재섭과 김문수, 그리고 노태우씨는 한나라당에서 최병렬을 지명했어. 모두 만만치 않은 거물들이야."

"그렇군요. 역시 저는 얼굴 마담 역할 아닙니까?"

"그건 자네 능력에 따른 것이지."

권노갑이 손끝으로 정동영의 코끝을 가리켰다.

"적진에 뛰어든다고 생각하고. 자, 어떤 상대를 택할 거야? 대통령께서는 자네 스스로 결심하라고 하셨어."

"그럼 대통령께서는 선임의원으로 한나라당 누구를 택하셨습니까?"

정동영이 되묻자 권노갑은 쓴웃음을 지었다.

"왜, 그것이 궁금한가?"

"제가 대통령 측 선임의원으로 지명되었습니다."

박근혜가 말하자 이회창이 퍼뜩 시선을 들었다가 곧 얼굴을 펴고 웃었다.

"박 부총재는 잘 해나가실 겁니다."

"결코 한나라당에 폐해가 가는 일은 하지 않겠습니다."

차분한 목소리로 박근혜가 말을 이었다.

"죄송합니다. 저도 어제 아침에야 결심을 했기 때문에 상의 드리지도 못 했습니다."

"아니, 이 일은 나하고 상의하지 않아도 되는 일이지요."

이회창이 부드러운 시선으로 박근혜를 보았다.

"원로회의가 본래의 목적대로 원만하게 진행되기를 바랍니다."

"최선을 다하겠습니다."

자리에서 일어선 박근혜가 목례를 하고는 방을 나가자 곧 부총재 하순봉과 비서실장 주진우가 들어섰다.

"박근혜 씨가 선정되었습니까?"

앞쪽에 앉은 하순봉이 대뜸 물었다. 박근혜가 총재실로 들어서는 것을 보고 눈치를 챈 것이다. 그때 기획위원장 맹형규와 윤여준이 들어와 옆쪽에 앉았다. 금방 당사 안에 소문이 퍼진 것이다. 이회창이 그들을 둘러보며 말했다.

"박근혜 부총재가 대통령 측 선임의원으로 선정되었어요."

"예상이 맞았습니다."

맹형규가 정색한 얼굴로 이회창을 보았다.

"정부통령제 4년 중임으로 개헌을 하고 박근혜 씨를 부통령 후보로 내세운다는 각본이지요. 이대로 나간다면 가능성이 커집니다."

"그럼 전임 셋은 허수아비인가?"

하순봉이 퉁명스럽게 물었으나 맹형규는 이회창에게서 시선을 떼지 않았다.

"총재님, 저는 최악의 시나리오만 말씀드리는 것입니다. 좋은 보고는 나중에 들으시고 판단하시지요."

그러자 이회창이 얼굴을 펴고 웃었다.

"그럼 누가 듣기 좋은 말을 할 거요?"

그때 윤여준이 나섰다.

"조금 전에 정 원장한테서 연락이 왔는데 민주당 측 선임 셋은 이인제, 김근태, 정동영이 될 것 같다고 합니다."

"허어, 정형근 씨가 이제 정신 차렸구먼, 정보를 보내오고."

하순봉이 빈정거리듯 말했다. 국정원장이 된 후로 정형근은 정보를 제대로 빼내 주지 않아 왔던 것이다. 정형근 입장에서는 직무상 당연했지만 한나라당 측에서는 여러 번 섭섭하게 느꼈었다.

"내일이면 다 알게 될 일이니 정보라고 할 것도 없어요."

이회창의 말을 바로 고쳐 준 사람은 윤여준이었다.

"그리고 전두환 전 대통령은 한나라당 측에서 최병렬 부총재를, 노태우 전 대통령은 강재섭 씨, YS는 강삼재 씨를 선임했습니다."

176

그러고는 윤여준이 목소리를 낮췄다.

"아직 이인제와 정동영이 전두환과 YS 누구하고 접목되는지는 알 수 없지만 어쨌든 여야 양당의 대선 경쟁자 대부분이 빠져나간 형국이 되었습니다. 따라서 그들이 파당을 만들수록 고립될 가능성도 있는 것입니다."

그럴듯했으므로 주진우가 먼저 머리를 끄덕였으나 하순봉은 머리를 기울였다. 그는 지난번에 김윤환 등 거물들을 몰아냈을 때를 떠올린 것이다.

"예를 들어서 최병렬과 이인제가 결합한 다음에 거기에다 전두환 씨의 바람이 일어난다면 두 명 중 하나가 대선후보로 시너지 효과를 얻을 수도 있지 않겠소?"

"그럼 YS나 노태우 씨는 가만있겠습니까?"

윤여준이 웃음 띤 얼굴로 하순봉과 주진우, 이회창의 얼굴을 차례로 보았다.

"그리고 설령 네 분 전현직이 단일 후보를 내세울 경우에도 우리에게 이롭습니다. 그때는 민주당이 주인 잃은 개처럼 헤매고 있을 테니까요. 대통령은 이미 당적을 버린 터라 권노갑 씨를 시키겠지만 말발이 먹히지 않을 겁니다."

다음날 아침 식사를 마친 JP가 응접실로 나왔을 때 일찍부터 와 있던 김종호가 자리에서 일어섰다.

"원로위원 넷의 선임이 결정되었습니다."

언제나처럼 정색한 김종호가 말하자 JP는 입맛을 다셨다.

"뭐, 뻔허졌지, 다 그놈이 그놈이여."

"DJ는 박근혜이고, YS는 정동영입니다."

"그러면 전두환 씨가 이인제겠구먼."

"예. 노태우 씨는 김근태 씨로 결정되었습니다."

그러자 JP가 눈을 끔벅이며 탁자 위의 재떨이를 보았다. 그렇다면 민주당에 남은 대선후보 예정자로 당내에서는 한화갑 하나가 남는다. 이인제와 김근태, 정동영이 다 빠져나간 것이다.

정동영은 대선은 꿈도 꾸지 않는다고 공언했지만 주가가 오른 터라 본인 뜻대로 되지 않는 것이 정치 아닌가? 머리를 든 JP가 입술 끝을 구부리고 웃었다.

"이번 일로 민주당의 원외 대선후보들이 소외감을 느끼겠는데."

당대표 김중권과 이수성, 노무현을 말하는 것이다. 김중권은 당대표이니 제외하더라도 이수성과 노무현이 전두환과 YS의 선임이 되었다면 경쟁력이 가중될 것은 틀림없는 일이다. 그때 김종호가 헛기침을 했다.

"강창희가 노태우 씨한테, 그리고 김용환이 DJ한테 갔습니다."

JP가 퍼뜩 머리를 들었지만 금방 입을 열지는 않았다. 자민련 20명 의원은 민주당에서 4명을 꾸어서 채운 터라 실제 의원은 16명이다. 그러나 이번 원로회의 소속으로 뽑힌 의원은 한 명도 없는 것이다. 그 대신에 자민련에서 탈당한 김용환과 강창희를 데려갔다. 이인제의 연고지가 충청권이니 원로회의에서는 세 명의 배신자만 추려 뽑아서 자민련 몫을 대신한 셈이 되었다. 마침내 JP가 잇새로 말했다.

"선거는 당에서 허는 거여. DJ가 계속 이상헌 짓 허는디, 두고 봐. 결국 제 도끼로 제 발등을 찍을 테니께."

178

그 시간에 대통령은 청와대의 소회의실에서 세 명의 전직 대통령과 함께 원탁에 앉아 있었다. 오늘은 원로회의의 상견례인 셈이었는데 소속 의원들도 다 결정이 되었으므로 정상 업무는 1주일 후부터 시작될 예정이었다. 대통령이 입을 열었다.

"뭐, 원로회의를 구성하다보니까 시중에서는 우리가 대권후보를 고른다느니 양성할 것이라느니 하고 말들이 많습디다."

그러자 전두환이 소리 내어 웃었고 노태우는 빙그레 웃었지만 YS는 찡그렸다. 대통령의 말이 이어졌다.

"일 허다 보면 자연히 민심이 모아지고 대권 후보가 맹글어지지 않을까요? 난 그렇게 생각합니다."

"맞는 말씀입니다."

전두환이 정색하고 말을 받았다.

"당에서 대선후보가 나오는 것이지 원로회의에서 선출하는 것은 아니니까요."

"그렇지요."

노태우가 머리를 끄덕이며 말했다.

"우리는 의원들을 통해 본연의 업무만 하면 된다고 생각합니다."

"원로회의 사무실은 닷새 후에 개관할 수가 있습니다. 그리고 발족식 겸 개관식은 각 당대표에다 행정부와 사법부 요인 몇 명만 참석시켜 간략하게 치를 예정입니다."

대통령의 말에 아무도 이의를 달지 않았다. 원로회의 사무실은 국회의사당 건물의 한쪽을 비워 사용하기로 한 것이다. 의원들이 거북해할지 모르지만 예산을 절감하기 위해서 할 수 없는 일이었다. 회의를 마치고 돌아오는 차 안에서 YS가 앞쪽에 앉은 박종웅에게 불쑥 말했다.

"정동영이한테 내가 보자꼬 하거래이."

원로회의에서 논의된 첫 지역 갈등 해소책은 예상했던 대로 지역 편중 인사였다. 이것도 세인들의 예상과 맞아떨어졌지만 YS가 가장 주도적으로 편중 인사에 대해서 수술을 하려고 대들었다.

그래서 우선 정부의 100대 요직에 대한 실사를 시작했으며 우선적으로 사정 기관에 중점을 두었다. 원로회의 주관으로 인사 심사위를 설치했는데 구성원은 학계와 종교계, 일반 시민들로서 시민 단체 선정에 애를 먹었다. 시민 단체는 모두 대통령의 하수인이라면서 YS가 극력 반대했기 때문이다.

"볼 만하군."

신문을 내려놓은 민주당 사무총장 박상규가 앞에 앉은 원내총무 이상수를 보았다. 신문에는 온통 원로회의에 대한 기사였고 국회 소식은 그 3분의 1도 안 되었던 것이다.

"이것들이 국회 기사는 다 빼는구먼."

박상규가 투덜대듯 말하자 이상수가 쓴웃음을 지었다. 원내총무실에는 두 사람뿐이었다. 이상수가 혼잣소리처럼 말했다.

"전당 대회가 넉 달 남았어. 그 넉 달 동안 모든 일의 윤곽이 드러날 거야."

"윤곽이 드러나다니?"

"결정이 될 것이란 말이지."

정색한 이상수가 말을 이었다.

"그리고 원로회의 구성으로 정치에 대한 국민들의 관심이 더 높아졌어. 특히 경상도의 반응이 부쩍 좋아졌단 말이야."

"원로회의에서 전라도 출신들을 모조리 털어 내겠더구먼. 역차별이야."

"전두환 씨, 노태우 씨가 조정하겠지."

원로회의는 매주 화요일에 개최되었는데 의제를 토론한 다음 다수결로 결정토록 되어 있어서 4명 중 3명의 찬성을 받아야만 했다. 대통령이 의장이었으나 표결권은 하나뿐인 것이다. YS가 지금 추진하고 있는 검찰총장, 국세청장, 경찰청장의 교체도 자신을 제외하고 다른 두명의 동의를 얻어야만 한다.

"어떻게 되어 갈까?"

박상규가 다시 화제를 돌렸다. 그는 국회에 대한 보도가 원로회의보다 적어졌다고 불평했지만 국민들의 정서를 모르는 것이 아니었다. 임기 4년차에 들어선 대통령이 마음을 비웠다는 것도 이제 현실로 받아들여졌다. 그러나 대권의 향방은 더 오리무중이 되어가는 것이다.

박상규의 시선을 받은 이상수가 머리를 기울이며 생각하는 시늉을 했다.

"글쎄. 그건 아직 나도 모르겠어. 어쨌든 넉 달 후에는 알 수 있겠지."

오전 11시 50분이 되었을 때 이인제는 여의도의 한정식집 낙원의 밀실로 들어섰다. 약속이 12시인데도 방 안에는 전두환과 최병렬이 먼저 와 있었는데 이미 식탁에는 음식이 가득 차려져 있었다.

"이거, 제가 늦었습니다."

미안한 표정으로 말하는 이인제에게 전두환이 손을 저었다.

"우리가 너무 일찍 왔어요. 앉으시오."

"예, 위원님."

한 팀이 되고 나서 그들은 여러 번 만난 터라 분위거가 어색하지는 않았다. 얼큰한 생태탕에다 반주로 소주를 한 잔씩 마셨을 때 전두환이 생각난 듯 물었다.

"이 의원, 내가 왜 정동영 의원을 선임으로 지명했었는지 아시오?"

"모르겠는데요."

성격상 즉각 대답한 이인제가 전두환을 정색하고 보았다.

"어떤 이유였습니까?"

"대권경쟁 분위기에 휘말리기 싫었기 때문이오. 정동영은 아직 젊지 않소?"

"그렇습니까?"

"그렇다고 한화갑 같은 DJ 직계 거물을 끌어들인다면 속이 보일 것이고."

"그럼, 저보다 정동영이 부담이 덜 하단 말씀이군요?"

그러자 옆에 앉은 최병렬이 낮게 웃었지만 나서지는 않았다. 따라 웃는 전두환이 부드러운 시선으로 이인제를 보았다.

"이 의원은 내 팀이 되었을 때 무엇을 얻게 될지 예상하고 있었을 거요."

이인제가 잠자코 시선을 내렸다. 아직 열흘도 안 되었지만 경상도 지역에서 자신의 인지도가 5퍼센트 가량이나 상승한 것이다. 그것은 바로 어제 비밀리에 실행한 여론조사 결과였다. 특히 대구·경북 지역에서는 7퍼센트나 올랐다. 정색한 전두환이 말을 이었다.

"노태우 씨 선임 위원인 김근태의 경남북과 부산, 대구 쪽 인지도도 상승했고 정동영도 마찬가지요. 그리고 대통령이 데려간 박근혜는 전라도와 충청도에서 대단한 상승세를 보이고 있습니다."

"굉장합니다."

술잔을 내려놓은 최병렬이 전두환과 이인제를 번갈아 보았다.

"지금 대선이 치러진다면 박근혜 씨가 될 가능성이 많습니다."

알고 있는 일이었으므로 이인제는 머리만 끄덕였다. 지금 상황에서 보면 박근혜가 제일 유리할 것이었다. 그러나 그것은 당을 떠난 개인의 인기일 뿐이다. 대선에 도전하려면 당의 기반이 있어야 한다. 당의 자금, 조직이 뒷받침되지 않으면 선거에 나설 수도 없는 것이다.

"대통령의 지역 갈등 해소 정책의 최종 목표가 무엇인지 이 의원은 알고 계시지요?"

전두환이 묻자 이인제가 정색했다.

"압니다. 원로회의를 통해 지역색을 탈색시키는 것이지요."

"그렇소, 지금처럼."

머리를 끄덕인 전두환이 소주잔을 들었다.

"그리고 다시 당으로 돌아가 대선후보 경쟁에 참여하는 거요. 그때는 당에 남아 있는 후보들도 꽤 덕을 보게 될 테니까."

원로위원 넷은 모두 전현직 대통령으로서 각각 통치 스타일도 달랐을 뿐만 아니라 성격도 판이했다. 그래서 입법부의 대리인 격으로 소속된 5명의 현역 의원에 대한 운영 방식도 다를 수밖에 없다. 이인제는 잠자코 젓가락을 들어 식은 파전을 떼어 입에 넣었다. 같이 지낸 지 얼마 되지 않았지만 전두환은 사람을 끄는 힘이 있었다. 전임 대통령이었다는 선입견도 작용했겠지만 이인제는 전두환에게 끌려드는 자신을 느꼈다. 이 사람의 목적은 단순한 것이다. 그리고 자신의 정치적 입장은 고려하지 않는다.

"김대중 씨 의도가 무엇이었던 간에 차기 후보는 내 손에서 만들어질 테니까."

자신 있게 말한 YS가 앞쪽에 앉은 정동영과 강삼재를 바라보았다. 상도동 자택의 서재에는 그들 셋뿐이다.

"지역 갈등 타파를 위해 원로회의를 구성한 것은 잘한 일이야. 그것은 나도 칭찬해 주고 싶어."

정동영의 앞이어서 YS는 표준말을 쓰려고 노력했다. 일단 DJ를 칭찬한 YS가 정색했다.

"전두환이나 노태우는 나만큼은 DJ를 몰라. 그리고 거기도 마찬가지네."

거기란 정동영을 가리킨다. YS가 말을 이었다.

"거기나, 이인제, 김근태가 이번에 원로회의 소속이 되면서 갱상도 지역에서의 인지도가 부쩍 올라갔지 않은가? 그것은 바로 민주당의 갱상도 기반이 맹글어졌다는 말이나 같제. 앞으로 당신들 인지도는 더 올라갈 기라."

정동영은 눈만 끔벅이며 앉아 있었다.

"DJ는 우리를 이용한 기라. 아주 기묘한 수단이야. 하지만 내가 당하고만 있을 사람이 아니제."

그러고는 소파에 등을 붙인 YS가 얼굴을 펴고 웃었다.

"차기에서 승리할라카몬 부산·경남의 표가 결정적이제. 이번에 그것을 학실하게 보여줄 수 있게 됐데이."

잠자코 머리를 끄덕인 정동영이 힐끗 옆에 앉은 강삼재를 보았다. 강삼재는 정색하고 있었는데, 정동영의 시선을 느꼈을 것임에도 반응하지 않았다. YS가 자신을 고집한 이유는 호락호락했기 때문이다. 이번의 원로회의 제도는 YS 입장에서 보면 정치권 진입에 날개를 달아 준 셈이 될 것이었다. 벌써 민주 산악회는 활발하게 가동 중이었고 강삼재 와 김현철이 그 중심에 있다. YS의 말마따나 적어도 부산·경남은 너끈 하게 장악할 만한 세력이 될 것이라는 평이었다.

돌아오는 차 안에서 옆에 앉은 보좌관 이성수가 정동영의 눈치를 보 았다.

"무슨 말씀이셨습니까?"

"뭐, 내가 갖고 놀기 좋은 상대라고 하더구먼."

그러고는 정동영이 얼굴을 펴고 웃었다.

"하긴 이인제 씨가 YS 한테로 갔다면 순탄해질 수는 없겠지."

"아마 어떻게든 동의하지 않았을 겁니다."

"난 전시용 인형이야."

불쑥 말한 정동영이 이성수의 시선을 받더니 다시 웃었다.

"하지만 이상하게 화가 나지 않아. YS하고 같이 있으면 그 솔직성과 투쟁성에 나도 모르게 동화되는가 봐. 마구 가슴이 뛴다니까."

YS가 제출한 검찰청장, 국세청장, 경찰청장의 교체안은 전두환, 노 태우 두 위원의 반대로 거부되었다. 안을 제출하기도 전에 대변인 격인 박종웅을 통해 요란하게 선전을 해온 터라 국민들은 YS의 성품대로 강 력한 반발을 예상했다. 그러나 의외로 YS는 성명도 내지 않고 원로회의 의 결정에 승복하는 자세를 보였다.

"그야말로 럭비공이군."

국회의사당 안의 상임 위원회 회의실에서 정동영을 우연히 만난 김근태가 웃음 띤 얼굴로 말했다.

"정 최고가 힘이 많이 드시겠어요."

"아뇨, 전혀."

따라 웃은 정동영이 머리를 저었다. 그들은 비어 있는 위원장실로 들어가 마주앉았다. 김근태는 노태우의 선임의원이다.

"우린 다섯 의원의 의견을 다수결로 모아 노 위원께 건의하는 형식이오. 이번에 YS가 낸 교체안도 그렇게 결정해서 노 위원께 보고 드렸지."

김근태가 부드러운 시선으로 정동영을 보았다.

"그쪽은 어떻습니까?"

그러자 정동영이 풀썩 웃었다. 각 위원의 내부 의사 결정 사항은 비밀인 것이다. 그러나 세간에는 YS 측만 유일하게 비민주적으로 진행된다고 알려졌다. YS가 독단으로 처리한다는 것이다. 이번에도 정동영과 민주당에서 뽑힌 두 의원의 반대에도 불구하고 YS가 교체안을 밀어붙였다고 언론에 보도되었다.

"저도 YS의 교체안에 찬성했습니다. 오해들을 하고 계신 것 같아요."

"글쎄, 그 말을 믿는 사람이 드믄 것이 문제지요."

그러고는 김근태가 정색했다.

"정 최고가 민주 산악회에 가입할 것이라는 소문이 있던데 사실이오?"

"예, 사실입니다."

따라서 정색한 정동영이 김근태를 보았다.

"제가 대선후보로 나설 것도 아니고, YS 바람을 같이 타지요, 뭐."

"…."

"그러고는 그 바람을 민주당으로 가져 올랍니다. 내년 대선에 말이지요."

"물론 대표하고 상의했겠지요?"

"대표도 아마 알고 계실 겁니다."

그러자 김근태가 시선을 들었다가 도로 내렸다. 말뜻을 알아차린 것이다.

"여기서 만나는군요."

김중권이 웃음 띤 얼굴로 인사를 했지만 의외라는 기색이 역력했다. 대문 앞에서 이수성과 마주친 것이다. 저녁 7시였지만 여름 햇볕이 길어서 주위는 아직 밝았다. 이수성과 김중권은 나란히 한식당 화원의 안으로 들어섰다.

"이쪽으로 오시지요."

기다리고 있던 지배인이 허리를 꺾어 보이더니 앞장을 섰다. 인사동의 한정식 식당 화원은 기업인들의 비밀 회동 장소로 자주 쓰이는 터라 예약 손님만 받는다. 그런데 복도 좌우의 방이 조용한 걸 보면 오늘 예약은 모두 취소한 모양이었다. 복도 끝 쪽의 방 앞에 선 지배인이 가볍게 노크를 하더니 문을 열었다.

"들어가시지요."

심호흡을 한 김중권이 먼저 방 안으로 들어섰고 이수성이 뒤를 따랐다.

"어서 오시오."

안쪽 자리에 앉은 채 그들을 맞은 사람이 대통령이다. 대통령의 좌우에 앉아 있던 권노갑과 한광옥이 자리에서 일어나 그들을 맞았다. 식

187

탁 위에는 이미 요리가 가득 놓여 있고 한식 요리에 어울리게 매실주까지 갖춰져 있었다. 인사를 마친 김중권과 이수성이 원탁에 앉았을 때 대통령이 부드러운 표정으로 말했다.

"청와대로 오시게 할 수도 있었는데 그렇게 되면 금방 말들이 퍼져서 말이오."

대통령이 김중권과 이수성을 번갈아 보았다.

"그러면 당장 소문이 나겠지. 내가 두 분 중에서 한 분을 민다든가 아니면 역할 분담을 시킨다든가 하고 말이오."

김중권은 입술 끝을 올려 웃는 얼굴을 보였지만 이수성은 여전히 정색하고 있었다. 대통령이 젓가락을 들더니 말했다.

"자, 식사부터 하십시다. 이 집 요리가 아주 먹음직스럽게 보여서 두 분 기다리는 동안 침만 삼켰습니다."

당연한 일이지만 제대로 식사를 한 사람은 대통령뿐이었다. 다른 넷은 깔짝거리다가 대통령이 수저를 놓자 기다렸다는 듯이 따라서 식사를 끝냈다. 숭늉을 맛있게 마신 대통령이 문득 머리를 들고는 김중권에게 물었다.

"전당 대회가 이제 얼마 남았지요?"

"예, 100일 정도 남았습니다."

김중권이 미리 계산해 놓은 것처럼 대답했다. 전당 대회는 12월 20일로 예정되어 있는 것이다. 머리를 끄덕인 대통령이 정색하고 김중권과 이수성을 보았다.

"원로회의 설립으로 당이 흔들거리는 것같이 보이지만 대국적으로 보면 득이 될 것입니다. 나는 그것을 확신하고 있어요."

188

그러더니 대통령이 쓴웃음을 지었다.

"이런, 내 말버릇이 또 나왔군. 이런 말투가 언제나 말썽을 일으켰는데."

그때 한광옥이 헛기침을 했지만 나서지는 않았다. 권노갑은 눈만 가늘게 뜨고 앉아서 숨도 쉬는 것 같지가 않았다. 다시 대통령의 말이 이어졌다.

"내가 민주당을 떠난 터라 전면에 나설 수는 없지만 전당 대회에서 대선후보가 선출되면 예전처럼 전라도당이라고 불리지 않을 겁니다. 왜냐하면"

대통령이 잠시 말을 그쳤을 때 모두 뒷말을 예상할 수 있었다.

"지금 원로위원한테 가 있는 김근태, 이인제, 정동영 씨가 영남표를 몰고 올 테니까요."

모두가 예상했던 대로 대통령이 말했다.

그리고 그것은 한나라당 측에서도 마찬가지일 것이다. 대통령의 선임의원인 박근혜의 인기 또한 전라, 충청 지역에서 가파르게 상승세를 타고 있었다. 이회창이 박근혜의 지원을 얻는다면, 그리고 김중권이나 이수성이 김근태나 이인제, 또는 정동영의 지원을 받는다면 모두 승산이 있다. 그때 대통령의 목소리가 방을 울렸다.

"나는 내 진심을 말씀 드리려고 두 분을 오시라고 한 겁니다. 나는 어느 누구도 내 후계자로 정해 놓지 않았다는 것을 이 자리에서 두 분께 밝힙니다."

대통령은 한광옥과 함께 먼저 자리를 떴으므로 방에는 권노갑과 김중권, 이수성의 셋만 남았다. 권노갑이 수건을 꺼내더니 꼼꼼하게 손을 닦으며 말했다.

"대통령께서 나까지 불러내어 고런 이야기를 한 이유를 알고들 기시죠?"

손을 닦으며 묻자 김중권과 이수성은 서로의 얼굴을 보았다. 그러나 대답은 나오지 않았다. 이윽고 수건을 내려놓고 권노갑이 머리를 들었다.

"나헌테도 가만있으라는 말씀입니다. 어느 누구의 뒤를 밀면 안 된다고 허신 거요."

"공명정대한 자세로 나가라는 말씀으로 들었습니다."

정색한 이수성이 말하자 김중권이 머리를 끄덕였다.

"이제는 정책과 비전, 자질로 승부를 할 때가 되었다는 말씀이지요."

"참, 반년도 안 되어서 정치판이 이렇게 변했다니."

권노갑이 갑자기 얼굴을 펴고는 소리 없이 웃었다.

"마음을 비우면 이런 수도 있구먼요잉?"

그러나 이수성과 김중권은 따라 웃지 않았다. 영남권으로만 본다면 김중권의 독무대가 된 것 같았던 민주당 대선후보 예상자가 이수성의 등장으로 흔들렸다가 다시 이인제와 김근태, 정동영이 전임 대통령의 선임의원이 되면서부터 기세를 탄 것이다. 따라서 지금은 그 누구도 후보를 확신할 수 없는 상황이 되었다. 그런데다 이제 대통령이 완전히 민주당과의 관계를 단절했다는 것이 알려지고 자유 경선으로 후보를 선출하도록 맡긴다면 한화갑이 나설지도 모른다.

한화갑이 누구인가? 민주당의 대의원 지지율로 부동의 1위를 차지했던 거물이다.

그때 권노갑이 다시 정색하고 두 사람을 보았다.

"대통령께서 두 분을 함께 불러 그런 말씀을 하신 이유를 알고 계시지요?"

김중권과 이수성은 대답하지 않았다. 그들의 기반은 대구·경북으로 같은 것이다. 후보 경선에서 같은 지역 표를 나눠 갖는 형국이 될 것이었다. 권노갑이 헛기침을 했다.

"대통령께선 누구든 경쟁력이 있는 분이 나서기를 바라시는 것입니다."

조선일보 정치부장 고명진은 이한수 차장이 다가왔을 때 이맛살부터 찌푸렸다. 오후 1시여서 점심 후의 나른한 식곤증으로 만사가 귀찮은 시간이다.

"그, 대선후보 추측 기사는 그만 쓰자고. 독자들의 항의 메일로 골치 아프단 말이다."

"내일 기사는 바꿨습니다."

털썩 앞자리에 앉은 이한수가 입맛을 다셨다. 사흘째 민주당의 대선후보에 대한 취재 기사를 쓰고 있었는데 항의가 빗발치듯 쏟아졌던 것이다. 김중권과 이수성, 한화갑, 이인제, 김근태, 노무현, 정동영 등의 가능성을 제법 세밀하게 분석했지만 독자들은 물론이고 당원들의 항의가 쏟아졌다. 항의 내용의 대부분은 지금 대선후보를 거론할 시기가 아니라는 것이다.

의외의 반응이었으므로 기사를 책임진 이한수는 기가 꺾였고 고명진도 기대했던 터라 실망했다.

"국민들의 정치에 대한 관심은 높아요."

심각한 표정이 된 이한수가 고명진을 바라보았다.

"그 어느 때보다도 높아졌단 말입니다. 그런데 왜 대선후보 취재 기사에 대해서는 시큰둥할까요?"

"그럴 시기가 아니라고 했지 않아?"

"YS 시절과 비교하면 지금 가열되었어야 정상입니다."

"어디 지금이 YS 시절과 같나?"

통명스러운 고명진의 대답에 이한수는 다시 입맛을 다셨다. 아닌 게 아니라 지금이면 정권 말기가 시작되는 시기여서 시쳇말로 권력 누수 현상이 시작되고 대권경쟁이 본격화되어야 정상인 것이다. 그것은 역대 정권을 되짚어 보아도 비슷하게 일어났다.

하지만 지금은 어떤가? 민주당의 대권 후보들은 각각 전임 대통령인 원로위원의 용병이 되거나 당에 잠수하여 전혀 돌출 행동을 하고 있지 않은 것이다. 그리고 국민들은 이 체제에 대단한 흥미를 보이고 있다. 예전처럼 팔룡이네 구룡 같은 기사를 지금 썼다가는 썩은 정치에 물들었던 썩은 보도라고 당장에 매도당할 분위기가 되어 있는 것이다. 시계를 내려다본 이한수가 자리에서 일어섰다.

"인터뷰는 하고 오겠습니다. 이미 약속을 해 놓아서요."

노무현은 편안한 웃음으로 이한수를 맞았다. 민주당사의 상임고문실 안이었다.

"요즘 대선후보 기사가 관심을 끌지 못하는 것 같습디다."

자리에 앉았을 때 노무현이 먼저 위로하듯 말했다.

"대통령의 인기가 올라가는 것하고 반비례하는 것 아닙니까?"

"저도 그렇게 생각합니다."

머리를 끄덕이며 이한수는 노무현이 의원 배지를 달았다면 YS의 선임의원이 되었을 가능성이 제일 컸으리라고 생각했다. YS와 노무현의 결합은 대단한 시너지 효과를 낼 것이었다. 녹음기를 꺼낸 이한수가 버튼을 누른 다음 탁자 위에 놓았다. 노무현은 올해 초에 언론과의 전쟁 운운하는 바람에 언론인들과 사이가 벌어졌지만 지금은 많이 회복되었다. 그동안 정치권의 놀랄 만한 변화에 지난 사건들이 묻혀버린 것이다.

"현 정치 상황을 어떻게 보십니까?"

이한수가 묻자 노무현이 정색하더니 곧 쏟아내듯 말했다.

"이제야말로 정치가 궤도에 진입했다고 봐도 될 것입니다. 한국의 정치는 대통령의 자질과 철학에 의하여 만들어진다는 증명이 이번에 된 것이지요. 대통령이 마음을 비우고 정도를 걸었을 때 정치가 제대로 살아난다는 것을 우리는 두 눈으로 보고 있지 않습니까?"

"이번 원로회의의 구성으로 지역감정이 조금씩 완화되고 있습니다. 하지만 옥상옥이라는 비판도 있는 데다 파당이 조성될 기미도 보입니다. 이것에 대한 견해는 어떻습니까?"

"원로회의는 깜짝 놀랄 만한 획기적인 지역감정 개선안 입니다. 이 것은 대통령이 사심을 버렸기에 가능한 일이었지요. 그리고 원로회의의 파당은 결코 성공하지 못할 것입니다."

노무현의 열변이 이어졌다.

"결코 국민들이 용납하지 않을 것입니다. 우리 국민의 정치에 대한 수준은 높습니다. 트릭이나 거짓이 이제는 통하지 않아요."

"내년 대선에 출마하실 계획이시지요?"

"당에서 결정할 문제지요. 나는 당명에 따라 행동하겠습니다."

예상했던 대답이었으므로 이한수는 쓴웃음을 지었다. 이것은 이수성과 이인제, 한화갑 등 모든 민주당 대선후보군으로부터 똑같이 들은 말이었던 것이다. 연초에 돌출 행동을 했던 대선 주자들은 일제히 움츠려 있다. 시간이 지날수록 더 활발해져야 정상인데도 그렇다. 대통령이 당적까지 버린 상황이니 마음 놓고 나서도 좋은 환경인 것이다.

이한수는 녹음기의 스위치를 눌러 껐다. 이유는 하나다. 대선 주자 모두가 이제 국민들을 의식하고 있기 때문이다. 지금 다시 다툼으로 정국을 혼란에 빠뜨리는 것을 국민이 원치 않는 것이다.

청와대에서 안보회의를 마친 이회창이 막 회의실을 나왔을 때 비서실장 한광옥이 옆으로 다가와 섰다.

"총재님, 잠깐만 저하고."

그들은 복도 옆으로 비켜서서 안보회의 참석자들이 지나가기를 기다렸다. 국정원장 정형근이 맨 나중에 그들 옆으로 지나면서 가볍게 눈인사를 했다.

"저쪽으로 가시지요."

하면서 한광옥이 발을 떼었을 때 이회창이 궁금한 듯 물었다.

"무슨 일입니까?"

"대통령께서 뵙자고 하십니다."

대통령은 집무실로 돌아와 있었는데 그들이 들어서자 자리에서 일어났다.

"드릴 말씀이 있어서요."

그들은 옆쪽 원탁에 둘러앉았다. 안보회의에서는 갈수록 냉랭해지는 남북 관계에 대한 종합 분석이 있었지만 국방을 강화해야 한다는 원칙적인 결론을 내렸을 뿐이었다. 이회창의 시선을 받은 대통령이 입을

194

열었다.

"내가 민주당 당적을 버린 터라 왈가왈부 하기는 뭣하지만 말씀인데요."

긴장한 이회창이 눈만 크게 떴고 대통령의 말이 이어졌다.

"요즘 자민련이 연정 파트너로 침체되어 있는 걸 알고계실 겁니다."

이회창은 머리만 조금 끄덕였다. 이인제를 끌어들여 세를 만들려던 JP는 급작스러운 원로회의의 가동으로 무색해졌다.

그래서 자민련에서는 연정을 탈퇴하자는 강경 세력이 대두하고 있는 중이었다. 그러나 민주당 의원 넷을 끌어다가 교섭 단체를 만든 터라 그것은 불가능한 일이었다. 대통령이 가볍게 헛기침을 했다.

"지난번에 민주당 의원 넷이 옮겨간 것은 세상 사람들이 다 아는 일이니까 이번에 다시 복귀할 때 솔직히 사과하는 것이 낫겠지요?"

놀란 이회창이 눈을 크게 떴다.

"아니, 그러면 그분들 넷을 다시 복귀시킨다는 말씀입니까?"

"그때는 내가 총재였으니까 내가 직접 국민께 사죄 말씀을 드려야겠지요?"

"그, 그거야."

이회창이 정색하고 대통령을 보았다. 아직 대통령의 의도를 모르는 터라 바짝 긴장한 것이다. 그러면 연정은 부서지고 자민련은 교섭 단체도 안 되는 16명짜리 소수정당으로 전락한다. 그 상황에서 JP는 어떤 처신을 할 것인가? 그리고 지금 DJ가 그것을 나에게 의논하는 이유는 무엇인가? 머리가 복잡했으므로 이회창은 정신을 바짝 차렸다.

"연정이 깨지지 않겠습니까?"

"그렇게 되겠지요."

태연하게 말한 대통령이 이회창을 보았다.

"그렇게 되면 JP가 어떻게 할 것 같습니까?"

대통령이 그렇게 물었으므로 이회창이 옆에 앉은 한광옥을 보았다. 그러나 한광옥은 파리 삼킨 두꺼비마냥 시치미를 뚝 뗀 채 시선도 주지 않는다.

"글쎄요."

했지만 이회창은 JP가 작년 총선 후에 접근해 왔을 때를 떠올렸다. 그때 JP를 끌어안았다면 야당 연합이 되어 국정을 장악하지는 못했더라도 속이 좁다는 소리는 안 들었을 것이다. 다시 대통령이 말을 이었다.

"작년 총선 직후의 상황으로 돌아가지 않겠습니까? JP로서는 그 방법밖에 없을 겁니다."

"그렇긴 합니다만"

"이번에는 이 총재께서 싸안으세요. 그래서 야당 연합을 만드세요."

놀란 이회창이 침을 삼켰다. 이것은 또 무슨 음모인가?

"아니 제가."

"이 총재께서 JP를 만나 교섭 단체 구성 한계를 15명으로 해 주겠다는 제의를 하세요. 그럼 민주당에서도 찬성표가 나와 통과가 될 테니까요."

이회창의 표정을 본 대통령이 얼굴을 펴고 웃었다.

"페어플레이를 하려는 겁니다. 말하자면 이 총재께도 기회를 드리려는 것이지요. JP를 싸안으면 여러 가지 이점이 있을 겁니다. 그렇지 않습니까?"

그러고는 대통령이 정색했다.

"이 일은 우리 셋만 알고 있도록 하십시오. 그래야 효과가 극대화될 테니까."

집무실을 나와 복도를 나란히 걸을 때 이회창의 시선을 받은 한광옥이 마침내 입을 뗐다. 그는 집무실에서 한마디도 하지 않았다.

"말씀 그대로 총재님께 기회를 드리는 겁니다. 복선은 전혀 없어요."

그러고는 한광옥이 목소리를 낮췄다.

"포용하시라는 대통령의 뜻입니다. 그래서 이번에 김윤환 씨를 한번 찾아가보시는 게 어떻습니까?"

"김윤환 씨를 말이오?"

놀란 이회창이 주춤 걸음을 늦췄으므로 한광옥이 쓴웃음을 지었다.

"김윤환 씨가 떠 있지 않습니까? 대구·경북에서 두 전임 대통령이 활발하게 움직이고 계시는 터라 말입니다."

"…"

"대통령께서는 모든 대선후보에게 기회를 주시려는 것입니다. 그러고는 그들의 장점을 집대성시키는 역할만 하시겠다는 뜻이지요. 그래야 정치가 발전되고 국민들의 선택의 폭이 넓어진다고 말씀하셨습니다."

이회창은 신음 같은 헛기침을 뱉고는 발을 뗐다. 대통령이 달라진 것은 이제 확실했다. 더 이상 의심의 여지는 없다.

자민련으로 이적했던 의원 4명이 다시 민주당으로 옮겨 온 것은 그로부터 사흘 후였다. 장관이 되어 행정부에 가 있는 장재식을 제외한 세 명은 민주당사에서 재입당에 대한 기자 회견을 가졌는데 TV에 비친 그들의 표정은 밝았다. 그들은 탈당과 재입당이 당 지도부의 지시냐는 기자들의 질문에 거침없이 그렇다고 대답했으므로 TV를 지켜보던 시청자들은 충격을 받았다. 뻔히 알고 있는 사실일지라도 직접 대놓고 말해버리면 차라리 아니라고 하는 편이 덜 미운 법이다. 그러나 그로부터 한 시간쯤 후인 오후 3시경에 대통령은 KBS를 통해 성명을 발표했다.

"민주당 소속 의원 네 명은 모두 본인이 민주당 총재를 맡고 있을 적에 자민련으로 이적시킨 것입니다."

대통령이 정색한 얼굴로 시청자를 향해서 말을 이었다.

"자민련을 교섭 단체로 만들려고 제가 지시했던 것입니다. 모두 제 책임입니다."

말을 멈춘 대통령이 두어 번 눈을 끔벅였으므로 식당에 들어와 TV를 보던 박대구는 가슴이 답답해졌고 다음 말을 잊어버리지 않기를 불현듯이 빌었다. 대통령의 말이 이어졌을 때 박대구는 어깨를 늘어뜨렸다.

"국민 여러분, 저는 공정하고 정직한 정치, 그리하여 모든 사람에게 기회를 부여하는 새 정치를 실현하도록 끝까지 노력하겠습니다. 국민의 의사에 반하는 인위적이며 공작적인 정치는 제 임기 안에 사라지도록 하겠습니다."

대통령의 짧은 성명 발표가 끝났을 때 박대구는 헛기침을 하고 어깨를 폈다. 식당 안에는 기사 7~8명이 있었지만 한 차례 훑어보았을 때 비난하는 표정은 보이지 않았다. 만족한 박대구는 오늘 일은 그만두고 소주나 마셔야겠다고 마음 먹었다.

"결국 완전한 배신으로 끝이 났습니다."

TV 전원을 끈 이완구가 말했을 때 JP는 쓴웃음을 지었다.

"그 양반 요즘 행태를 봐서 그럴 법헌 일이었어."

청구동의 자택 응접실에는 이완구와 이양희, 김종호까지 현역 의원 7~8명이 찾아와 있었으니 자민련의 과반수가 모인 셈이었다.

"연정을 깹시다. 총리도 사퇴시키고 장관들도 다 불러들입시다."

누군가 격한 목소리로 말했으나 대꾸하는 사람은 없다. 성질나는 김에 말했지만 뻔한 일이었기 때문이다. 연정이 깨진 마당에 자민련 소속으로 행정부에 간 의원들은 불러들이고 자시고 할 것도 없이 물러나야 한다. JP가 머리를 들고 의원들을 둘러보았다.

"차라리 잘되었어. 나도 민주당에 물혹처럼 붙어 있을 생각은 없었어."

그때 이양희가 핸드폰을 꺼내 귀에 붙이더니 놀란 표정으로 김종필을 보았다.

"총재님, 이회창 총재의 전화입니다."

응접실 안이 순식간에 조용해졌고 JP가 전화기를 받아 귀에 붙였다.

"아이고, 이거 웬일이십니까?"

그러더니 몇 번 응답을 하고는 전화기를 이양희에게 건네주었다.

"이번에는 이회창 씨 반응이 기민하고만 그려. 이 사람도 달라진 것 같구먼."

그로부터 사흘 후에 국회에서는 교섭 단체 제한 인원을 15명으로 하는 입법안이 찬성 185표를 얻어 통과되었다. 이것은 한나라당 133표와 자민련 16표에다 민주당과 무소속에서 36표가 찬성을 한 것이다. 이로

써 한나라와 자민련은 야당 연합 체제로 일거에 과반수를 12석이나 넘는 세력이 되었다. 민주당은 119석으로 총선 직후의 상태로 돌아갔으니 총선 민의는 그대로 반영된 셈이다.

6장
개헌

저녁식사를 마친 대통령이 응접실로 들어섰을 때 이희호 여사가 따라와 녹차 잔을 건네주었다. 오늘은 모처럼 둘이서만 오붓하게 저녁을 먹은 것이다.

"자민련이 떨어져 나갔으니 총리도 그만두겠네요?"

앞쪽 소파에 앉은 이 여사가 묻자 대통령이 머리를 끄덕였다.

"사표 내겠다고 아침에 연락이 왔어."

"자민련 장관도 그만두나요?"

"아마 그렇게 되겠지."

녹차를 한 모금 삼킨 대통령이 이 여사를 바라보았다.

"당신, 인자는 내가 달라졌다고 안 허는구먼. 얼마 전까지만 혀도 불안헌 것 같더니."

"내가 당신 몸 생각해서 그런 거지."

"그럼 내가 돌았다고 생각헌 거여?"

대통령이 눈을 크게 뜨고 묻자 이 여사는 피식 웃었다.

"쪼끔 걱정은 됩디다. 갑자기 전혀 딴사람이 되신 것 같아서 말이에요.”

“다 잘되고 있지 않아?”

“그렇지만”

이 여사가 정색했다.

“차기 후보는 누가 될지 더 불투명해졌지 않아요?”

“그런가?”

녹차 잔을 내려놓은 대통령이 시치미를 뗀 얼굴로 이 여사를 보았다.

“국민들이 혼란스러워 헐까?”

“아니, 그런 것 같지는 않습니다.”

이 여사가 차분해진 얼굴로 머리를 저었다.

“당신 인기가 올라가는 통에 차기 후보들이 선뜻 나서지들 못 한다고 신문에도 그렇게 쓰여 있습디다.”

정치판이 총선 직후의 상황으로 돌아간 것이 모두 대통령의 막후 공작이었다는 것까지를 아는 국민들이다. 언론에서도 대통령의 내밀한 행동이 없었다면 절대 불가능한 일이었다고 보도를 했고, 당사자 중 하나인 이회창까지 강하게 부정도 하지 않은 터라 국민들은 그렇게 믿고 있었다. 대통령이 입을 열었다.

“정치는 순리대로 따르는 것이 제일이며, 내가 요짐에사 그것을 알게 되었어.”

소파에 등을 붙인 대통령이 가늘게 숨을 뱉었다.

“욕심을 버링깨로 앞이 훤허게 보이는 것 같고, 그러고 이렇게 몸과 마음이 가뿐혀진 것도 처음이여.”

그 시간에 JP는 이회창과 인사동의 한정식당 을화의 밀실에서 마주 앉아 있었는데 술기운으로 얼굴이 붉었다. 정종을 대포로 석 잔이나 마신 것이다. 그러나 이회창은 잔에 입만 붙였다 떼었다 하는 바람에 멀쩡한 얼굴이었다. 젓가락을 내려놓은 JP가 이회창을 보았다. 둘만의 밀담이었지만 머지않아 이 소문은 새어나갈 것이고 청와대에 제일 먼저 보고가 되리라는 것까지 두 사람 모두 알고 있었다.

"이 총재님은 대통령의 흉중을 읽으시고 계십니까?"

JP가 불쑥 묻자 이회창이 특유의 옅은 미소를 띠었다.

"글쎄요. 저는 아직 경륜이 짧아서."

"그렇다면 오히려 더 잘 보이실 텐데."

정색한 JP가 이회창을 똑바로 보았다.

"그리고 요즘 대통령을 자주 뵙지 않습니까? 차기에 대한 대통령의 구상을 어떻게 보십니까?"

이회창은 오늘 JP가 저녁이나 같이 하자고 초대한 이유가 이것 때문이라는 것을 알 수 있었다. 그러나 놀랄 만한 일은 아니었으므로 JP의 시선을 마주 받았다. 이 사람의 킹메이커 위치는 상황이 바뀌었어도 여전했다. 3김 시대는 또다시 전성기를 맞고 있다. 대통령의 지원을 받은 YS까지 원로위원으로 국정에 나서고 있는 상황인 것이다.

"뚜렷하게 누구를 내세운 상황이 아닌 것 같습니다만."

이회창의 말에 JP가 풀썩 웃었다.

"그럴 리가 없지요. 그 양반이 지금 죽 벌여 놓은 것같이 보이지만 전당 대회에서 윤곽이 드러날 겁니다."

"김 총재께서는 누가 민주당 대선후보가 될 것 같습니까?"

"허어. 되레 나한테 물으시는데."

JP가 넉 잔째의 정종 잔을 들고 이회창을 보았다.

"어디 하나씩 가능성을 찾아보십시다. 먼저 이인제 씨는 어떻습니까?"

이인제는 민주당내에서는 대의원 지지율이 떨어지지만 전국적 지명도가 높다. 충청도에다 지난번에 닦은 경상도 기반도 있고 지금은 전두환 원로위원의 기반인 대구·경북에서 지지율을 높이고 있는 것이다. JP가 말을 이었다.

"이인제 대통령과 최병렬 부통령의 콤비라면 가능성이 크지 않겠습니까?"

"정부통령제를 말씀하시는 겁니까?"

의외인 듯 이회창이 눈을 치켜뜨자 JP가 머리를 끄덕였다.

"대통령이 탈당을 하고, 지역감정을 없애기 위해 전임 대통령 셋으로 원로위원회를 구성하고, 거기에다 민주, 한나라당 후보군을 교묘하게 심어놓은 것이 나는 예사로 보이지가 않아요."

"그렇다면"

"정부통령제 가능성이 많아요. 거기에다 4년 중임의 개헌을 하는 것이지."

한 모금 정종을 삼킨 JP가 물었다.

"개헌론이 지금 쑥 들어가 있지만 민주당에서 발의를 하면 한나라에서도 지지할 것이라는 중론입니다. 알고 계시지요?"

이회창이 잠자코 시선을 내렸다.

며칠 전에 측근들과도 그런 결론을 내렸기 때문이다. 현 상황에서 반대할 이유가 없는 것이다. JP의 말이 다시 이어졌다.

"다음에 김근태 씨 가능성을 보십시다. 노태우 씨가 지금 힘을 실어 주고 있는 모양인데.”

김근태는 노태우 원로위원의 휘하에서 활발하게 활동하고 있었는데 짧은 기간 동안이었지만 가장 뛰어난 실적을 올렸다. 언론은 차기 후보들의 행동에 촉각을 곤두세우고 있는 것이다.

“김근태와 강재섭이 콤비가 되어서 충청권의 강창희를 선봉으로 내세우면 그것도 만만치 않을 거요.”

JP의 말에 이회창은 머리를 끄덕였다. 그리고 대통령의 휘하에 있는 박근혜도 마찬가지다. 박근혜는 김용환과 같이 소속되어 있지만 만일 전라도 표를 모을 수만 있다면 당선은 따놓았다고 보아도 될 것이다. 그렇다면 남은 것은 본진(本陣) 두 곳에다 YS와 JP 둘이다. 민주당의 본진에는 김중권과 이수성, 한화갑의 셋이 남았고 한나라당에는 오직 이회창 하나뿐이다. 이 구도는 정치권과 언론에서도 추측할 수 있는 상황이었다. 그리고 각 본진에서 선출된 후보가 YS와 JP 둘을 모두 끌어들이면 당선인 것이다. 그러면 이회창은 이미 JP와 공조를 맺었으니 YS 하나만 남았다. 그리고 최악의 경우에 YS가 돌아선다 해도 노태우, 전두환, 그리고 대통령의 휘하로 간 박근혜 중 한 곳의 지지만 받으면 이긴다. 그리고 민주당 진영의 이수성이나 한화갑. 김중권도 원로위원 넷 중 하나에다 JP의 지지를 얻으면 가능성이 높게 되었으니 정국은 혼란스럽게 펼쳐져 있었지만 국민의 관심은 배가되었다. 어떤 변수가 다시 생길지 모르는 상황인 것이다.

JP가 갑자기 길게 숨을 뱉었으므로 이회창은 머리를 들었다. 그러자 JP가 쓴 것을 뱉어내듯이 말했다.

“대통령은 당적을 버린 다음 차기에는 초연한 것처럼 좍 벌여 놓았는데.”

JP가 두 손을 활짝 펴 보이더니 쓴웃음을 지었다.

"이것이 오히려 대통령의 힘을 배가시켜 놓았단 말입니다. 이제는 모두 대통령의 눈치를 보는 상황이 되어 버렸어요."

시선을 내린 이회창이 젓가락을 쥐었지만 음식을 집지는 않았다. 맞는 말이었던 것이다. 이 구도는 대통령의 지원만 받으면 차기 대권을 쥐도록 만들어졌다. 그것은 이회창을 포함한 모든 대권 주자에게도 마찬가지인 것이다.

안보회의 하루 전날인 월요일 아침에 국정원장 정형근은 한광옥과 함께 대통령 집무실로 들어섰다. 긴급 면담신청을 한 것이다.

"급히 보고드릴 말씀이 있습니다."

대통령의 시선을 받은 정형근이 굳은 표정으로 말했다. 테이블에 삼각으로 앉았을 때 정형근이 대통령을 똑바로 보았다.

"북한이 금강산 입산료도 받지 않고 있지만 현대는 더 이상 적자를 계속 낼 수가 없다고 합니다. 그래서 다음달부터 금강산 관광을 중지하겠다는데요."

대통령이 눈만 끔벅였으므로 정형근은 가볍게 헛기침을 했다.

"통일부에 공식 협의를 하기 전에 미리 저한테 상의를 해왔습니다만 문제가 있습니다."

"무슨 문제요?"

"금강산 관광까지 중지된다면 납북자와 전쟁 포로 송환 작업이 무산될 것입니다. 지금도 지지부진한 상태인데 북한이 협조해 줄 리가 없습니다."

대통령이 머리를 끄덕였다. 6·13평양방문과 역사적인 공동선언이 있었지만 한국 측이 현실적으로 얻은 것은 3차례에 걸쳐 100명 단위의 양측 이산가족이 상봉한 것뿐이었다. 한국 측은 적극적으로 대북 경협과 공동 선언 내용을 추진하려고 했으나 북한은 소극적이었다. 체제 내부의 갈등에다 부시 정권에 대한 견제심 때문인지 북한은 거의 약속을 지키지 않았다. 그러다가 대통령의 안보팀 체제 개편으로 정국은 공동 선언 이전의 냉전 상태로 되돌아 간 것처럼 되었는데 겨우 이어가던 금강산 관광까지 중지시킨다면 남북의 관계는 더 경색될 것이 분명했다. 납북자와 국군 포로 송환 작업은 통일부에서 나서고 있지만 실제 주무 부서는 국정원인 것이다. 정형근이 말을 이었다.

"그래서 적십자사를 통해서 북한의 대남 담당 비서 김용순을 비공식으로 접촉하려고 합니다만."

대통령이 머리를 끄덕이자 정형근은 기운이 난 듯 목소리가 높아졌다.

"북한이 어떤 조건을 내걸 확률이 많습니다. 예를 들면 식량원조라든지."

"일단은 만나보시오."

"예, 대통령님."

"그때 가서 결정합시다."

자르듯 대통령이 말했으므로 정형근도 정색하고 말했다.

"예, 즉시 추진하겠습니다."

"그 사람 쇼는 단수가 높아졌다카이."

상도동 저택의 응접실에서 YS가 앞에 앉은 정동영과 강삼재, 박종웅을 둘러보며 웃었다. 오전 10시경이었는데 세 현역은 국회로 가는 길에 연락을 받고 급히 달려온 길이었다. 그때 민주당 소속 의원이 되어 있는 김현철이 들어와 끝 쪽 자리에 앉았다. 김현철은 행정위 소속이다.

네 쌍의 시선을 받은 YS가 말을 이었다.

"아침에 김대중 씨한테서 전화가 왔다 아이가. 오후에 배드민턴 한 판 치자믄서 일로 온다 안 카나?"

"예? 배드민턴을 치자고요?"

놀란 강삼재가 안경테를 손끝으로 치켜 올렸고 박종웅은 풀썩 웃었다.

"그냥 배드민턴만 치려고 오시는 건 아닐 텐데요. 혹시……."

힐끗 옆에 앉은 정동영에게 시선을 주었던 강삼재가 정색하고 YS를 보았다.

"민산 활동에 대해서 청와대 분위기가 좋지 않다고 하던데 그것 때문이 아닐까요?"

"알 수 없는 일이제."

YS가 느긋한 표정으로 소파에 등을 붙였다. 민주 산악회는 이제 본격적으로 정치 활동을 시작하고 있었는데 YS의 국가 원로위원 취임으로 마치 불에 기름을 끼얹은 것 같은 상승효과를 내었다. 그래서 지난주에 YS는 강삼재를 민산의 사무총장에 임명했고 김현철과 박종웅 등을 집행 위원에, 그리고 정동영에게 감사역을 위촉했다. 부산·경남을 확실하게 장악하겠다고 분명한 의도를 보인 것이다. YS의 시선이 잠자코 있는 정동영에게로 옮겨졌다.

"정 최고는 우예 생각하노? 디제이가 민산 문제로 온다꼬 생각하나?"

YS는 정동영에게는 대통령의 이름을 부르지 않고 DJ를 디제이로 발음하여 예의를 차렸다.

"글쎄요, 저는."

머리를 조금 기울인 정동영이 정색했다.

"대통령의 심중을 제가 읽을 수가 있겠습니까? 하지만 배드민턴 연습은 꽤 하신 것으로 알고 있습니다."

"하긴 그렇다고도 하더구면."

YS의 얼굴에 웃음기가 번졌다.

"코치를 청와대로 불러서 꽤 한 모양이라. 우쨌든 그 사람 희한하데 이. 인자는 배드민턴으로 날 이길라카나?"

3시 정각에 상도동에 도착한 대통령은 트레이닝복 차림이어서 사진기자들을 흥분시킬 만했다. 이미 언론사에 연락이 된 터라 상도동 저택 앞에서 진을 치고 있던 기자들은 정신없이 카메라의 셔터를 눌러 대었다. 대통령의 이런 차림은 처음인 것이다. 대문 앞에서 대통령을 맞는 YS가 저도 모르게 벌쭉 웃는 모습도 카메라에 생생하게 찍혔다.

"나하꼬 증말 시합을 할라카요?"

대통령의 손을 잡은 YS가 눈을 크게 뜨고 놀란 표정을 지어 보였다.

"안 될 낀데."

"길고 짧은 건 대 봐야 아는 거요."

뒤를 따르던 강삼재와 박종웅이 소리 내어 웃었다. 그들은 응접실로 들어가 자리 잡고 앉았는데 YS는 상석을 양보하지 않았다.

"머, 둘이서 잠깐 이야기 좀 헙시다."

대통령이 말하자 YS가 머리를 끄덕였고 주위에 둘러섰던 측근들이 순식간에 방을 나갔다. 방문이 밖에서 닫혔을 때 대통령이 정색하고 YS

를 보았다.

"내가 민산 문제 때문에 온 건 아니오."

"오신다카길래 그런 얘기를 하는 사람도 있었지만 나도 그렇게 생각했제."

YS도 정색했다.

"그런다꼬 나하고 운동할라꼬 오신 것도 아니지 않소?"

"게임은 한번 헙시다."

"기자들이 좋아하겠데이."

"방송에 나가면 국민들도 웃것지."

"쇼라고도 할 낀데."

"이런 쇼는 백번 혀도 좋당게."

"하긴 그렇제."

머리를 끄덕인 YS가 눈을 가늘게 뜨고 대통령을 보았다.

"내가 당신을 40년이 넘게 보아왔지만 요즘처럼 알 수 없을 때는 처음인 기라. 도대체 무슨 일이고?"

그러자 대통령이 헛기침을 했다.

"아무래도 차기에는 정부통령 제도가 지역감정 해소 차원에도 낫지 않겠소?"

YS가 눈을 크게 뜨더니 곧 입술 끝을 비틀며 웃었다.

"그라모 그렇지. 개헌 문제로 오셨구마."

"어떻게 생각허시오?"

"민주당이나 한나라에서도 다 찬성할 낀데 와 나한테 묻소?"

정색한 YS가 묻자 대통령이 소파에 등을 붙였다.

"원로회의에서 김 형이 발의를 해주시오. 그것이 모양새가 날 것 같지 않습니까?"

"흠, 그럴듯하구마."

"4년 중임의 정부통령제로 헙시다."

"내가 개헌의 총대를 메란 말이구마."

"이 일에 김 형만 헌 적임자가 없습디다."

"거, 김 형, 김 형 허지 마소."

혀를 찬 YS가 대통령을 흘겨보았다.

"김 선배라모 몰라도, 우쨌든 내가 대통령도 선배 아이오?"

"앗따, 그럽시다, 김 선배."

대통령도 혀를 차더니 YS를 흘겨보았다.

"그러면 내가 나이가 위니까 날더러 형님이라고 허쇼."

"그건 말도 안 된다카이."

정색한 YS가 손까지 흔들었다.

"군대에서 나이 많다고 대장인가? 나이순으로 대통령 시켜줬단 말이가? 난 그냥 당신을 김 형이라고 부를 끼여."

대통령은 YS와 정원에서 배드민턴 게임을 했는데 10분쯤 치다가 말았다. 그것은 YS가 사정없이 스매싱을 하는 바람에 거의 한 번도 받아치지 못했을 뿐만 아니라 한 번은 넘어지기까지 했기 때문이다. 방송 3사의 카메라맨들은 집 안까지 들어오지는 못했지만 담장 밖에서의 촬영은 허락되었다. 그래서 제각기 담장에 사다리를 걸쳐 놓거나 차 위에 올라가 촬영을 했는데 대특종이었을 것이다. 심판은 처음에는 한광옥이 보았다가 대통령 코너에 떨어진 볼을 아웃이라고 했다면서 YS가 화를 내는 바람에 정동영으로 바뀌었다. 정원에는 10여 명이 둘러서서 두 전현직의 게임을 구경했는데, 처음에는 박수를 요란하게 쳤지만 대통령이 연거푸 당하면서 박수 소리가 줄어들었다. 강삼재와 박종웅까지도 대통령이 헛손질을 하거나 볼이 빗나가면 제각기 시선을 돌리면서 무안한 표정을 짓는 것이 TV 카메라에 생생히 잡혔다. 김현철은 대통령의 뒤쪽에 서서 볼보이 노릇을 한 통에 제일 바빴다. 그래서 게임이 끝났을 때 땀까지 흘렸다.

"뭐, 별거 아니구만 머."

라켓을 비서관에게 건네 준 대통령이 수건으로 얼굴의 땀을 씻으며 YS에게 말했다.

"내가 임기 끝날 때쯤이면 혀볼 만허겠어."

"팔을 쭉 뻗어야 된다카이."

YS가 상기된 얼굴로 팔을 쭉 뻗어 내려치는 시범을 해보였다.

"김 형은 팔이 굽어져 있어."

"네트 플레이는 지금도 자신 있는디."

대통령은 곧장 정문으로 나와 YS에게 손을 내밀었다.

"그러믄 잘 부탁헙시다."

"오늘 무리한 거 아니오?"

대통령의 손을 잡은 YS가 이맛살을 찌푸렸다.

"내가 살살 쳐줄 걸 잘못했나?"

그날 밤 9시 뉴스에 대통령과 YS의 게임 장면이 생생하게 보도되었다. 방송 3사의 통계로는 시청률이 각각 75퍼센트가 넘는 대특종이었다.

"아따, 거, 인정머리가 없고만."

212

게임이 끝났을 때 박대구가 이맛살을 찌푸리고 최만성을 보았다. 둘이는 기사식당에서 마주앉아 있었는데 뉴스를 보려고 약속을 한 것이다.

"저런 거 보면 승질이 다 뵈는 거여. 살살 쳐 주면 어디 덧나능가?"

"니 말이 맞다."

최만성이 혀를 차며 동의했다.

"예의상 살살 쳐 줘도 되었을 낀데."

"대통령은 화해허는 분위기를 보일라고 헌 것인디 영삼이가 다 베려 뿐 거여."

"그렇고마."

"그, 옆쪽에다 씨게 쳐 넣는 것 봐라. 대통령이 얼릉 움직이지 못허는 것을 알고 말이여, 드런 놈."

"우쨌든 대통령은 이번 일로 점수를 더 땄다."

최만성이 정색하더니 아는 척을 했다.

"나부터가 그렇지 않나? 대통령이 더 좋아졌다 아이가."

"아주 고단수올시다."

이완구가 말하자 JP는 쓴웃음을 지었다.

"아녀, 인젠 단수 차원이 아니고 마음을 비웠다는 것이 맞는 표현이여."

그들은 청구동 저택의 응접실에서 막 대통령과 YS의 게임을 본 참이었다. 응접실에는 이한동과 김종호에다 이양희까지 다섯이 모여 있었다. JP가 다시 입을 열었다.

"허긴 무참허게 깨는 장면이 방영되었을 때의 효과를 예상은 했겠지."

"둘이서 30분 동안 밀담을 나눴다고 했는데 차기 문제가 아닐까요?"

김종호가 묻자 JP가 머리를 끄덕였다.

"당연히 이야기했겠지. 4명의 원로위원 중에서 DJ와 YS 둘은 정치인이니까. 앙숙도 되지만 필요할 때는 언제든지 화장실로 휴지 가져다줄 사이로 바뀔 수가 있단 말이여."

응접실 안에는 한동안 정적이 흘렀다.

이회창의 협조로 자민련은 16석의 의원만으로도 교섭 단체가 되었지만 JP는 한나라당과 공조 체제를 유지하는 한편 분주하게 독자 기반을 굳혀가는 중이었다. 원로회의의 발족은 지역 갈등을 눈에 띄게 완화시키고 있었지만 묘하게도 충청권에서 JP의 영향력이 결집되어가는 현상이 일어나고 있었다. 그것은 원로위원 4명이 경상도와 전라도로 나뉜 데다 목표로 삼는 것이 동서 화합이어서 충청권이 소외당한 분위기였기 때문이다.

노련한 JP가 그것을 놓칠 리가 없다. 그래서 연일 충청도 푸대접론을 쏟아내면서 세 결집에 나섰는데, 이대로 간다면 14대 총선의 영광이 재현될 가능성도 보였다. 그때 이양희가 입을 열었다.

"오늘 두 거물의 회동에 이회창 씨가 자극을 받았을 것 같은데요. 그렇지 않습니까?"

"당연하지."

하면서 김종호가 머리를 끄덕이자 JP가 두터운 눈꺼풀을 들고 그들을 둘러보았다.

"이회창 씨도 대통령 사람 다 되었다. 안보회의에 참석하는 것부터 시작해서 지금까지 대통령의 코치를 받아 왔다고 생각해도 틀린 말이 아닐 거여. 아마 이번 우리 당의 교섭 단체 통과도 대통령허고 손발을 맞춘 냄새가 나."

"대통령이 도대체 왜."

머리를 기울인 이완구가 알 수 없다는 표정을 지었을 때 JP가 뱉듯이 말했다.

"그 양반 가슴속을 보려면 먼저 이쪽도 가슴을 비워야 혀. 그려야 제대로 보이지, 예전 같은 시각으로 보면 헛것여."

그러고는 JP가 길게 숨을 뱉었다.

"인제 그 양반의 선택의 폭은 무진장으로 늘어났어. 여야를 가릴 필요도 없단 말이지."

다음날 오전, 국회의사당 건물에 마련된 원로회의 본회의실에서 4명의 원로위원과 소속 의원 8명이 참석한 제12차 원로회의가 열렸다. 좌석 구도는 원탁에 4명의 원로위원이 둘러앉은 뒤쪽으로 테이블 두 개씩이 벌려 놓였는데 그곳이 소속 선임의원의 자리였다. 그래서 대통령의 뒤쪽에는 박근혜와 김용환이 나란히 앉았고 YS의 뒤에는 정동영과 강삼재, 노통 뒤에는 김근태와 강재섭, 전통의 뒤는 이인제와 최병렬이 앉았다.

대통령은 의장이었으므로 의사봉을 두드려 개회 선언을 하고 지난주 회의 때 결정했던 정부 산하 단체 임원의 인사 조처 내용을 간략하게 설명했다. 원로회의는 민간인들로만 구성된 인사 심의위원회를 산하로 흡수하여 조정 작업을 맡긴 것이다. 설명을 마친 대통령이 위원들을 둘러보았다.

"다른 안건은 없습니까?"

"내가 한 말씀."

YS가 나섰으므로 회의실 안의 시선이 그에게로 쏠렸다. 헛기침을 한 YS가 입을 열었다.

"원로회의에서 정식으로 4년 중임의 정부통령제 개헌안을 발의합시다. 현행 5년 단임의 대통령제로는 국정을 원활하게 수행할 수 없다는 것을 여기 모인 위원들께서는 잘 알고 계실 거요."

YS도 긴장했는지 전혀 사투리를 쓰지 않았다. 얼굴을 굳힌 그가 말을 이었다.

"그래서 개헌안을 원로회의에서 발의하는 것이 아주 모양새가 좋고 국민들도 이해하리라고 봅니다. 어떻습니까?"

눈을 치켜뜬 YS가 셋을 둘러보았다. 원로회의는 다수결 원칙으로 의사를 결정하도록 되어 있었지만 이제까지는 모두 만장일치로 안건이 처리되었다. 그때 전통이 퍼뜩 시선을 들었다.

"맞습니다. 나는 적극 찬성이오."

그러자 노통이 머리를 끄덕였다.

"찬성합니다."

YS의 시선이 옮겨져 왔으므로 대통령이 헛기침을 했다.

"나도 찬성합니다. 그럼 원로회의의 결정을 각 당의 총재께 먼저 통보를 하겠습니다.

"저것 봐, 개헌 때문이었어."

정치부장 고병진이 옆에 앉은 이한수의 어깨를 치며 웃었다. 오후 2시여서 그들은 순대국밥으로 점심을 먹고 회사 근처의 커피숍에 나란히 앉아 TV의 임시 뉴스를 본 것이다. 어제 오후의 대통령과 YS의 배드민턴 게임은 시청자들을 즐겁게 했지만 정치권에서는 온갖 추측이 난무했다. 그래서 오늘 아침의 조선일보 정치면에 고병진은 대통령과 YS가 모종의 합의를 했을 가능성이 있다는 기사를 썼던 것이다. 고병진이 득의에 찬 얼굴로 이한수를 보았다. 방송에서는 원로위원회에서 정부통령제의 4년 중임에 대한 법 개정을 정식으로 3당 총재에게 건의하기로 결정 했다고 발표한 것이다. 그리고 발의자는 YS였다.

"속이 뵈는 짓이지만 대통령이 어제 YS에게 발의해 달라고 부탁한 거야."

"YS가 거부할 이유가 없으니까요."

이한수가 시큰둥한 얼굴로 말했다. 그는 원로위원이 되어 다시 민산의 정치 활동을 주도하고 있는 YS에게 거부감을 품고 있는 것이다. 이런 상황에서 대통령의 부탁은 YS에게 정국의 주도권을 쥐게 하는 효과를 주었다고 볼 수 있었다.

"언젠가는 일어날 줄 알았지만 이렇게 자연스럽게, 그리고 YS를 통해 제기될 줄은 몰랐어."

자리에서 일어선 고병진이 이한수의 어깨를 잡아 일으켜 세웠다. 회사에 들어가 개헌에 대한 특집 편성을 해야만 하는 것이다. 커피숍을 나왔을 때 이한수가 불쑥 물었다.

"총리는 누가 될 것 같습니까?"

이한동이 어제 사직 의사를 청와대에 전달했다가 반려되었지만 자민련과 집권 민주당과의 연정이 깨진 상황에서 오래 가리라고 보는 사람은 드물다. 고병진이 머리를 한쪽으로 기울이더니 곧 쓴웃음을 지었다.

"글세, 나도 이제까지의 정치판에 머리통이 길들여져 있어서 변신한

DJ를 아직 따라잡지 못했어."

"DJ가 예측불허의 정치를 한단 말이군요."

"빌어먹을, 이제는 우리가 비정상이란 말이다. DJ는 제대로 가고 있어."

정색한 고병진이 이한수에게 눈을 흘겼다.

"안 그러냐? 정치판이 이만큼 흥미를 끌게 되는 것이 몇 십 년 만이냐? 그것이 다 DJ의 변신 때문이 아녀?"

민주당 원내총무 이상수는 한나라당 원내총무 정창화가 방 안으로 들어서자 웃음 띤 얼굴로 손을 내밀었다.

"제가 찾아가 뵈어야 했는데 죄송합니다."

"아, 그런 게 무슨 의미가 있습니까? 둘이서 만나면 되는 게지."

악수를 나눈 그들이 소파에 마주보고 앉았을 때 비서관이 문을 닫고 나갔으므로 방 안에는 둘이 남았다. 민주당 원내총무실 안이었는데 밖에는 부총무들과 기자들까지 몰려 있어서 떠들썩했다. YS가 개헌 발의를 한 것이 사흘 전이었고 원로회의에서 개헌안에 대한 검토를 바란다는 의견서가 여야 3당에 통보된 것은 어제 아침이었다. 이상수가 손목시계를 내려다보았을 때 문이 열리더니 자민련 총무 이양희가 서둘러 들어섰다. 문 앞에서 기자들에게 잡혔던 모양인지 상기된 표정이었다. 셋이 둘러앉았을 때 먼저 이상수가 입을 열었다.

"우린 조금 전에 만장일치로 결정했습니다. 4년 중임에 정부통령제로 하고 16대 총선과 자치 단체장 선거를 정부통령 선거일과 맞춥시다."

"우리는 민주당하고 사정이 조금 다른데."

정창화가 입맛을 다셨다.

"당론을 통일시킬 수 없었어요. 그래서 개헌 투표에 모두 참석하되 자유의사에 맡기기로 결정했습니다."

"민주주의가 그런 것이지요."

머리를 끄덕이며 말한 이상수의 시선이 이양희에게로 옮겨졌다.

"자민련은 어떻습니까?"

"우리 당론은 내각제 아닙니까?"

이양희가 웃음 띤 얼굴로 둘을 번갈아 보더니 말을 이었다.

"하지만 투표를 거부하지는 않기로 했습니다. 우리도 의원들의 자유의사에 맡길 계획입니다."

"그럼 됐네요."

소파에 등을 붙인 이상수가 활짝 웃었다.

"이런 식으로 이야기가 되면 원내총무 노릇도 할 만하지 않겠어요?"

"그런데 말이오."

정창화가 정색하고 이상수를 보았다.

"이 법안은 차기 대통령부터 적용되는 것입니다. 그건 분명히 해 둬야 합니다."

"그걸 말이라고 하시오?"

이상수가 어이없다는 듯 쓴웃음을 지었다.

"대통령을 모독하지 말라고들 하시오."

"나도 아직 선생님의 진의를 모르겠어."

권노갑이 한숨처럼 말하더니 소파에 등을 붙였다. 민주당사에 찾아온 권노갑이 오늘은 한화갑 최고위원의 방으로 찾아간 터라 당사 안은 물론이고 정치권의 관심이 쏠려 있었다. 권노갑의 일거수일투족이 뉴스거리가 되어 있는 상황인 것이다. 더욱이 대권 주자들이 광범하게 널려 있는 터라 대통령의 분신으로 살아온 권노갑의 비중이 커질 수밖에 없다.

"전당 대회가 앞으로 한 달 반밖에 남지 않았는데 말이야."

혼잣소리처럼 말한 권노갑이 힐끗 한화갑을 보았다. 어느덧 10월 말이 되어 있는 것이다. 12월 23일의 전당 대회에서 민주당은 차기의 대선후보를 선출해야만 하는데 후보군만 난립된 상황이다. 이제 정부통령제 개헌안이 통과되면 4년 연임이니 8년 대권의 향방이 걸린 선거가 이제 1년 앞으로 다가온 것이다. 당의 운명이 1년 후에 결정된다. 그때 한화갑이 입을 열었다.

"형님, 한 달 반이면 긴 시간이오. 그동안 윤곽이 드러날 겁니다."

의외로 느긋한 반응이어서 권노갑이 눈을 가늘게 뜨고 한화갑을 보았다.

"그럴까?"

"내가 보기에 선생님은 지금 동서 화합에 초점을 두고 계십니다. 동쪽으로 빠져나간 세 최고나 한나라의 박 부총재는 그 역할을 잘 해내고 있을 뿐입니다."

"이 사람아, 그만큼 후보로서의 비중도 커지고 있는 것 아닌가?"

권노갑이 떠보듯이 묻자 한화갑은 빙긋 웃었다.

"뭐, 당을 위해서 좋은 현상이지요."

"동생한테는 불리할 텐데?"

"지가 언제 대놓고 대권을 잡겠다고 했습니까, 형님도 참."

"인자는 내가 동생 속도 모르겠고만잉."

혀를 찬 권노갑이 정색하고 한화갑을 보았다.

"허긴 한 달 반이면 짧은 시간도 아니지. 선생님이 지난 한 달 반 동안 처리해 놓으신 일을 봐도 말이여."

그들은 아직도 대통령을 선생님이라고 부르는 것이다. 그렇게 부를 적에는 그 모진 고난을 함께 견디어 낼 때의 동지애가 다시 되살아나는 효과도 있다.

그로부터 닷새 후인 11월 3일에 국회에서는 정부통령제 4년 연임에 대한 개헌안이 재적 의원 273명 중 찬성 232표, 반대 38표, 기권 3표로 통과되었다. 비밀 투표여서 언론에서는 반대표가 민주당에서 7~8표, 한나라당에서 24~25표, 그리고 자민련에서 7~8표가 나왔으리라고 추측했다. 그러나 반대표를 던졌다는 의원은 아무도 없었고 당 지도부에서도 문제삼지 않았으므로 차기 대선은 4년 중임의 정부통령제로 치르게 되었다.

또한 오후에 국회의원, 지방자치 단체 의원 및 단체장 선거를 대선일과 맞춘다는 법안이 찬성 242표라는 압도적 표차로 통과되었다. 따라서 2002년 12월 17일은 사상 최대의 선거일이 된 것이다.

오후 6시가 되었을 때 청와대 비서실장 한광옥은 본관의 현관에 나와 섰다.

"정문을 통과했습니다."

비서관 이응교가 다가와 말했으므로 한광옥은 머리만 끄덕였다. 늦가을이어서 본관 앞의 잔디는 누렇게 변했고 서늘한 저녁 바람이 피부를 스치고 지나갔다. 검정색 구형 그랜저가 그의 앞쪽에 멈춰 선 것은 그로부터 3분쯤 후였다. 한광옥이 계단을 내려서자 차의 뒷문이 열리더니 감색 양복차림의 사내가 내렸다. 소석(素石) 이철승이다.

"어서 오십시오, 의장님."

한광옥이 허리를 굽혀 인사를 하자 이철승이 웃음 띤 얼굴로 손을 내밀었다.

"어, 한 동지, 오랜만이여."

이철승은 현재 자유민주민족회의의 상임 의장으로 올해 나이가 80이다. 그러나 지금도 수영과 웨이트 트레이닝으로 단련된 몸은 50대 장년처럼 단단했다. 한광옥의 안내를 받아 복도를 걸으면서 이철승은 조금도 위축된 것 같지가 않았다. 그것도 그럴 것이 이철승은 YS, DJ와 함께 1970년대 중반까지 제1야당인 신민당을 이끌었던 3인의 40대 기수이자 그중 제일 연장자였다. 그러나 중도 통합론을 주장했던 그는 박정권에 타협하는 사쿠라로 치부되면서 정치 일선에서 차츰 밀려나게 되었고 라이벌이었던 YS와 DJ가 차례로 대통령이 되는 것을 보아야만 했다.

대통령의 집무실로 다가가면서 한광옥은 두 번이나 이철승을 힐끗거렸다. 하다못해 무슨 일이냐고라도 이철승이 물을 것을 예상했던 것이다. 그러나 이철승은 턱을 든 채 묵묵히 따라올 뿐 시선도 주지 않았다. 한광옥에게 이철승은 고향의 대선배이기도 한 것이다. 그들이 집무실로 들어섰을 때 대통령은 자리에서 일어나 웃음 띤 얼굴로 이철승을 맞았다.

"소석, 오서 오십시오."

"갑자기 부르셔서 놀랐습니다."

악수를 나눈 그들은 마주보고 앉았다.

원탁의 끝 쪽에 앉은 한광옥은 저도 모르게 침을 삼켰다. 그는 아직 대통령이 이철승을 부른 이유를 모르고 있는 것이다. 문이 열리더니 직원이 들어와 그들 앞에 찻잔을 내려놓고 소리 없이 물러갔다.

"요즘 대단한 치적을 올리고 계십니다. 국가 원로회의를 창설하신 것이 지역감정 해소에 결정적 역할을 했습니다."

이철승이 정색하고 말을 이었다.

"그리고 대통령의 탈당과 야당 포용 정책, 거기에다 가차없는 구조 조정은 국민 대다수의 호응을 얻고 있습니다. 잘 하고 계시는 거요."

"이거, 소석한테 칭찬을 받으니 얼굴이 간지러운디."

그러면서 대통령이 손바닥으로 얼굴을 쓸었으므로 이철승이 짧게 웃었다.

"또 있소. 손해만 나던 대북 사업을 잠정 중단한 것도 잘하신 일이오. 나는 특히 대북 관계를 제일 우려하고 있었기 때문에."

이철승이 잠시 말을 그쳤을 때 한광옥은 소리 죽여 숨을 뱉었다. 우려하고 있었던 내용이 쏟아지려는 것이다. 이철승은 현 정권에서 분류하자면 극우 보수 세력의 상징적 수장인 인물이다. 그는 김정일의 사과, 처벌, 보상이 없는 서울 답방을 반대하고 있는 데다 국가 보안법 개폐도 극력 반대해 왔다. 그의 주장은 김정일은 애당초 민족 통일의 파트너가 될 수 없다는 것이었다. 그는 북한 노동당 창건 기념일에 다녀온 한완상 교육부총리나, '김정일 위원장께서' 하고 남북 공동 보도문을 작성한 임동원 같은 인물을 기용한 이 정권을 헌법을 무시한 용공정권으로 매도해 왔다.

정색한 이철승이 작심한 듯 말을 이었다.

"김 동지, 대북 문제는 헌법에 입각혀서 초당적으로, 전 국민의 합의 하에 이뤄져야 합니다. 지금이라도 늦지 않았습니다."

이철승이 대통령을 똑바로 보았다.

"이런 식으로 그냥 둔다면 우리만 당합니다. 우리 군의 안보 의식이"

그때 대통령이 가볍게 헛기침을 했으므로 이철승은 어깨를 늘어뜨리면서 호흡을 가다듬었다. 이번에는 대통령이 정색하고 이철승을 보았다.

"소석, 건강은 어떠시오?"

"난 보시다시피 100살까지는 어쩔지 모르지만 한 10년은 끄떡없습니다."

"내 임기가 인자 딱 1년 남았어요."

대통령의 목소리는 낮았으나 이철승은 긴장했다. 한광옥도 고인 침을 삼켰다.

갑자기 이철승을 불러들인 이유를 아무리 생각해보아도 측량하기 힘들었던 것이다. 이철승은 대통령의 햇볕정책을 근본부터 부정하는 사람이다. 방 안에 다시 대통령의 목소리가 울렸다.

"난 햇볕정책에 대한 신념이 있습니다. 북한한테 그렇게라도 하지 않았다면 이만큼 남북 관계가 이뤄지지도 않았을 거요."

"글쎄, 김 동지."

단단히 작심한 듯 이철승이 나서려고 했다가 대통령의 말이 이어졌으므로 입을 다물었다.

"그런디 인자 겨우 1년 남은 내 임기 내에 무슨 성과를 기대하기가 힘들 것 같아요."

그러자 이철승이 눈을 껌벅이며 대통령을 보았다. 심상치 않은 분위기를 느낀 것이다. 대통령이 가라앉은 시선으로 이철승을 보았다.

"잔뜩 벌여만 놓은 형편이라 1년 후에 차기 정권이 들어서면 남북 관계 매듭을 짓느라고 다른 일을 못 할지도 모르겠소. 그러고"

이제는 바짝 긴장한 이철승을 향해 대통령이 입술 끝을 비틀며 웃었다.

"난 솔직히 앞으로 1년이 더 걱정이오. 북한과의 관계가 진전이 없는 상황에서 안보 의식만 자꾸 옅어지고 있는 것 같단 말이오."

"그렇지요."

이철승이 커다랗게 머리를 끄덕이며 동의했는데 감정이 북받치는 듯 목소리가 갈라져 있었다.

"김 동지가 그렇게 생각하고 계시다니 나는 가슴이 벅찹니다."

"내 본의와는 달리 건국이념이 많이 희석되었습니다."

"대통령께서도 잘 아시는군요."

"그래서 말씀인디."

어깨를 늘어뜨렸던 대통령이 머리를 들어 이철승을 보았다.

"소석이 앞으로 1년 동안만이라도 대한민국의 이념과 안보 의식 확립을 도와주실랍니까?"

"내가 목숨을 바치리다."

이철승이 열에 뜬 시선으로 대통령을 보았다.

"내 나이가 이제 80이오. 그렇게만 만들어 주신다면 일하다가 죽을랍니다."

그는 아까 앞으로 10년은 끄떡없다고 말했던 것을 흥분한 김에 잊은 것 같았다.

이철승이 부릅뜬 눈으로 대통령을 보았다.

"재향군인회만 자유민주민족회의와 협조하도록 만들어 주십시오. 그러면 향군을 기반으로 안보 의식을 굳혀 나갈 랍니다."

그러자 대통령이 정색하고 머리를 저었으므로 이철승이 눈만 끔벅였다. 실망한 표정이었다. 그때 대통령이 말했다.

"소석, 국무총리를 맡아주시오."

이철승이 놀라 눈을 크게 떴고 한광옥은 입까지 딱 벌렸다. 그로서도 전혀 예상하지 못했던 것이다.

"내가 국무총리를"

믿기지 않는 듯, 이철승이 혼잣소리처럼 말하자 대통령은 머리를 끄덕였다.

"경제는 부총리에게 맡기시고 행정부를 맡아서 이념과 안보 의식을 확립시켜 주시오. 나는 남은 기간 동안 정치와 민생 문제를 수습할 랍니다."

이철승을 배웅하고 돌아온 한광옥이 대통령을 바라보았다. 저녁 7시가 넘어 있었지만 수석비서관들은 물론이고 직원 거의가 퇴근하지 않고 있었다. 모두 이철승의 방문 목적을 머릿속으로 따지겠지만 이한동의 후임 국무총리가 되었을 줄은 아무도 예측하지 못했을 것이다.

원탁의 의자에 반듯이 앉아 있던 대통령이 머리를 들더니 희미하게 웃었다.

"왜? 거기도 놀랐나?"

"예, 원체 뜻밖이어서요."

그러고는 한광옥이 한 걸음 다가가 섰다.

"소석은 행정 경험이 없습니다만."

"정치인이 수없이 장관 자리에 앉아 왔지 않는가? 대학 총장이나 판사도 국무총리가 되었고."

대통령이 당치도 않다는 표정으로 말했다.

"지금은 소석의 주관이 필요한 때야. 지난 4년간 우리만 벗어버렸다는 생각이 들어."

"한완상 부총리하고 융화가 될지 우려가 됩니다만."

"그건 걱정하지 않아도 돼."

가볍게 말한 대통령이 한광옥의 시선을 받더니 희미하게 웃었다.

"모두 알아서들 할 거야. 내가 소석을 국무총리에 임명한 이유를 누가 모르겠나?"

"그렇지요. 하지만"

"이젠 북한을 의식할 필요는 없어."

대통령이 자르듯 말하고는 자리에서 일어섰다. 다시 정색한 표정이었다.

"내가 요즘 느낀 것은 국민의 자존심을 짓밟으면서까지 북한 정권에 접근할 필요가 없다는 것이야. 먼저 국민들의 마음을 얻은 다음에 그 힘을 바탕으로 북한을 떳떳하게 대해야 했어."

그러고는 대통령이 가늘게 숨을 뱉었다.

"민심을 모으지도 않고 나서는 바람에 북한 측에 약점을 잡혀 끌려가는 형국이 되어버렸어. 그래서 음모설도 나오는 거야."

대통령을 관저 앞까지 배웅하고 돌아온 한광옥은 정책수석 박지원과 공보수석 박준영을 방으로 불렀다. 비서실 건물에는 저녁 8시가 되어가고 있어서 불이 환했는데, 두 박 수석은 3분도 되지 않아서 실장실로 같이 들어섰다. 그들도 신경을 곤두세우고 있었던 것이다. 한광옥이 앞쪽에 앉은 두 수석의 시선을 받고는 쓴웃음을 지었다.

"이철승 씨가 국무총리에 임명될 거요."

놀란 박지원이 눈을 크게 떴고 박준영은 숨을 삼켰다. 그들도 상상조차 하지 못한 것이다. 한광옥이 차분한 목소리로 대통령의 의도와 심중을 전해 주는 동안 그들은 숨소리도 크게 내지 않았다. 이윽고 한광옥이 말을 마쳤을 때 박지원이 입맛을 다셨다.

"남북 관계는 6·15선언 이전으로 돌아가게 되었네요."

"대통령께서는 북한에 대한 부담이 차기 정권으로 이어지지 않도록 하시려는 거요."

한광옥이 정색하고 말을 이었다.

"민심을 모으는 것이 선결 문제라는 대통령의 말씀을 집중적으로 부각시키도록 하시오. 민심을 얻지 못한 상태에서는 통일이고 남북 교류도 사상누각이 되어버릴 뿐이니까."

"알겠습니다."

커다랗게 머리를 끄덕인 박준영이 수첩을 꺼내어 메모했다. 얼굴에 생기가 떠올라 있었다.

"국민 대다수는 대통령의 말씀에 호응할 것입니다."

"그렇다고 이철승 카드라니."

박지원이 혼잣소리처럼 말했다.

"북한을 일부러 자극할 필요는 없지 않습니까?"

이철승의 성향을 현 상황에서 분류한다면 극우 강경파로 구분될 것이었다. 북한에 가장 적대적인 인물을 총리로 지명했으니 남북 대화의 전도사 역할을 했던 박지원이 허탈해 하는 것은 당연했다. 그러자 한광옥이 입을 열었다.

"대통령께서는 소석의 주관이 필요한 때라고 말씀하셨소. 그것은 한국에 분명한 우익의 기반과 주장이 굳혀지는 것이 우선이라는 뜻으로 알아 두시오."

한광옥이 단호한 표정으로 두 수석을 번갈아 보았다.

"나도 처음에는 놀랐지만 이철승 카드는 대내외에 한국의 입장을 분명하게 드러내는 효과가 있어요. 그리고 대통령은 임기 내에 이념 분쟁을 종식시켜 차기 정권의 짐을 가볍게 해 주시려는 거요."

"그것도 보도 내용에 넣겠습니다."

박준영이 열심히 메모를 하면서 말했다.

"미국 측 반응도 굉장히 좋을 것 같습니다."

"이철승이?"

다음날 오전 9시경 청구동 자택의 현관을 나서던 JP가 눈을 치켜뜨고 앞에 선 이완구를 보았다. 저택에서 JP와 함께 국회로 출근하려던 이완구는 방금 박지원의 전화를 받은 것이다. 이완구가 찌푸린 표정으로 말했다.

"박 수석은 이철승 씨 총리 인준에 자민련의 100퍼센트 찬성을 기대한다고 하는데요."

"건방진"

JP의 얼굴은 쓴 약을 먹은 것처럼 찌푸려졌다. 자민련의 당령은 보수 우익인 것이다. JP는 보수 우익의 주류임을 자임하면서 민주당과의 연합으로 DJ를 당선시켰지만 지난 4년 동안 제대로 보수의 목소리를 낸 적이 없다. 연정을 깨뜨리지 않으려는 배려보다는 당내 상황과 입지를 굳히려는 데에 더 몰두했다고 볼 수 있었다.

차에 오른 JP는 한참이 지나도록 앞만 본 채 입을 열지 않았다. 보수 우익의 기치를 내건 자민련이 강경하지만 그래도 보수의 원조 격인 이철승을 비토 시킨다는 것은 말도 안 된다.

박지원의 말마따나 100퍼센트 찬성으로 밀어야지 반발이라도 했다가는 그야말로 사쿠라가 될 것이다. 옆자리에 앉은 이완구가 자꾸 시선을 주었으므로 마침내 JP의 입이 열렸다.

"강수를 두는구먼. 허긴 근래에 와서 DJ의 스타일을 보면 이상할 것도 없지."

"예, 변했습니다."

JP가 등받이에 상체를 기대더니 길게 숨을 뱉었다.

"대변인한테 국가 이념을 확립하려는 대통령의 의지를 높게 평가한다고 성명을 내도록 허지."

"그 양반, 참."

쓴웃음을 지은 이회창이 원내총무 정창화를 보았다. 당사의 총재실 안이었는데 소파 앞쪽에는 정창화와 사무총장 김기배, 대변인 권철현이 나란히 앉아 있었다.

"총리 동의안은 가결되겠네, 그렇죠?"

"그러믄요."

정창화가 비슷한 형태의 웃음을 띠면서 말했다. 그도 조금 전에 박지원으로부터 이철승의 총리 지명 사실을 공식으로 통보받은 것이다.

"민주당도 그렇고 자민련은 말할 것도 없고, 아마 우리 당에서도 몰표가 나갈 것 같습니다."

"근래 총리 중 가장 많은 표를 얻겠구만요."

김기배가 가벼운 분위기에 끼어들었다.

"이철승 씨가 말년에 마침내 빛을 보게 되었습니다."

"그것 참."

다시 얼굴을 찌푸리며 웃은 이회창이 앞에 앉은 그들을 번갈아 보았다.

"대통령은 이제 거의 모든 원로들과 손을 잡았어요. 그렇지 않습니까?"

"말씀 들으니 그렇군요. 그리고"

정창화가 커다랗게 머리를 끄덕였다.

"동서 화합에서 이젠 보수 세력과도 제휴를 했습니다."

"이제라도 대북 성과에 연연하지 않고 이념과 안보를 굳히겠다는 대통령의 의지는 환영할 만합니다."

정색한 이회창이 말하자 메모장을 펼치고 있던 권철현이 머리를 들었다.

"그럼 총재님의 의견은 그런 방향으로 발표를 하겠습니다."

"어쨌든 이번에는 당 방침을 정해야겠지."

자리에서 일어선 이회창이 정색했다.

"당무 회의를 소집해서 중론을 들읍시다."

주석궁 2층의 회의실에 모여 있던 10여 명의 군과 당의 간부들이 나가고 나서 둘이 되었을 때 김정일이 혼잣소리처럼 조명록에게 말했다.

"결국은 그 영감이 수작을 부린 거요, 더 이상 기대할 건 없습니다."

조금 전의 회의에서도 그렇게 결론을 내린 것이다. 금강산 관광까지 중지된 데다 국무총리로 반공 극우 보수주의자인 이철승을 지명한 김대중에 대해서 간부들은 격렬한 비판을 토해 내었지만 어쩐지 공허했

231

다. 그것은 이쪽의 마땅한 대응책이 없는 데다 애당초 한국과는 상호주의 원칙에 따라 주고받는 관계가 아니었기 때문이다. 그래서 장관급 회담에서부터 적십자 교류까지 모두 파기시키기로 결의했으나 아쉬운 건 오히려 이쪽이다. 김정일이 가라앉은 시선으로 조명록을 보았다.

"김대중의 인기는 취임 당시보다도 더 높아졌다고 합디다."

"예, 지도자 동지, 정치 안정과 동서 화합에 탄력이 붙은 데다 구조조정의 성과가 나타나고 있어서요."

조명록은 김정일에게 직언을 하는 몇 안 되는 인물 중의 하나이다. 그가 검은 얼굴을 들고 김정일을 보았다.

"이제 1년 남은 임기를 이념 무장으로 굳히려고 하는 것 같습니다."

"부시가 좋아하겠구만. 이철승이 같은 제국주의 주구가 총리가 되었으니."

웅얼거리듯 말한 김정일이 눈을 가늘게 뜨고 조명록을 보았다. 눈앞이 꽉 막힌 기분이었던 것이다. 정형근이 국정원장에 임명되면서부터 남북 관계의 양상은 달라지기 시작했지만 이철승 총리라는 초강수가 나올 줄은 모두 상상도 하지 못했다. 조명록이 입을 열었다.

"이렇게 되었으니 부시와 김대중의 손발이 척척 맞을 것입니다. 클린턴 시대에는 융통성이 있었지만 지금은 상황이 달라졌습니다, 지도자 동지."

"김대중이 상황에 따라 배신을 한 거요."

뱉듯이 말했지만 김정일은 곧 어깨를 늘어뜨렸다. 지금은 투정 상대가 없어진 허전함 정도가 아닌 것이다. 국정원장 정형근은 취임 즉시 대공 조직을 강화하기 시작했는데 한국의 정국이 김대중의 변화무쌍한 정치에 휘둘리는 동안 이미 대부분의 친북 조직이 봉쇄 내지는 와해

되었다. 김대중은 이제 투정을 받아 주는 보모 역할에서 냉담한 이웃이 되어 버린 것이다. 조명록이 눈을 끔벅이며 김정일을 보더니 이윽고 입을 열었다.

"지도자 동지, 우리도 상황에 적응해야 됩니다. 그래야 우리가 이깁니다."

이철승이 재적 인원 273명 중 찬성 215표를 얻어 총리 인준을 받은 것은 11월 8일이었다. 그날 저녁, 청와대의 대통령 관저 응접실에 나란히 앉아 TV를 보던 이 여사는 뉴스가 끝나자 전원을 끄더니 대통령을 보았다.

"이철승 씨가 당신보다 젊게 보이네요. 나이가 넷이나 위인데."

"다섯 살 위일걸?"

"그럼 여든 하나요? 뉴스에는 여든이라고 했지 않우?"

"한 살 감췄겠지."

"어쨌든 젊게 뵈네."

그러고는 이 여사가 대통령을 정색하고 보았다.

"인제는 배드민턴 안 해요?"

"그거 파리채 같아서 싫어."

"그럼 이철승 씨 따라서 수영할라우?"

"이 사람이 오늘따라 왜 이려?"

대통령이 눈을 크게 떴을 때 이 여사도 정면으로 돌아앉았다.

"당신이 요즘 달라진 건 나뿐만이 아니라 세상 사람들이 다 알지만 말이오."

"그래서?"

"당신이 이철승 씨를 국무총리 시킬 줄은 아무도 몰랐을 거요. 한 실장도."

"그려, 그 사람도 놀라더만."

그러자 이 여사가 다시 정색했다.

"당신, 퇴임 1년 전에 햇볕정책을 닫아 버렸지만 다른 것은 몰라도 대북 관계에 대한 일은 당신의 퇴임 후에 올가미가 될 수 있어요."

"그럴 거야."

"햇볕정책은 실패한 거유?"

"실패했어."

대통령이 거침없이 말하더니 이 여사의 시선을 받고는 쓴웃음을 지었다.

"나는 민심을 얻지 못하면 어떤 정책도 실패한다는 교훈을 이제사 얻었어."

그러고는 대통령이 피로한 듯 소파에 등을 붙이더니 눈을 감고 말했다.

"특히 대북 사업은 국가의 정체성, 이념과 헌법을 지키면서 국민들의 총화를 얻어낸 후 벌여야 했어. 그래서 먼저 이 일에 내 가슴을 열었더니 다른 일도 저절로 풀리는구먼그래."

그러고는 대통령이 번쩍 눈을 뜨더니 이 여사를 향해 얼굴을 일그러뜨리며 웃었다.

"참 힘들었지만 지금은 마음이 편해. 다 받아들일 각오를 하고 있으니까 말이야."

"지금까지 사용했던 그 낮은 단계의 연방제니 높은 사다리 위의 연방제니 하는 따위의 표현은 앞으로 내 앞에서 쓰지 마시오."

이철승이 단호하게 말하자 국정원장 정형근은 풀썩 웃었지만 바로 건너편에 있던 교육부총리 한완상의 얼굴은 딱딱하게 굳어졌다. 오전 10시 40분, 국무총리 이철승은 각료 회의를 주관하고 있었지만 대통령은 참석하지 않았다. 몇 달 전까지 대통령은 거의 대부분의 각료 회의에 참석해서 장관에게 일일이 지시를 내리고 받아 적고 하는 바람에 총리는 시작과 끝날 때 인사말만 할 때가 많았었다.

그러다가 언제부터인가 두 번에 한 번꼴로 참석하더니 세 번에 한 번으로 줄었고 이철승이 총리가 되고 나서는 특별한 경우에만 참석하겠다고 선언한 것이다.

그래서 이철승은 오늘로 두 번째 각료 회의를 주관하고 있었는데 교육부총리 한완상이 말끝에 낮은 단계의 연방제라는 표현을 쓴 것이었다. 이철승이 한완상을 똑바로 보았다. 정색한 표정이었다.

"대통령의 햇볕정책은 실패했소. 대통령의 통일 방안은 국민의 의사를 무시한 개인의 신념이었을 뿐이오. 3년 반 동안의 쏟아붓기 햇볕정책으로 북한의 군사력은 획기적으로 증가된 반면에 한국은 국가 정체성의 위기를 맞게 되었다는 것을 느끼지 못한다면 그자는 곧 간첩이나 내통자일 것이오. 지금은 위기라는 의식이 여러분 가슴에 깊게 새겨져 있어야 한단 말입니다."

숨을 돌린 이철승이 번들거리는 눈으로 각료들을 둘러보았다.

"이것이 바로 대통령의 뜻이라는 것을 여러분은 아직 깨닫지 못한단 말입니까? 여러분은 대통령이 왜 나를 국무총리에 임명했다고 생각하시오?"

각료 회의실 안은 물을 끼얹은 듯이 조용해졌고 이철승의 말이 이어졌다.

"대북 정책의 실패를 깨달으신 대통령은 나를 통해 비판을 받고 아울러서 정책을 바로잡으려고 하신 것이오."

"그렇구마."

머리를 끄덕인 YS가 입술을 비틀고 웃었다. 그는 방금 강삼재로부터 각료 회의석상에서 이철승이 한 말을 전해들은 것이다.

"김대중이는 지 임기 내에 청문회를 받을라카는 기라. 참말로 머리가 비상하데이."

"청문회야 하겠습니까?"

"니 고것도 모르나? 김대중이는 퇴임 후에 받을 대북 정책 청문회의 소지를 임기 내에 싹 없애 버릴라꼬 하는 기란 말이다. 이철승이를 시켜서 말이다."

그러자 강삼재가 정색 하고 YS를 보았다.

"그렇다면 이철승 씨하고 묵계가 있었단 말씀입니까?"

"없다캐도 이철승이가 지를 총리시켜 준 김대중이를 해코지 할라카겠나? 드러내긴 하되 다 수습을 해서 차후 법적 문제를 일어나지 않도록 해줄 끼다."

"과연."

"우찌 됐든 김대중이 머리는 나보다 낫다."

이번에는 YS가 정색하고 말했다.

"언제나 질질 끌어서 자충수를 두더만 근래에 들어서는 결단과 결심이 빠르다. 확실하게 마음을 비운 것 같다."

그날 밤 9시 뉴스에는 각료 회의석상에서의 총리 발언이 한마디도 삭제되지 않고 보도되었다. 청와대가 총리의 발언에 공식 논평을 하지 않겠다는 내용까지 보도되었을 때 숨을 죽이며 뉴스를 보던 박대구가 눈을 치켜뜨고 말했다.

"거, 드럽게 잘난 체 허네. 아무리 그렇다고 지가 어뜨케 총리가 되었다고."

"잘하는 기라."

최만성이 자르듯 말하고는 식당 종업원을 손짓해 부르더니 소주를 한 병 더 시켰다. 둘 다 휴무여서 동네 식당에 주저앉아 있는 것이다. 소주를 한 모금 삼킨 최만성이 말을 이었다.

"DJ가 대단한 사람이데이. 이철승이가 와 저라는지 아나? 다 DJ가 시켜서 저러는 기라. 그걸 모르는 사람이 있겠나?"

그 시간에 이인제는 이태원의 한정식집 아원의 밀실에서 권노갑과 마주앉아 있었는데 방 위쪽에 놓인 TV는 소리를 죽여 이젠 그림만 나왔다. 소주잔을 들기만 했다가 다시 내려놓은 이인제가 정색한 얼굴로 권노갑을 보았다.

"이제 한 달 남았는데 권 선배께서는 거취를 정하지 않으실 겁니까?"

권노갑이 눈만 끔벅이자 이인제의 말이 이어졌다.

"전 위원께서는 적극적으로 후원해 주시겠다고 약속하셨습니다. 그래서 권 선배께서 도와만 주신다면 이번 대선은 틀림없이 승리합니다."

"글쎄, 그것은."

입맛을 다신 권노갑이 입을 열었다.

"당에 남아 있는 셋은 물론이고 노태우 위원한테 가 있는 김근태도 마찬가지 입장일 테니까 말이오."

그것은 혼자 힘으로는 전당 대회에서 대선후보로 당선되지도 못한다는 뜻이었다. 한화갑과 김중권, 이수성, 그리고 원로위원에 속해 있는 이인제와 김근태 등 대선후보군 모두는 적어도 둘 이상이 연합해야 당선 가능성이 있는 것이다. 이인제의 시선을 받은 권노갑이 쓴웃음을 지었다.

"대통령은 당적을 버리신 입장이지만 마지막으로 이 최고와 김 최고 등을 원로위원 소속으로 보내어 제각기 경상도 지역에 기반을 틀 여건까지 조성해 주신 거요. 이제 대권의 향방은 여러분 개개인의 능력과 그릇에 의해 결정되어야만 합니다."

"한화갑 선배가 제 손만 들어 주시면 됩니다. 그러면 전두환 위원과 박근혜 씨의 지지표에다 제가 전에 얻었던 경남·부산 표와 충청 표를 더하면 승산이 제일 높다고 하지 않습니까?"

그러자 권노갑이 다시 쓴웃음을 지었다.

"한화갑이 박근혜와 손을 잡아도 승산이 62퍼센트가 되고 박근혜와 한화갑의 정부통령 체제는 65퍼센트요. 모두 다 알고 있는 일 아니오?"

어금니를 물었던 이인제가 입맛을 다셨다. 3개 여론 조사 기관에서 3대 일간지의 의뢰를 받아 실시한 여론조사 결과는 현 정치권에 대한 국민들의 관심이 그대로 반영되었다고 볼 수 있을 것이다.

여론조사 결과는 대개 비슷했는데 정부통령 체제의 대선이었으므로 민주당과 한나라, 즉 동서 양쪽이 정부통령으로 나눠진 것이 특징이었고 승산이 있는 것으로 나타났다. 그래서 민주당 측을 기준으로 하면 대통령 후보는 민주당이 되었으며 한나라 기준으로는 그 반대인 것이다.

예외로 민주당의 이수성과 김중권이 이인제 및 한화갑과 연합하는 경우가 있었지만 승률은 낮았다. 3대 여론 조사 기관에서 나온 통계에서 당선 확률이 50퍼센트 이상이 되는 경우가 8건이 되었으니 경쟁이 한 치 앞을 바라볼 수 없는 후보 배열은 다음과 같았다.(무순)

대통령	부통령
이인제	박근혜, 강재섭
한화갑	박근혜, 강재섭, 최병렬, 강삼재
김근태	박근혜
이수성	박근혜
김중권	박근혜
노무현	박근혜 (이상 민주당 대통령 후보 중심이며 대통령 후보는 민주당의 전 당력을 모아야 한다는 전제가 있다.)

다음은 한나라당 기준이다.

대통령	부통령
이회창	이인제, 한화갑, 김중권, 정동영, 김근태, 한광옥, 이수성, 노무현
박근혜	한화갑, 이인제

이상이 당선 가능성이 50퍼센트 이상 되는 후보별 배열이었는데 당

에서 후보 선출이 되었다고 하더라도 대중적 지지도가 낮아 득표율이 떨어지는 경우도 있는 것이다. 또한 그 반대로 대중적 지지도가 높더라도 출신 지역이 다르면 반란표가 발생하게 된다. 따라서 각각 지역 기반과 조직이 탄탄한 한화갑과 이회창의 가능성이 높게 평가되었고 그것이 한화갑은 4명의 한나라 인사 중 하나를, 이회창은 무려 민주당 인사 8명 중 하나만 부통령으로 내세워도 당선 가능성이 50퍼센트 이상이 된다는 통계로 나왔다. 이인제가 다시 입을 열었다.

"대권이 한나라로 넘어가면 정국이 어떻게 변할지는 대통령은 물론이고 권 선배께서도 잘 알고 계실 겁니다. 대통령이 당적을 버리셨다고는 하지만 태생은 민주당 아닙니까? 지금 초연하고 계시다는 건 정책 계승을 위해서도 좋지 않습니다."

권노갑이 희미하게 머리만 끄덕이자 이인제가 눈을 치켜떴다.

"권 선배께서는 제가 한나라 대통령을 모시는 부통령으로 만들어 주실 랍니까? 우리가 모든 기회를 다 버리고 그렇게 되어야만 합니까?"

이회창과 이인제의 정부통령 콤비는 가장 높은 확률 중의 하나인 것이다. 권노갑은 헛기침을 했다. 이인제가 적으로 돌아선다면 그것은 민주당에게 가장 치명적이다.

7장
대혼란

"안녕하십니까?"

총리실에 들어선 국방장관 김동신은 허리를 꺾어 이철승에게 절을 했다. 사성 장군 출신의 김동신이지만 이철승 앞에서는 조금 주눅이 들어 있었다. 이철승은 머나먼 옛날, 국회 국방위원장을 지냈었고 그때 박정희 대통령은 육군 소장이었으며 김동신은 고등학생이었다.

"저기 앉읍시다."

이철승이 앞쪽 자리를 권했으므로 소파에 앉은 김동신은 눈을 조금 크게 떴다. 이철승의 저고리 왼쪽 가슴에 붙여진 푸른색 리본을 본 것이다. 길이가 10cm 정도에 넓이가 3cm 정도인 리본에는 흰 글씨로 우익(右翼)이라는 한자가 밑으로 쓰여 있었는데 아무래도 직접 쓴 것 같았다. 정성을 들인 글씨였지만 위아래 글자의 폭이 틀린 데다 익(翼)자는 번져 있었다. 그리고 맨 아래에는 2라는 번호가 쓰여 있었다. 김동신의 시선을 받은 이철승이 빙긋 웃었다.

"잘 쓰여졌습니까? 내가 직접 쓴 건데."

"예, 잘 쓰셨습니다."

긴장한 김동신이 굳어진 얼굴로 말했다. 새삼스럽게 우익이라니, 근래에 들어서 이런 말은 공공 기관에서는 물론이고 공식석상에서 사라져 있었던 것이다. 이철승이 정색한 표정으로 리본을 내려다보더니 머리를 들었다.

"내가 2번이오."

"아아, 예."

"내가 대통령께 조금 전에 직접 전화를 드렸어요. 대통령께서 1번을 맡으시지 않겠느냐고 물었더니 승낙을 하십디다."

김동신이 눈만 치켜떴고 이철승의 말이 이어졌다.

"좌익은 수십 년 동안 대학에서부터 사회 각 분야로 치밀하게 조직을 형성해 왔어요. 그런데 자유 민주주의 국가이며 분명한 우익인 대한민국 국민 대다수는 소수의 좌익 세력에 휘둘리는 꼴이 되었습니다. 그것은 놈들이 소수지만 조직이 잘돼 있었기 때문이오."

이철승의 목소리가 굵어져 갔으므로 김동신은 온몸을 빳빳하게 굳혔다.

"대북 정책도 마찬가지요. 좌익 세력은 개혁과 민족 통일의 명분을 내세워서 비판 세력을 무조건 반개혁, 반민족 분자로 몰아붙이는 공작을 했고, 그것이 김정일에게 적화통일의 야심만 키워놓은 형국이 되었습니다, 그렇지 않소?"

"예, 그것은"

"나는 이제 우익 진영을 조직화시키려는 거요. 국방장관은 순서대로 하면 3번인데, 받으실라요?"

이철승이 소파 옆의 탁자에서 리본 하나를 꺼내더니 흔들었다.

"장난같이 생각 허실지 모르겠지만 각료들은 이렇게 일련번호를 받고 국민들은 각 지역 자유민주민족회의에서 번호를 받게 될 겁니다. 자동차 번호판처럼 간단허게."

김동신이 손을 내밀었으므로 리본을 건네준 이철승이 말을 이었다.

"물론 원하지 않으면 번호 없이도 밥 먹고 똥 싸면서 살 수 있지. 북한처럼 강제 수용소에다 처넣을 수는 없으니까."

"예, 그렇지요."

"허지만 우익의 조건은 그냥 간단허게 공산주의가 아니라는 표적에 불과한디 그것도 싫다는 놈은 곤란허지 않겠소?"

"그렇습니다."

"이것이 우익의 상징이고 조직이오."

이철승이 손끝으로 가슴의 리본을 가리키며 말했다.

"학교에서, 직장에서 번호를 받겠지만 세금 더 내라는 것도 아니고 여당이라는 표시도 아니오. 헌법을 지키는 그저 대한민국 국민이라는 표시일 뿐인디 그것도 거부허는 놈은 공산당이겠지요?"

"예. 그렇습니다."

허리를 편 김동신이 이철승을 똑바로 보았다.

"무슨 말씀인지 잘 알겠습니다."

"너무 나가는 것 아닐까요?"

박지원이 조심스럽게 물었으나 대통령은 잠자코 푸른색 리본을 들고는 글자를 바라보았다. 조금 전에 총리실에서 배달된 우익 리본 1번이다. 옆에 앉은 한광옥은 눈만 끔벅였으므로 집무실 안에는 잠시 정적이 덮였다. 이윽고 대통령이 리본에서 시선을 떼었다.

"소석이 직접 쓴 것 같구먼."

한광옥과 박지원은 긴장했고 대통령이 다시 혼잣소리처럼 말했다.

"이 사람 글씨는 잘 못 써."

"대통령님, 이런 식으로 나가면 북한뿐만이 아니라 내부에서도"

작심한 듯 박지원이 말했을 때 대통령은 머리를 저어 말을 끊었다. 대통령이 리본을 앞쪽에다 내려놓았다.

"소석다운 발상이야."

턱으로 리본을 가리킨 대통령이 쓴웃음을 지었다.

"이것은 구속력이 없는 상징적 조직이지만 좌경 세력이나 북한 측에서는 엄청난 충격을 받겠구먼. 거대하고 단일화된 우익 조직이 설립된 것처럼 보일 테니까."

"자유민주민족회의가 거대 세력이 되지 않겠습니까?"

한광옥이 묻자 대통령은 머리를 저었다.

"소석은 민족회의를 행자부 산하 단체로 넣겠다고 했어."

리본을 집은 대통령이 가슴에 붙이려다가 잘 안 되자 박지원이 일어나 핀을 제대로 꽂아주었다. 대통령의 가슴에 우익 1번의 리본이 붙여졌다. 그러자 대통령이 리본을 내려다보고는 다시 쓴웃음을 지었다.

"날더러 별소리를 다하던 사람들이 내 모습을 보면 뭐라고 할까? 또다시 마음을 바꿨다고 할까? 아니면 이것도 위선이라고 할까?"

"이젠 그런 말을 하는 사람은 없습니다."

금방 눈가가 붉어진 박지원이 갈라진 목소리로 말했다.

"오직 비판만을 일삼는 반개혁 세력들이 지어낸 말입니다."

"지난 3년의 공과는 역사가 평가해 줄 거야."

대통령이 가라앉은 목소리로 말을 이었다.

"나는 지난 3년도 그랬지만 지금도 최선을 다하고 있을 뿐이야. 지금은 소석 같은 인물이 국기(國基)를 다시 세워야 돼."

그날 밤 11시 30분이 되었을 때 박대구는 동네 식당에서 돌아왔다. 며칠 전 접촉 사고가 난 바람에 정비 공장에서 차를 빼내는 내일까지 놀게 된 것이다. 그러나 특별한 취미도 없고 운동도 싫어하는 성품이어서 오후까지 늘어지게 잤다가 저녁에는 동네 식당에 나가 술을 마시고 돌아오는 것이 고작이었다. 현관으로 들어선 박대구가 술기운으로 붉어진 눈을 크게 떴다. 지방 대학 기숙사에 가 있던 아들 박용수가 와 있었던 것이다.

"어, 너 왔냐?"

"아버지, 차 사고 나셨다면서요?"

키가 박대구보다 한 뼘이나 더 큰 박용수는 재수를 해서 법대에 들어갔는데 지금 3학년이다. 그때 안방에서 나온 김문자가 잔소리를 했다.

"애가 오늘 온다고 했으면 일찍 들어올 것이지 또 술이여?"

"일찍 왔잖여."

눈을 부릅떠 보인 박대구가 박용수의 어깨를 툭 쳤다.

"잘 왔다. 내가 너헌티 헐 얘기가 있어."

소파에 앉은 박대구가 윗옷을 벗어 옆에다 던지더니 앞에 앉는 박용수에게 대뜸 물었다.

"너는 느그 대학에서 우익 번호를 받을 꺼쟝?"

"우익 번호요?"

눈을 치켜떴던 박용수가 피식 웃었다.

"아버지도 참, 여기가 공산국가 입니까?"

"그러니까 받아야지."

"웃음거리가 돼요, 아버지."

"어떤 늠이 웃어?"

정색한 박대구가 묻자 박용수도 얼굴의 웃음기를 지웠다.

"아버지, 그건 이철승 씨가 쇼하는 겁니다. 그까짓 번호를 받아서 뭐한다구."

"그려도 받어."

박대구가 눈을 치켜뜨고 말했다.

"니가 공산당이 아니라는 증거는 되지 않냐? 그러니까 받아라."

"학생회에서 난리가 났어요. 곧 대정부 투쟁을 전국적으로 할 거예요."

"바로 고놈들이 공산당 앞잽이다."

손을 권총처럼 만든 박대구가 총구를 박용수의 코끝에다 겨누었다.

"니가 그놈들 허고 한패냐?"

"한패는 무슨, 그런 애들은 따로 있어요."

그러자 박대구가 주먹으로 방바닥을 쳤다.

"그렇게로 김정일이가 금방이라도 대한민국이 공산화될 것 맹키로 생각헌단 말이다. 너 같은 놈들이 가만 있응게 그러는 거여."

박대구가 주먹을 쥐고 흔들었다.

"한 주먹만큼도 안 되는 놈들이 똘똘 뭉쳐 있는디 국민 대다수는 너나 나맹키로 풀어져서 조직화가 안 돼 있는 거시여. 그려서 그 번호가 중요허단 말이다."

식당에서 최만성과 함께 우익 조직에 대한 TV 토론을 보고 온 박대구였다. 우익 조직은 군과 향군 600만을 단 사흘 만에 조직화시켰고 이

246

어서 공무원과 직장인으로 급속하게 번져서 이철승이 리본을 붙인 지 열흘 만에 군 계열과 공무원은 100퍼센트 가입을 했고 직장인은 전체의 70퍼센트가 되었다. 그러나 양대 노조와 대학생의 가입률은 저조했다. 20퍼센트도 되지 않는 것이다. 박대구가 으르렁대듯 말했다.

"공산당이 아니라면 우익 번호를 받아라. 느그덜이 그렇게 방관만 허고 있는 사이에 우리나라는 세계에서 유일허게 공산당 조직이 커가는 나라가 되었다."

TV 토론에서 한 시간 전에 들은 말이었다.

아침 7시 30분이 되었을 때 이철승은 청와대 본관 1층의 식당으로 들어섰다.

식당에는 정책수석 박지원이 혼자서 기다리고 있다가 이철승을 맞았다.

"곧 내려오실 겁니다."

"박 수석이 요즘 맘고생이 심허실 거여,"

이철승이 부드럽게 말하자 박지원은 씨익 웃었다.

"아닙니다. 저야 심부름만 했을 뿐인데요. 오히려"

그때 한광옥의 안내로 대통령이 들어섰으므로 그들은 자리에서 일어섰다.

"안녕하셨습니까?"

이철승이 정중히 인사를 하자 대통령은 얼굴을 펴고 웃었다.

"아침 먹으면서 얘기허는 것이 편헐 것 같어서요."

"예. 그러면 소화가 잘 되실 얘기만 헐까요?"

한광옥이 풀썩 웃었고 넷은 원탁에 앉았다. 미역국에다 대여섯 가지의 밑반찬이 금방 나왔으므로 그들은 수저를 들었다. 이철승은 오늘이 겨우 총리 취임 15일째 되는 날이었지만 벌써 대통령제하의 역대 총리 중에서 가장 카리스마가 강한 총리로 소문이 났다. 또한 일부 언론은 그를 우익 총리, 리본 총리로 불렀는데 오직 우익 조직의 편성에만 몰두하고 있었기 때문이다.

밥을 반쯤 비울 때까지 대통령이 잠자코 식사만 했으므로 식당에서는 씹고 삼키는 소리만 났다. 그러나 모두 긴장하고 있어서 대통령이 머리를 들었을 때 시선이 모였다.

대통령이 이철승에게 물었다.

"대학생 가입률이 늘어난다면서요?"

"예. 복학생 조직이 활성화되면서 흐름을 탔습니다."

기다리고 있었다는 듯이 이철승이 대답했다.

"한총련이나 좌경 대학생 조직이 강하게 나올수록 이제 명분이 굳어지게 되었습니다."

대통령이 끄덕이자 이철승의 목소리가 높아졌다.

"지난 정권들이 군사 정권의 연장으로 비민주적이어서 우익의 주장이 먹히지 못했던 이유도 있지만 문민정부 시절부터 검증되지 않은 좌경 세력을 정부 요직에 임명한 책임도 큽니다."

박지원이 힐끗 대통령을 보았다. 국민의 정부에서는 더 늘어났던 것이다. 미역국을 한 모금 떠 넣은 대통령이 차분한 표정으로 이철승을 보았다.

"근래에 들어서야 내가 깨달았는데 국민은 어려운 설명을 싫어합디다."

영문을 모르는 이철승이 눈만 껌벅였고 대통령의 말이 이어졌다.

248

"내 햇볕정책이 그랬지요. 자꾸 이유를 끌어다 붙이는 바람에 국민의 마음이 떠난 겁니다. 국민을 설득시키려면 단순하고 솔직한 것이 제일이오."

"명심하겠습니다."

정색한 이철승이 앉은 채로 머리를 숙이다가 국그릇에 이마가 닿을 뻔했다.

이철승은 각료 회의에서는 물론이고 공개 석상에서도 수시로 대통령의 대북 정책을 비판해 왔다. 대통령이 임명한 총리의 그런 행태에 국민들은 처음에는 놀랐지만 곧 이해를 했다. 평범한 사람도 스스로의 잘못을 고쳐 나가기가 힘이 드는 법이다. 더욱이 막강한 권력을 가진 대통령이 자신의 과오를 들추기는 거의 불가능하다. 그래서 대통령은 그 임무를 이철승에게 맡긴 것이다. 대통령이 눈을 가늘게 뜨고 앞쪽을 보더니 가라앉은 목소리로 말했다.

"이념 혼란은 지역 갈등보다 더 치명적이었습니다. 나는 동서와 남북의 갈등을 함께 일으킨 형국이 되었습니다. 이제 동서 화합은 궤도에 올랐으니 이 총리께서는 대한민국의 국기(國基)를 단단하게 굳혀 주시오."

오늘 조찬 회동은 이철승에게 다시 한 번 힘을 실어주기 위한 것이었다.

"어기 청와대인데요."

수화구에서 굵은 목소리가 울리자 이춘택은 정신이 번쩍 들었다. 오전 10시가 조금 지난 시간이어서 보도실 안은 활기에 차 있었다.

"예, 그런데 누구를 찾으십니까?"

"이춘택 기자 있습니까?"

"접니다만."

긴장한 이춘택이 헛기침을 했다. 청와대에 아는 사람이 없는 것이다. 그러자 사내의 목소리가 조금 부드러워졌다.

"아, 그렇습니까? 전 공보수석실의 안형길이라고 합니다. 취재 문제로 상의드릴 일이 있는데 촬영 기자하고 두 분이 오실 수 없을까요?"

"둘이 말입니까? 청와대로요?"

"예, 딱 두 분이. 그리고 청와대로 지금 오셨으면 좋겠는데요"

그 순간 이춘택은 전신에 찬 기운이 덮이는 것 같은 느낌을 받고는 눈을 치켜떴다. 그러고는 갈라진 목소리로 물었다.

"다른 기자들도 옵니까?"

"아니, 이 형뿐입니다."

선뜻 대답한 사내의 목소리에 웃음기가 띠었다.

"이 형이 지난번 광화문 시위 현장의 특종을 잡으셨지요? 그래서 우리가 이 형께만 연락을 한 겁니다."

그로부터 한 시간쯤이 지난 오전 11시경에 이춘택과 촬영 기자 조필준은 청와대 춘추관 안의 출입 기자 대기실 옆에 있는 사무실에서 공보수석 박준영과 마주앉아 있었다. 이춘택은 청와대 출입 기자도 아닌 데다 박준영과도 초면이다. 그래서 잔뜩 얼어 있었는데 조필준은 더했다. 분위기를 알아챈 듯 앞에 앉은 박준영이 얼굴을 펴고 웃어 보였다.

"갑자기 오시라고 해서 놀라신 것 같은데 두 분께 다시 특종을 드리려고."

그러고는 박준영이 부드러운 시선으로 이춘택을 보았다.

"지난번에는 우연히 특종을 잡으셨지만 지금은 그럴 필요가 없습니다. 특종을 따라다니시기만 하면 되니까."

그러자 이춘택이 퍼뜩 눈을 치켜떴다.

감이 잡힌 것이다.

"난 혼자 다니려고 했는데."

이춘택이 허리를 꺾어 절을 하자 대통령이 쓴웃음을 짓고 말했다. 청와대 본관의 현관 앞이었다. 대통령은 검정색 점퍼를 입었는데 이런 차림도 처음이었다. 현관 앞에는 잔뜩 걱정스러운 표정의 한광옥에다 박지원, 박준영 등 수석비서관이 거의 다 모였고 경호실장은 앞쪽에서 분주하게 왔다 갔다 하는 통에 어수선했다. 입맛을 다신 대통령이 한광옥에게 말했다.

"그럼 다녀올 테니 소란 피우지 마라."

"예, 대통령님."

마치 대통령을 전장으로 보내는 것처럼 얼굴을 굳힌 한광옥이 머리를 숙였다. 대통령은 앞에 세워진 차에 올랐는데 검정색 모범택시였다. 모범택시의 앞과 뒤에는 일반 개인택시가 한 대씩 세워져 있었고 그곳에는 이춘택과 조필준을 포함한 경호원들이 탔다. 세 대의 택시가 곧 현관 앞을 떠났을 때 한광옥이 어깨를 늘어뜨리면서 길게 숨을 뱉었다.

"아이고, 나도 모르겠다."

주위에 둘러 선 수석비서관들은 표정을 굳힌 채 아무도 입을 열지 않았나.

"차라리 날 죽여라!"

40대 여자가 악을 쓰듯 소리치자 옆에 있던 여자가 마이크를 들고는 일어섰다.

"시체 태우는 냄새를 맡으며 어떻게 살란 말이냐? 당신들은 그런 곳에서 살 수 있어?"

마이크 볼륨이 컸으므로 찢어질 듯한 목소리가 회의장을 울렸고 모여 있던 100여 명의 주민들이 벌떼처럼 일어나 악다구니를 썼다. 회의장은 수라장이 되었고 연단에 나란히 앉은 사내들의 얼굴은 사색이 되었다. 한두 명이 일어나 무어라고 소리쳤지만 이쪽 아우성이 너무 커서 들리지도 않았다. 서울시청 서소문 별관에서 열린 강남 지역 제2 화장장 건립의 공청회장이었다. 연단에 앉은 사내들은 민간 기구인 추모 공원 협의회 인사들이었는데 아예 공청회를 시작하지도 못하고 있는 것이다.

"고건 시장은 물러가라!"

누군가가 구석에서 소리치자 금방 한 사내가 맞받아 악을 썼다.

"김대중 정권은 물러가라!"

사내의 옆에는 시의원 배지를 가슴에 붙인 중년 사내가 서 있었는데 그 소리를 듣더니 입술 끝을 비틀고 웃었다. 연단에 있던 사내들이 모여서서 당황한 모습으로 뭔가를 상의할 때 소란은 절정에 이르렀다. 연단 위로 물병과 컵이 날아갔고 팸플릿이 허공에서 어지럽게 휘날렸다.

그때였다. 마이크를 쥐고 악을 쓰던 서초구 영산빌라 3동 대표 이영옥은 눈을 치켜뜨고는 악쓰는 것을 딱 멈췄다. 벽을 따라 연단 쪽으로 가는 사내가 눈에 익었기 때문이다. 어디서 많이 본 얼굴이다. 그리고 저 걸음걸이는. 사내가 연단의 계단을 오를 적에 장내의 소음은 반쯤 줄었는데 다른 사람도 이영옥처럼 사내를 보았기 때문이다. 사내가 계단을 오르자 연단 위에 서 있던 여섯 사내가 벼락을 맞은 듯이 빳빳

252

하게 섰고, 사내가 이쪽으로 몸을 돌렸을 때에는 장내가 물벼락을 맞은
듯이 조용해졌다. 대통령이 나타난 것이다. 그것도 점퍼 차림으로. 수
행원은 연단 밑에 서 있는 두어 명과 또 있다. 카메라맨과 기자처럼 보
이는 사내가 하나, 이것뿐이다. 대통령이 다리를 절면서 연사 책상의
끝 쪽에 앉더니 헛기침을 했다. 계단 밑에 서 있던 사내가 재빠르게 올
라오더니 마이크를 대통령의 앞에 놓았다. 그러자 대통령의 가벼운 헛
기침 소리가 회의장을 울렸다.

"자, 앉으셔서 이야기를 하십시다."

대통령이 정색한 얼굴로 회의장을 둘러보았으므로 이영옥은 얼른
마이크의 스위치를 껐다. 아직까지 켜놓고 있었던 것이다. 대통령이 머
리를 돌려 추모공원 협의회 측 인사들을 바라보았다.

"내가 지나다가 들렀는데 도와 드리지요."

감격한 연사들이 자리를 찾아 앉았을 때 대통령이 머리띠를 두른 주
민들을 내려다보았다. 여전히 차가운 표정이다.

"강남 사람들은 돌아가시지도 않는 모양이지요?"

"하하하, 저 양반 참."

저도 모르게 소리 내어 웃은 이회창이 옆에 앉은 한인옥 여사를 보
았다. 밤 9시가 조금 넘은 시간이어서 그들은 자택 응접실에 나란히 앉
아 TV를 보는 중이었다. 대통령이 그렇게 말하자 공청회에 나온 강남
지역 주민들 중 아무도 선뜻 입을 열려고 하지 않았다. 대통령의 말이
다시 이어졌다.

"원칙에 따라 심의를 하지 않았다면 정부가 잘못한 것이지만 지역
이기주의, 집단 이기주의는 이제 버려야 할 때입니다. 여러분, 우리는

그래야 부흥합니다."

그때 화면 옆쪽으로 고건 시장이 서둘러 다가오는 것이 비쳤고 장면이 바뀌었다.

"저 양반이 이제부터 민생 현장으로 들어간다는구만."

소파에 등을 붙인 이회창이 한 여사를 보았다. 얼굴에는 아직도 웃음기가 있다.

"대북 관계는 총리한테, 정부 정책은 모두 장관들에게 완전히 위임을 했어. 전혀 간섭하지 않는다는 거야."

"인기가 높더군요."

한인옥이 녹차 잔을 들면서 말했다.

"그런데 민주당 전당 대회가 이제 20일 남았는데, 누가 대선 주자가될까요?"

"글쎄."

머리를 한쪽으로 기울인 이회창이 건성으로 대답했다. 그러나 민주당에서는 현재 대선후보에 6명이 입후보했는데 한화갑, 김중권, 이수성, 김근태, 노무현, 이인제다. 모두 예상하고 있었던 면면이었고 부통령 후보는 발표되지 않았다. 대통령 후보를 결정한 다음 한나라 측 부통령 후보를 영입할 계획들인 것이다.

"박근혜가 YS를 다시 찾아갔다는 소문이 있던데요."

한인옥이 말하자 이회창은 쓴웃음을 지었다. 박근혜는 YS를 찾아간 것뿐만 아니라 전두환도, 노태우도 비밀리에 만난 것이다. 거기에다 민주당 대선 주자 모두가 박근혜에게 추파를 보내고 있어서 못 먹어도 부통령이고 잘되면 대통령인지라 주위에 사람이 모였다. 이회창의 입장에서는 박근혜가 가장 강력한 경쟁자인 것이다. 그림만 나오는 TV를 끈 이회창이 혼잣소리처럼 말했다.

"민주당 대선후보가 누가 되든지, 박근혜가 누구와 손을 잡든지 대선은 앞으로 1년이나 남았어."

한인옥의 시선을 받은 이회창이 정색했다.

"요즘 정국 돌아가는 것 좀 봐. 국민들의 관심이 폭발적으로 높아진 데다 지역감정이 수그러들었어. 이젠 정말 자질과 정책으로 승부가 갈릴 거야."

사당동 사거리에서 봉천7동으로 올라간 모범택시는 곧 사거리에서 좌회전을 받아 2차선 도로로 들어섰다. 밤 10시가 되어 가고 있었지만 거리에는 행인들로 가득 찬 데다 길가에 주차된 차량들로 택시는 서행했다.

"이곳에서 야식이나 먹을까?"

졸고 있던 대통령이 문득 눈을 뜨고 말했으므로 운전사는 길가에 차를 세웠다.

대통령이 봉천동 달동네로 가자고 했던 터라 앞좌석에 타고 있던 경호 요원 이영택이 조심스럽게 물었다.

"저, 달동네는 조금 더 가야 합니다만."

"너무 늦었어. 늦은 시간에 들어가면 불편할 거야."

차에서 내린 대통령이 턱으로 바로 앞쪽의 식당을 가리켰다. 유리창에 순대국밥, 신지고 등 글씨가 가득 쓰인 식당은 허름했고 작았다. 양쪽에 만화 대여점과 오토바이 수리소가 있었는데 식당 안에서 떠들썩한 목소리가 울려나왔다. 취객들이었다.

"여그서 순대국이나 먹고 가지."

"예, 대통령님."

눈을 크게 뜬 이영택이 마치 적진에 들어가는 특공대처럼 앞장을 섰고 대통령이 뒤를 따랐다. 뒤쪽 택시에서 내린 이춘택과 조필준이 헐레벌떡 다가오자 대통령이 풀썩 웃었다.

"이 기자, 특종 했는가?"

"예, 대통령님."

이춘택과 조필준이 동시에 얼굴을 펴고 웃었다. 조필준이 찍은 필름이 방송국에 보내져서 9시 뉴스에 나온 것이다. 대통령이 마산 식당에 들어서자 주방에서 나오던 50대쯤의 여자가 눈을 크게 떴다.

"어서 오세요."

머리를 기울였는데 식당 안이 그 순간 조용해졌다. 탁자가 대여섯 개뿐인 식당에는 7~8명의 사내가 두 곳에 몰려 앉아 있었는데 그들의 시선이 모두 대통령에게 꽂혀 있는 것이다. 벽에 붙어 선 조필준은 이미 필름을 돌리기 시작했으며 이영택은 대통령이 앉을 의자를 잡고 서 있었다.

"어, 식사들 하시는데 내가 방해가 되었는가 모르겠네."

대통령이 말을 했을 때 50대 여자의 얼굴이 하얗게 되더니 헛소리처럼 말했다.

"아이고, 대통령이네."

"안녕하십니까?"

대통령이 정색하고 여자에게 머리를 숙여 보였다.

"순대 국밥 한 그릇 먹으러 왔습니다."

TV 화면에 나온 대통령이 순대국밥 그릇을 앞에 놓은 채 옆 탁자의 사내들에게 정색을 하고 말했다.

"정치가는 국민들에게 미래에 대한 희망과 꿈을 갖도록 해줘야 합니다."

옆 탁자에는 허름한 차림새의 사내 넷이 앉아 있었는데 40대쯤으로 화면에서 보아도 술 취한 기색이 역력했다. 그러나 온몸이 나무토막처럼 굳어진 채 눈동자도 움직이지 않았다. 대통령의 말이 이어졌다.

"나는 남은 임기 동안 정부에 대한 국민들의 신뢰를 회복하기 위하여 최선을 다할 것입니다."

그러고는 화면이 바뀌었을 때 JP가 머리를 돌려 박영옥 여사를 보았다.

"바로 저것이군."

"뭐가요?"

박 여사가 정색하고 물었다. 아직 아침 식사 전이어서 둘은 거실로 나와 앉아 아침 뉴스를 보는 중이었다.

"이제 밑바닥에서부터 민심을 모으겠다는 계획이여."

그러고는 JP도 정색하고는 천천히 머리를 끄덕였다.

"기가 막히게 언론 플레이를 허는구만. 국민들을 감동시키는 방법을 터득혔어."

그 시간에 대통령은 화장실에서 나와 응접실의 소파에 앉으면서 이맛살을 찌푸렸다. 대통령 관저의 아침식사 시간은 언제나 7시 정각인데 지금은 6시 55분이다. 탁자 위에 놓인 신문을 정리하던 이 여사가 머리를 들고 대통령을 보았다.

"당신, 화장실에 계신 동안 어젯밤 순대국집에서 찍은 장면이 나옵다."

"그려."

"어디 편찮으신 거요?"

이 여사가 눈썹을 모으고는 대통령을 보았다. 대통령이 배를 쓸고 있었던 것이다.

"어, 어젯밤 야식으로 먹은 순대국이 체헌 모양이여. 설사를 혔는디."

"고기가 상했나?"

"아녀, 쥔이 괴기를 너무 많이 넣어 준 바람에 과식을 헌 것 같혀."

"그렇다고 주는 대로 다 드셨단 말이오?"

"맛있어서."

"약을 지어 드릴까요?"

"아녀, 아침에는 죽이나 먹지."

대통령이 일어섰으므로 이 여사는 더 이상 입을 열지 않고 따라 일어섰다.

"오늘 스케줄은 대구입니다."

이맛살을 찌푸린 박지원이 한광옥을 보았다. 그는 출근하자마자 비서실장실로 온 것이다. 박지원이 말을 이었다.

"전당 대회가 20일도 안 남았는데 이렇게 순대국밥집이나 다니시면 됩니까? 지금은 이러실 때가 아니지 않습니까?"

"그럼 어떻게 하시란 말이오?"

한광옥이 느긋한 표정으로 묻자 박지원은 입맛을 다셨다.

"후보 여섯 명이 제각기 박근혜를 만나려고 경쟁을 하는 바람에 박근혜의 몸값만 천정부지로 뛰었습니다. 이대로 가다가는 당이 분열되고 한나라 쪽으로 돌아서는 후보가 생길지도 모릅니다."

신문에도 기사화된 내용이어서 한광옥은 건성으로 머리를 끄덕였다. 민주당 쪽으로 보면 민주당 대통령에 한나라 부통령이 바람직한 경우였고 한나라는 그 반대일 것이었다. 그래서 대선후보가 되면 한나라당 측 박근혜를 부통령 후보로 섭외하여 대선에 대비해야만 하는 것이다.

그리고 한나라도 마찬가지로 내년 3월의 전당 대회에서 대선후보를 선출할 터인데 이회창과 박근혜 중 현재로서는 이회창이 절대적으로 우세했다. 따라서 이회창 또한 부통령 후보를 민주당에서 내세워야 당선 가능성이 높다. 박지원이 말을 이었다.

"단속을 해야 합니다. 확률이 높은 8명 중 한 명도 이회창씨에게 넘어가게 하면 안 됩니다, 실장님."

그중에는 한광옥도 끼어 있는 것이다. 민주당 입장에서는 대선후보 경선에서 떨어진 후보라도 이회창에게 넘어가지 않도록 해야만 이쪽이 대통령이 된다. 이회창 측이 이미 공작을 시작했다는 소문도 있었고 박근혜의 몸값이 뛴 이유도 당연했다. 마침내 한광옥이 입을 열었다.

"아침에 대통령을 한 번 뵙시다."

박지원의 말이 끝났을 때 대통령이 머리를 끄덕였다.

"잘 알았어."

그러자 박지원이 다음 말을 기다리는 듯 눈을 크게 뜨고 숨까지 죽였을 때 대통령이 벽시계를 보았다. 오전 9시 10분이었다. 안보회의는 9시에 시작하기로 되어 있어서 아래층 소회의실에 안보회의 위원들이 기다리고 있을 것이었다. 대통령이 박지원에게 말했다.

"이 총리한테 안보회의를 주재하라고 하지. 안보수석이 결과를 나중에 보고하면 되겠지."

"예, 대통령님."

기운차게 일어선 박지원이 옆 탁자에 놓인 전화기를 들어 안보수석에게 대통령의 말씀을 전하고 돌아왔다. 대통령이 다시 말을 기다리는 박지원의 시선을 받지 않고 한광옥을 보았다.

"내가 대구에 간다는 말을 대구시장한티도 허지 마."

"예, 대통령님."

다시 벽시계를 바라본 대통령이 일어섰다.

"그럼 가볼까?"

"김대중이 요즘은 정치 일선에서 물러나 있는 것 같습니다."

최고 인민 위원회 상임위원장 김영남이 조심스럽게 말하자 김정일은 머리를 저었다.

"그 교활한 영감이 정치에서 손을 떼었을 리가 없어요. 다 뒤에서 공작하고 있는 거요."

주석궁의 소회의실에는 김정일과 김영남, 조명록 이렇게 세 사람이 둘러앉아 있었는데 방금 군(軍), 당(黨)의 정치 위원 회의를 마치고 나서 셋만 남은 것이다. 조명록은 회의 때에도 거의 발언을 하지 않았고 지금도 눈만 깜박이고 있었다. 클린턴을 만나 미·북(美北) 관계 개선의 상징처럼 부각되어 화려한 조명을 받았던 조명록이다. 그러나 부시 정권이 들어서면서 모든 것이 다시 원점으로 되돌려졌다. 김정일의 시선이 조명록에게 옮겨졌다.

"러시아와 협상은 어떻게 되었습니까?"

"아직 결정이 되지 않았습니다."

조명록이 가라앉은 목소리로 대답했다. 5억 달러 가량의 러시아제 무기 도입 협상을 끝낸 것은 지난 4월이었다. 그러나 이제 와서 러시아는 무기 구입 대금을 선금으로 지불하라는 조건을 내밀고는 인도를 거부하고 있는 것이다. 그것은 말할 것도 없이 북한의 자금줄이 막혀 있다는 것을 러시아 측이 꿰뚫어 보고 있기 때문이다. 머리를 든 조명록이 김정일을 보았다.

"지도자 동지, 자금줄이 갑자기 막혀버린 바람에 협상이 어렵습니다."

"더러운 로스케 놈들."

김정일이 잇새로 말했다. 남한은 금강산 관광은 물론이고 적십자를 통해 공급하던 비료와 양곡도 지난 5개월 동안 딱 끊어 버렸다. 거기에다 남한 기업들의 하청 생산을 하던 공장 대부분은 일감이 떨어져 거의 폐업 상태였다. 남한 정부가 대북 사업을 기업의 자체 판단에 맡기자 운임료 인하 등을 강력하게 주장하며 손을 떼었던 것이다. 그때 김영남이 헛기침을 했다.

"지도자 동지, 이런 상황이 계속된다면 전보다 더 어려워질 가능성이 많습니다. 대책을 강구해야만 합니다."

이런 말은 아무나 할 수가 없다. 김영남이 작심한 듯 말을 이었다.

"우리 경제는 1996~1997년 때보다 전혀 나아진 것이 없습니다. 우리가 이만큼 살게 된 것은 오직 남조선에서 가져온 물품과 자금 때문이었습니다. 그런데 이것이 갑자기 딱 끊기게 되면 인민들의 동요가 전보다 더 심해질 것입니다."

"남조선은 지금 우익 바람이 불고 있어요. 이놈저놈 할 것 없이 우익 번호를 받는다고 날뛰는 형편입니다."

조명록이 김영남의 말을 받더니 목소리를 높였다.

"남조선 체제는 군사 정권 때보다 더 보수 반동으로 기울었습니다. 타협의 여지가 없단 말입니다."

"다 김대중이의 계략이었어."

혼잣소리처럼 말한 김정일이 두 노인의 시선을 받더니 쓴웃음을 지었다.

"부시 때문이 아니었소. 김대중이는 우리한테 사탕맛을 보여준 다음 곧 사탕을 빼앗아 간 꼴이야. 악랄한 음모였어."

현 상황은 그렇게 표현할 수밖에 없을 것이다. 사탕맛을 한번 보고 난 인민들은 지난 수년간 굶주렸을 때보다 더 참기 어려워할 것이라는 것을 그들 모두는 안다.

대통령이 서구시장 건너편에 위치한 동일 섬유 공장으로 들어섰을 때는 오후 2시가 조금 넘어 있었다. 동일 섬유는 3층 건물의 지하실을 임대하여 와이셔츠를 생산하는 중소기업 이었는데 생산직과 사무직을 합해 직원이 60명 정도의 규모였다.

대통령과 경호원 이영택이 불쑥 공장 안으로 들어섰을 때 제일 먼저 본 사람은 문 근처에 있던 아이롱사 심승권이었다. 다리미를 들고 있던 심승권은 그들을 본 순간 머리를 비틀고는 눈을 가늘게 떴다. 어디서 많이 본 사람이었던 것이다. 그러나 그들의 뒤를 따라 카메라를 어깨에 멘 조필준과 이춘택 등이 줄줄이 들어서자 입을 딱 벌렸다. 대통령을 알아본 것이다. 엊그제 대통령이 순대국밥집에 나타난 장면도 TV에서 본 터라 그의 온몸은 빳빳하게 굳어졌다. 그때는 이미 공장안의 시선이 모두 대통령에게 모여졌고 안쪽 사무실에 있던 사장 오재봉이 허둥지

262

등 나오는 중이었다.

미싱 소음이 딱 그치면서 급작스러운 적막이 덮인 공장 안에 아이롱의 스팀 뿜는 소리만 들려왔다. 정신없이 다가온 오재봉이 대통령의 다섯 발짝 앞쯤에서 멈춰서더니 먼저 허리를 굽혀 절을 했다. 그러나 놀란 터라 인사말은 입에서 나오지 않았다.

"지나다가 들렀습니다."

대통령의 말소리가 공장 안을 울렸다.

"애로 사항이 있으시면 듣고나 가려고 그럽니다."

대통령이 TV 화면을 정면으로 본 채 입을 열었다.

"시장 경제는 쉽게 말해서 경제를 시장의 흐름에 맡긴다는 것입니다. 관이 개입하는 경제는 시장 경제가 아닙니다."

대통령의 옆에는 오재봉이 앉아 있었는데 아직도 정신이 멍한 상태인 것이 렌즈에 선명하게 드러났다. 그저 초점 없는 시선으로 이쪽을 바라보고 있을 뿐이었으니까. 대통령이 말을 이었다.

"지난 5개월 동안 나는 물론이고 관은 경제에 거의 개입하지 않았습니다. 그것이 처음에는 대단한 혼란으로 비춰졌지만 이제 한국 경제는 기틀이 잡혀가고 있다는 것을 확신하게 되었습니다."

이것이었군. 대통령을 찍고 있는 조필준의 옆에 서서 숨을 죽이고 있던 이춘택이 속으로 그렇게 말했다. 현장에서 국민들에게 이 말을 하려고 대통령은 공장에 찾아온 것이다. 물론 아직도 실업자는 100만이 넘었고 문을 닫은 기업체도 많다. 그러나 현장에서 생생하게 방영되는 이 경제 설명은 국민들의 머릿속에 깊게 박혀질 것이었다. 청와대의 춘추관에서 수백 명의 내외신 기자들을 앞에 앉히고 발표하는 정책 담화문보다 몇 배나 더 현장감이 있다. 이춘택의 가슴은 다시 뛰었다. 나는 선택받은 놈이다.

"자네, 나하고 같이 타지."

공장을 나온 대통령이 그렇게 말했으므로 이춘택의 얼굴이 금방 달아올랐다. 흥분하거나 놀라면 그는 얼굴이 붉어지는 버릇이 있었다. 대통령은 대구에서는 렌터카를 타고 있었는데 앞좌석에 운전사 겸 경호원과 이영택이 앉았고 이춘택은 대통령과 뒷좌석에 올랐다. 차가 출발했을 때 대통령이 머리를 돌려 이춘택을 보았다. 부드러운 시선이었다.

"아마 지금쯤 다른 방송국과 신문사들이 내 뒤를 쫓고 있을걸, 그렇지 않나?"

"그, 그렇습니다."

다시 얼굴이 붉어진 이춘택이 입술을 일그러뜨리며 웃었다.

"모두 저를 부러워하고 있습니다."

"너무 많이 몰려다니면 불편해."

"그렇습니다."

"분위기도 부자연스러워지고."

얼른 대답을 하려던 이춘택이 대신 침을 삼키고는 대통령을 보았다. 그러자 대통령이 빙긋 웃었다.

"다 쇼한다고 하겠지. 하지만 적어도 내가 오만하고 독선적이라는 인상은 많이 가셔질 거야. 그렇지 않은가?"

"그, 그렇습니다."

"내가 국민과 가깝게 있고 싶다는 마음을 알려 주고 싶네. 그것이 내가 이렇게 돌아다니는 이유 중의 하나일세."

"명심하겠습니다, 대통령님."

긴장한 이춘택의 목소리가 떨려나왔다. 머리회전이 빠른 터라 그는 대통령이 부른 이유를 깨달은 것이다.

"최선을 다하겠습니다, 대통령님."

"그럼 지금 어디에 계신 거요?"

대구시장 문희갑이 소리치듯 묻자 전화를 걸어온 경찰청장 김재희의 입맛 다시는 소리부터 났다.

"서부경찰서 기동반이 출동했지만 아직 찾지 못했습니다."

"하. 이것 참."

이번에는 문희갑이 입맛을 다셨다.

"대통령께서 오신 건 확실합니까?"

"예. 분명합니다. 공장 사장한테 제가 직접 확인을 했거든요. 대통령은 사장을 옆에 앉혀놓고 경제에 대한 성명을 발표했답니다."

"성명을?"

"예. MBC 마크가 붙은 촬영 장비를 갖고 기자들이 따르고 있었다는데요."

문희갑이 이제는 눈만 끔벅였다. 대통령을 신고한 사람은 동일 섬유 옆 건물에서 행운 부동산 사무실을 운영하는 강칠만이었다. 그는 대통령이 동일 섬유에서 나오는 모습을 분명히 보았고 차에 타는 것까지 확인한 다음에 동일 섬유로 달려갔던 것이다. 그때 대통령이 떠난 후의 동일 섬유는 난리가 일어나 있었다. 일을 때려치운 생산직 직원들은 셋씩 넷씩 모여 떠들어 대었고 오재봉은 아직 정신이 제대로 돌아오지 않았다. 오재봉한테서 대충 이야기를 듣고 나서 강칠만은 곧 경찰청에 신고를 했다. 대통령의 밀행이 틀림없었으니 알려야 한다고 생각했기 때문이다.

"이거 확인을 해봐야겠군."

청와대에다 알아봐야겠다는 생각이 든 문희갑이 말하자 경찰청장 김재희도 동의했다.

"예, 저도 조금 전에 보고를 했습니다."

전화기를 내려놓은 문희갑은 이맛살을 찌푸렸다. 성명을 발표했다니 공장 사장을 불러 성명의 내용을 알아내야 할 것이었다. 대구에까지 내려와 기습 성명을 발표할 정도라면 충격적인 내용일지도 모른다. 그렇다면 대구의 민선 시장인 자신에게 사전 통고라도 해주는 것이 최소한의 예의가 아닌가? 기분이 언짢아진 문희갑은 다시 전화기를 들었다. 우선 청와대에 확인부터 해야 할 것이다.

"이제 그만 다니시지요."

저녁에 헬기편으로 청와대에 돌아온 대통령에게 한광옥이 대뜸 말했다. 대통령은 지친 듯이 막 소파에 앉은 참이었는데 한광옥의 말에 퍼뜩 눈을 크게 떴다. 그러나 부드러운 표정이었다.

"난 금호강변 유원지에서 모처럼 한가한 시간을 보냈어. 청남대에 있던 때보다 더 홀가분했어."

"조금 전의 6시 뉴스에 대구 공장에서 찍으신 필름이 다 보도되었습니다. 진 부총리가 아주 적절한 시기와 장소였다고 전화를 해왔습니다."

"응, 그런가? 그 공장은 우연히 찾아 낸 거야. 소규모 공장에서 그런 이야기를 하는 것이 국민들 마음에 더 닿을 것 같아서 말이야."

"그런데 대통령님"

대통령이 시선을 들자 한광옥이 헛기침을 했다.

"민주당 전당 대회가 보름 남았습니다."

정색한 한광옥이 한 걸음 다가가 섰다.

"대선후보들의 경쟁이 갈수록 가열되고 있습니다. 대의원을 상대로 비방과 중상을 시작하는 기미도 보입니다."

"그럴 테지."

"일부에서는 금품을 살포한다는 소문도 있습니다만 확인되지는 않았습니다."

"습성을 바꾸는 건 쉬운 일이 아니야."

이제는 대통령도 정색했다.

"대한민국의 정치 토양은 바뀌어야 돼. 그것이 내가 당적을 버린 제일 큰 목적이야."

그러자 한광옥이 다음 말을 기다리는 듯이 대통령을 보았다. 그러나 대통령의 입은 다시 열리지 않았다.

"볼 만하군."

원내총무 정창화가 신문을 접어 탁자에 놓으면서 말했다. 한나라당 당사의 소회의실에는 강재섭과 강삼재, 하순봉 등 부총재 대여섯 명에다 당무위원도 서너 명이 모여 있었는데 당직자 회의가 끝난 후여서 조금 어수선한 분위기였다.

"곧 점입가경이 되겠어."

정창화를 거들 듯이 사무총장 김기배가 말했을 때 하순봉이 머리를 비틀었다.

"DJ가 가만있는 걸 보면 무슨 복선이 있는 것 같기도 한데."

"가만있는 것이 아니라 열심히 촬영을 하고 돌아다니지 않아?"

누군가가 그렇게 받자 두어 명이 짧게 웃었다. 그들은 지금 민주당의 대선후보 경선에 대한 이야기를 하고 있는 것이다.

언론에서는 연일 민주당 후보들의 동향과 선거 운동에 대한 보도를 하는 중이었고, 국민의 관심도 열흘 후에 열릴 민주당 전당 대회로 쏠려 있었다. 후보 경선은 이미 과열되어 있어서 오늘 아침 신문에는 운동원끼리 주먹다짐을 했다는 기사까지 난 것이다. 그때 강재섭이 입을 열었다.

"여론조사에서 대통령이 미는 후보가 차기 대선에서 승리할 가능성이 65퍼센트라고 나왔어요. 아마 후보들의 대통령에 대한 로비도 치열할 거요."

모두 그 조사 결과를 알고 있는 터라 가만있었다. 그 조사 결과에는 만일 대통령이 당적을 버린 신분이니 말 그대로 중립을 지킨다면 민주당은 사분오열이 될 것이라고 나와 있었던 것이다. 그리고 이회창은 무난하게 대통령이 될 것인데, 그 이유는 민주당의 대선후보 중에서 당을 박차고 나와 한나라당에 가입할 인사가 생길 가능성이 크기 때문이라고 했다.

그 시간에 이회창은 총재실에서 기획위원장 맹형규와 윤여준 둘을 불러 머리를 맞대고 있었는데 분위기가 회의실과는 달리 가라앉아 있었다.

윤여준이 말을 이었다.

"지금 우리가 간과한 부분이 있습니다. 그것은 DJ에 대한 인기도입니다."

서류를 펼친 그가 이회창을 바라보았다.

"5개월 전에 10퍼센트대로 떨어졌던 DJ의 인기는 지금 70퍼센트대로 치솟았습니다. 그것도 영남권에서 60퍼센트를 기록하고 있습니다."

이회창의 시선이 서류에서 윤여준에게로 옮겨졌다. 다 알고 있는 이야기 아니냐는 표정이었다. 대통령의 파격적인 행동이 처음에는 쇼가 아니냐는 비아냥도 많았지만 시간이 지날수록 국민들의 마음을 움직였던 것이다. 정형근을 국정원장에 기용한 것에서부터 민주당을 탈당하여 당적을 버리고, 또한 강성 노조와 정면으로 대립하여 자신이 중상을 입는 사태까지 되었지만 굴복시켰다. 몸을 내던지는 살신성인의 자세를 보인 것이다.

거기에다 국가 원로회의를 창설하여 전임 대통령에게 편중 인사를 조정하는 권한과 함께 세를 키우는 공간을 줌으로써 지역감정은 눈에 띄게 완화되었다. 그리고 야당 총재를 안보회의에 고정 참석시킴으로써 국정에 동참시키는 포용력을 보인 데다 결정적으로 보수 원로인 이철승을 총리로 임명하여 불안해하던 중장년층을 안정시킨 것이다. 그때 잠자코 있던 맹형규가 입을 열었다.

"그렇습니다. 이대로 가면 DJ의 인기는 더 올라가게 되어 있습니다. 아마 건국 이후로 가장 성공한 대통령이 될 것 같습니다."

"알고 있어요."

머리를 끄덕인 이회창이 정색하고 둘을 차례로 보았다.

"그런데 요점이 뭡니까?"

"DJ가 후보 경선에 관여하지는 않는다고 하더라도 이탈을 막을 것은 분명합니다. 그러나 만일에"

이회창의 시선을 받은 윤여준이 말을 이었다.

"그 이탈자를 우리가 부통령 후보로 영입했는데 DJ에 대한 배신으로 비춰져서 우리 고정표까지 대량으로 빠져나갈 가능성이 있습니다."

그때 맹형규가 말을 받았다.

"총재님께서 DJ를 만나 보시는 것이 어떻겠습니까? 그러고는 허심탄회하게 말씀을 나누셔서"

"허심탄회하게 나한테 대통령을 넘겨 달라고 하란 말인가?"

이회창이 쓴웃음을 지은 얼굴로 말했다.

"허심탄회할 것이 따로 있지. 나 원."

다음날 아침에 열린 안보회의에서 정형근이 먼저 발언을 했다.

"북한은 어제 저녁 7시 정각에 적십자사를 통해 남북 고위급 회담을 제의해 왔습니다. 장소는 평양으로 하고 회담일을 12월 18일로 하자는 제의입니다."

안보회의 위원들의 시선을 받은 그가 말을 이었다.

"회담 내용은 6·15공동선언 세부 내용에 대한 실행 방법을 토의하자는 것입니다."

모두가 의외인 듯 놀란 표정이었고 이회창의 시선도 저도 모르게 대통령에게로 옮겨졌다. 북측에서 먼저 이렇게 나선 것은 처음 있는 일인 것이다. 북측은 한 번도 먼저 나선 적이 없다. 그때 이철승이 헛기침을 하더니 정형근에게 물었다.

"고위급 회담이라면 장관급이오?"

"장관급이면 장관급이라고 했는데 고위급이라고 한 걸 보면 그보다 격이 높은 것 같습니다."

정형근이 어중간하게 대답하자 이철승이 힐끗 대통령을 보고 나서 말했다.

"장관보다 높으면 총리하고 대통령뿐인데 아무래도 나하고 회담 하자는 것인가?"

그러자 김 대통령이 풀썩 웃었으므로 회의장의 분위기가 대번에 밝아졌다.

"북한은 총리급 수준에 맞는 인사가 김영남 최고인민위원회 상임위원장뿐입니다."

정색한 정형근이 대통령을 보았다.

"군총정치국장 조명록이 클린턴을 만났지만 장관급 서열입니다."

알고 있는 일이었으므로 대통령은 머리를 끄덕였다. 이제까지 한국은 북한과의 협상에서 한두 단계씩 낮은 취급을 당했다.

예를 들어서 통일부장관이 장관급 회담에서 상대한 북한 측 인사는 차관급이었고 군 당국자 회담에서 우리는 준장을 내보냈지만 북한은 대령급인 대좌를 보내어 기를 꺾었다. 이것은 한국 측 회담 당사자뿐만 아니라 국민들의 자존심을 여지없이 꺾는 일이었다.

대의를 위하여 그냥 넘기자는 그런 가벼운 의식이 쌓이고 쌓여 정권에 대한 불신과 의혹을 품게 만들었고 결국에는 무조건적인 반발을 불러일으켰다. 제 국민의 자존심까지 꺾으면서 호혜를 베푸는 집권층을 신임할 만큼 일반 서민은 여유롭지 못하다. 더욱이 경제가 어려운 것을 피부로 느끼고 있는데도 굽히면서 퍼주는 대북 정책을 환영하는 국민이 몇이나 되겠는가?

이제는 100명씩 호텔에 모여 벌리는 눈물 잔치에도 그 과장되고 의도적인 방송사의 연출과 배경을 대부분의 국민들이 계속 모른다고 생각했다면 큰 실수를 한 것이다.

국민의 감각은 농부가 비 올 때를 아는 것처럼, 어부가 물 빠질 때를 아는 것처럼 온몸에 뻗쳐져 있다. 머리와 말로 설득해서 될 일이 아닌 것이다. 국민들이 이러다가 망하겠다고 생각한다면 망하지 않고 배겨 날 도리가 없다. 대통령이 가볍게 헛기침을 했으므로 모두의 시선이 모여졌다.

"통일부가 정식으로 북한 측 공문을 접수하면 만나보기는 해야지요."

"그럼 고위급 회담 대표는 통일부 장관이 되는 겁니까?"

이철승이 묻자 대통령이 머리를 저었다.

"이번에는 먼저 저쪽의 인물을 보고 정하도록 하십시다. 서두르지 않겠어요."

만족한 표정으로 이철승이 의자에 등을 붙였을 때 정형근이 다음 의제를 꺼내었다.

"한총련과 좌경 노조가 연대하여 민주당 전당 대회 직전에 대규모 시위를 벌일 계획입니다. 전국 각지에서 동시 다발적 시위를 벌인다는 정보가 포착되었는데 극한투쟁까지도 불사할 것 같습니다."

이미 간헐적으로 들어온 정보였지만 회의장 안에는 긴장감이 덮였다.

이철승의 총리 취임 이후로 정국은 급격한 우익 세력의 조직화 분위기에 휩쓸려서 좌익은 그동안 효과적인 대응을 하지 못했다. 한총련 주도로 몇 번 가투에 나섰으나 시민들의 노골적인 반발에 부딪쳐 시위는 번번이 무산되었던 것이다.

그리고 이제는 대학마다 복학생을 중심으로 우익 세력이 조직화되어 있는 것이다. 자유민주민족회의의 지원을 받은 각 대학의 우익 조직은 순식간에 막강한 세력집단이 되었다. 모두 군 생활을 거친 예비역이어서 전력(戰力)으로 따져도 한총련보다 월등했다. 정형근의 말이 이어졌다.

"좌익 시위대와 우익 조직이 부딪치게 할 수는 없습니다. 될 수 있는한 시위를 방지하는 방법을 강구하고 있습니다."

좌익과 우익의 시위대가 부딪친다면 그야말로 무정부 상태로 보일것이었다. 대통령이 잠자코 머리만 끄덕였다. 박정희 시대부터 지금에이르기까지 40년 동안 대학은 좌경 세력의 온상이었다.

대학에서 좌경적 사상에 물들어 나간 세력이 사회 각 부분으로 뻗어나가 제각기 조직화되는 동안 정부는 거의 손을 쓰지 못했다. 군사 정권의 힘에 대한 자만심도 있었겠지만 대학에 좌경 세력에 대항할 조직을 양성화시키기에 정권의 도덕적 부담이 컸기 때문일 것이다. 정부가뒤를 밀어주는 우경 조직은 당장에 독재와 군부 정권의 하수인으로 매도당할 것이 뻔했다.

그러다가 태어난 문민의 정부는 기회가 왔음에도 불구하고 오히려성분이 불분명한 인사들을 요직에 임명하는 우를 범했으며 국민의 정부에 들어서서는 그 정도가 더 심해졌다. 김정일이 자신감을 가질 만큼되었던 것이다.

그러나 임기 1년여를 남겨놓은 시점에서 대통령은 '위대한 선회'를했다. 이 말은 정형근이 사석에서 자주 쓰는 말이었다.

앞쪽에 앉은 이철승에게 힐끗 시선을 주었던 정형근이 맺듯이 말했다.

"총리와 수시로 협의하여 최선을 다하겠습니다."

정형근과 이철승은 죽이 잘 맞았다.

"총재님, 잠깐."

한광옥이 다가와 말했을 때 이회창은 대뜸 머리를 끄덕이면서 자신이 기다리고 있었다는 것을 스스로 느낄 수가 있었다. 대통령은 집무실의 장방형 테이블에 앉아 있었는데 TV에서 자주 비치던 곳이다. 이회창이 들어서자 대통령은 자리를 권하더니 먼저 끝 쪽에 앉은 한광옥에게 물었다.

"전당 대회에서 누가 후보로 선출될 것 같은가?"

"현재까지의 여론 조사로는 한화갑과 이인제 최고위원이 백중세이고 그보다 3~4퍼센트 아래로 이수성과 김중권, 김근태, 노무현 씨 등이 백중세를 나타내고 있습니다."

지난번 전당 대회에서의 최고위원 득표수와 비슷한 배율이었는데 이수성과 노무현이 추가되었을 뿐이다. 따라서 후보 6명 중에서 한 명만 움직여도 순위가 바뀔 가능성이 높았다.

예를 들어 김중권이 이수성의 손을 들어 주거나 그 반대의 경우가 되어도 당선 가능성이 높아지는 것이다. 대통령의 시선을 받은 한광옥이 말을 이었다.

"6명 후보 모두가 현재까지는 다른 후보와의 연합을 강력하게 부인하고 있지만 전당 대회 며칠 전에는 윤곽이 드러날 것 같습니다."

"한나라당 측에 가장 불리한 후보 배열은 뭔가?"

불쑥 대통령이 그렇게 한광옥에게 물었으므로 이회창은 저도 모르게 침을 삼켰다. 그러나 한광옥은 시치미를 뚝 뗀 얼굴로 대통령에게 말했다.

"지역 기반이 강한 한화갑 의원이 민주당 당력을 모아 후보가 된다음 한나라당 박근혜 부총재를 부통령으로 러닝메이트를 삼는 것입니다."

"이인제나 김근태, 노무현, 이수성 등은?"

"민주당 당력이 모아진다면 모두 가능성이 있습니다. 박근혜 부총재를 러닝메이트로 삼아야 하지만요. 그렇지만"

헛기침을 한 한광옥이 말을 이었다.

"대통령께서 적극적인 지원을 해주셔야 당력이 모아집니다."

"그렇군."

정색한 대통령이 머리를 끄덕였을 때 이회창은 추켜올렸던 어깨를 내렸다. 두 사람이 주고받은 이야기는 이미 언론에서 다 보도한 내용이었기 때문이다. 한나라당 정세 분석실에서는 그보다 더 치밀하게 전망과 대책까지 세워놓았다.

이회창은 대통령을 바라보았다. 대통령은 지금 변죽만 울리고 있다. 뭔가 특별한 이야기를 하려고 자신을 부른 것이다. 이회창의 시선을 받은 대통령이 희미하게 웃더니 물었다.

"한나라당에서는 내가 결국 민주당의 당력을 결집시킬 것이라고 확신하고 있는 것 같은데 맞습니까?"

그러자 이회창도 엷게 웃었다. 그것은 대부분의 언론사에서도 그렇게 예상을 하고 있는 일이다.

"대통령께서 민주당을 지원하셔도 여론은 거의 나빠지지 않을 것이라는 조사 결과도 나와 있는 걸 보았습니다만."

대통령이 당적을 버렸지만 뿌리는 민주당이다. 민주당 간판을 세우고 대통령에 당선된 것이다. 그러니 민주당의 당력을 모아 선거를 지휘하는 것이 이상하게 보이지는 않을 것이다. 대통령은 당적을 버린 다음 공평한 정치를 해왔다.

그러나 당의 뿌리인 전라도 지역에서는 대통령이 마지막 마무리를 맡아야 한다는 여론이 거세었다. 이회창이 정색하고 대통령을 보았다. 이 기회에 할 말을 해야 한다.

"대통령님, 당적을 버리시고 이제까지 훌륭하신 처신을 해오셨습니다. 그러니 끝까지 소신을 지켜 주십시오."

이것은 당직자들은 물론이고 측근 참모들이 꼭 건의하라면서 주문한 내용이었다. 대통령이 받아들이건 않건 간에 어쨌든 부딪쳐 보라고 했었지만 선뜻 말을 꺼내기가 어려웠다. 너무 속이 보였기 때문이고 이쪽 입장만 내놓는 꼴이었기 때문이다. 민주당의 당력이 모아지지 않으면 대통령은 당연히 이회창이 된다.

따라서 나를 대통령 시켜달라는 말이나 같은 것이다. 그때 대통령이 입을 열었다.

"나는 지역 갈등을 해소시키기 위해서 전임 대통령들을 모아 국가 원로회의를 창설했고 민주당 최고위원들을 전문 위원으로 소속시켜 상당한 효과를 보았습니다. 그런데 이 총재는 아직도 지역 기반을 바탕으로 하는 정치에서 벗어나지 못하고 있는 것 같은데요."

놀란 듯 이회창이 눈을 치켜뜨고는 얼굴을 굳혔을 때 대통령이 표정을 부드럽게 했다.

"민주당 후보도 마찬가지 아니냐고 물으신다면 드릴 말씀이 없습니다. 허지만 이 총재는 3년이 넘도록 야당 총재로서 나하고 같이 국정을 이끌어 오셨지 않습니까?"

이회창의 눈 주위가 빨개졌는데 대통령의 말이 이어졌다.

276

"이번 대선도 이대로 간다면 지역 기반을 바탕으로 하는 나눠 먹기 형국이 되고 맙니다. 정부통령제 동시 선거는 결국 경상도 대통령에 전라도 부통령으로 되든지 아니면 그 반대가 되도록 지역 안배를 고려한 체제이니까요."

"도대체 이 늙은 여우는 무슨 꿍꿍이로 이런 말을 새삼스럽게 꺼낸단 말인가?"

긴장 속에서도 이회창은 열심히 해답을 찾았으나 머릿속만 혼란스러워졌다. 그때 대통령이 정색하고 이회창을 보았다.

"이제는 이 총재께서 적극적으로 나서야 합니다. 내가 도와드릴 테니까요."

북한이 고위급 회담 대표와 일정을 통보해 온 것은 그 다음날 오전이었다. 대표는 지난번에 한국을 방문해서 국정원장 임동원이 붙어 다녔던 대남 담당 비서 김용순이었는데 권력 서열 8위였으니 고위급이라고 할 만도 했다.

적십자사로부터 연락을 받은 정형근이 부랴부랴 총리실로 달려와 보고를 하자 이철승이 머리를 기울였다.

"저쪽이 급헌 모양인디, 먼저 대표단 내역까지 통보해 준 걸 보면 말이오."

"6·15선언과 장관급 회담에서 거론된 현안을 총체적으로 토의하자는 것입니다."

그리고는 정형근이 빙긋 웃었다.

"절벽 앞에 서 있다는 것을 이제 피부로 느꼈겠지요. 장소는 평양으로 하자는데요."

그리고 회담일정은 사흘 후로 촉박했다.

"대통령께 보고를 해야겠는디."

이철승이 자리에서 일어서며 말했다.

"원장도 같이 들어갑시다."

그날 오후 5시에 청와대 대변인 박준영은 춘추관에서 내외신 기자들을 향해 12월 15일에 남북한 고위급 회담이 서울에서 열린다는 발표를 했다. 그는 친절하게도 적십자사를 통해 온 북한 측의 서면 제의서를 복사해 주었으므로 보도 기관들은 참조를 했다. 북한은 회담 개최지를 평양으로 주장했지만 한국 측의 서울 개최에 결국은 합의한 것이다. 그리고 한국 측 회담 대표는 청와대 정책수석 박지원이었다.

"이번에는 격이 맞는구먼."

TV의 볼륨을 낮춘 권노갑이 웃음 띤 얼굴로 김중권을 보았다. 인사동의 한정식집 여주옥의 밀실은 좁아서 4인용 상 하나에 윗목의 TV만으로 방이 꽉 찼다. 저녁 7시가 조금 넘은 시간이었는데 둘은 방금 박준영의 고위급 회담 발표를 보고 난 참이었다. 상 위에는 온갖 찬들이 가득 놓여 있었지만 거의 손이 가지 않아서 말짱했다. 정종 잔을 들었다가 놓은 권노갑이 김중권을 바라보았다.

"김 대표님, 요즘 마음고생이 많으신 줄 압니다."

권노갑이 부드럽게 말하자 김중권의 눈가가 더 붉어진 것은 술기운 때문만이 아니었다. 전당 대회가 8일 앞으로 다가온 지금 대선후보들은 대의원 표를 모으려고 전력투구하고 있는 상황이었다.

당 총재였던 대통령이 급작스럽게 당적을 버리고 물러난 후로 당은 김 대표 체제로 별 탈 없이 운영되어 왔지만 그것은 배후의 대통령을 의식했기 때문이라고 해도 과언이 아니다. 그러나 대선후보를 선출하는 전당 대회가 다가오면서 구태는 다시 재연되었다. 상호 중상과 모략은 말할 것도 없고 돈으로 매수하는 사태까지 일어나고 있는 것이다. 아직 언론에서는 보도되지 않았지만 만일 이 치부가 터진다면 대통령의 당적 이탈이라는 거사도 허사로 만들게 될 것이다.

김중권이 입술 끝을 비틀며 쓴웃음을 지었다. 자파 세력이 거의 없는 김중권은 오직 대통령의 신임만을 기대하며 버티어 왔다. 지금 대선후보의 경선 과정에서 대통령의 지원이 오지 않는다면 지금이라도 포기하는 것이 나은 것이다.

"제 능력의 한계를 느낍니다."

김중권이 겨우 그렇게 말했을 때 권노갑이 정색했다.

"김 대표께서는 새천년 민주당의 역사에 길이 남는 분이 되고 싶지 않으십니까?"

난데없는 물음이었으나 거창한 내용인 터라 김중권이 눈만 크게 떴다. 그러자 권노갑이 곧 정정했다.

"아니, 한국정치사에, 한국의 역사에 말입니다."

긴장한 김중권이 권노갑을 보았다. 이제까지 물밑에서만 있던 권노갑이 갑자기 만나자고 한 이유가 이것인가?

8장
첫눈이 내린 날

"한화갑 최고가 어젯밤 청와대에 다녀왔다고 합니다."

사무총장 박상규가 불쑥 말했으므로 이상수는 피식 웃었다.

"머, 그젯밤에는 박상천 최고가 청와대에 다녀왔다는 소문이 났습니다."

오전 10시 30분이었는데 여의도 의사당의 여당 원내총무실에는 박상규가 첫 번째 손님으로 들어온 것이다. 이상수가 가볍게 넘겼지만 박상규는 찜찜한 표정이었다.

이제 전당 대회는 1주일 후로 다가왔고 대의원들에 대한 후보들의 선거전은 더욱 가열되었다. 하지만 누군가가 대통령의 지지를 받는다면 시쳇말로 백약이 무효가 되는 것이다. 대통령의 지지 성명 한 마디에 결정이 되는 판이었으니 루머가 수없이 만들어졌다. 6명의 대선후보 경선자 중 대통령을 만나지 않은 후보가 없는 형편이 된 것이다. 모후보 측은 대통령이 친필로 써준 후보 추천서를 받았다는 소문이 나돌았고 전당 대회 현장에서 그것을 공개할 것이라고 했다. 그러자 부동표가 대거 이탈하기 시작했으므로 경쟁후보 측에서는 대통령의 육성을 녹음한 테이프를 갖고 있다고 맞받아치는 상황이었다. 그러니 한화갑이 어젯밤 청와대에 다녀갔다는 정보도 한화갑 측에서 흘렸을 가능성도 있는 것이다.

"이거 오늘도 당무 회의에는 몇 명 모이지 않겠는데."

혼잣소리처럼 말한 이상수가 박상규를 보았다.

"몇 명이나 모일 것 같습니까?"

"대표는 출근하셨고."

생각에 잠긴 듯이 멍한 얼굴로 앉아 있던 박상규가 정신이 든 듯 말했다.

"한 최고도 곧 나온다고 했어요."

"이수성 고문은 아까 나오신 것 보았는데."

"이 최고하고 김 최고, 그리고 노 고문이 오늘도 빠질 겁니다."

박상규가 손가락을 꼽으며 말했다.

"모두 지방으로 내려가 있어요."

지방에서 지역 대의원들을 상대로 운동을 하고 있다는 말이었다. 그때 탁자에 놓인 전화벨이 울렸으므로 이상수는 전화기를 들었다.

"여보세요."

건성으로 응답했던 이상수가 퍼뜩 긴장하더니 상체를 반듯이 세웠다.

"예, 실장님."

이상수가 긴장할 실장은 청와대 비서실장 하나뿐이다. 눈치 빠른 박상규가 덩달아서 눈썹을 모았을 때 이상수는 짧게 대답을 몇 번 하더니 전화기를 내려놓았다.

"무슨 일이오?"

박상규가 묻자 이상수는 자리에서 일어섰다.

"별일 아니오."

"별일 아닌데 왜 일어나시오?"

"아, 내가 일어나건 눕건 그게 무슨"

와락 이상수가 이맛살을 찌푸렸을 때 문이 열리더니 박상규의 비서관이 얼굴만을 내밀고 말했다.

"총장님, 대표님께서 부르십니다."

그 시간에 이회창은 원내총무 정창화와 사무총장 김기배, 그리고 기획위원장 맹형규, 비서실장 주진우 등과 함께 서울 컨트리클럽의 필드로 막 들어서는 중이었다. 국회 회기 중인 데다 평일이어서 언론의 비판을 받을 만한 짓이었지만 이회창 일행은 태연자약해서 카메라맨을 향해 웃는 표정도 지어 보였다.

"어럽쇼, 저기 또 한 떼가 온다."

동아일보 기자 양명규가 저도 모르게 소리쳤으므로 기자단의 시선이 일제히 옆쪽으로 쏠렸다. 그곳에는 영 어울리지 않는 골프복 차림들인 부총재 양정규, 박희태, 하순봉 등 세 명과 당무 위원인 김종하와 목요상 등의 얼굴도 보였다.

"이거, 당무 회의를 골프장에서 할 작정이야, 뭐야?"

기자 하나가 그렇게 말했으나 기자단들은 다시 일제히 그들에게로 몰려갔다.

"잘하는 짓이다. 민주당이 대선후보 경선으로 호떡집에 불난 꼴이 되니까 한나라는 느긋하단 말이지?"

서두르는 양명규의 뒤쪽에서 누군가가 그렇게 투덜거렸다.

"대통령의 암행은 그친 거야?"

다가온 보도본부장 윤동성이 은근하게 물었으므로 이춘택은 쓴웃음을 지었다. 청와대에 불려가기 전만 해도 윤동성은 자신을 아는 척도 하지 않았었는데 지금은 몸소 기자실로 내려와 묻는 상황이 되었다.

"어쨌든 전당 대회가 일주일 앞으로 다가와서요."

예의상 자리에서 일어선 이춘택이 대답했다.

"그리고 이틀 후에 남북 고위급 회담이 있지 않습니까? 암행 시기에는 적당하지 않습니다."

"그건 청와대 쪽 생각인가?"

"제 생각입니다."

다른 때 같았으면 코웃음을 쳤을 윤동성이 심각한 표정으로 머리를 끄덕이더니 돌아섰다. 윤동성이 기자실을 나갔을 때 옆쪽 자리에 앉아 있던 조필준이 의자를 밀어 다가왔다.

"이 형, 요즘 청와대로 대선후보 경선자들이 수시로 들락거린다던데."

조필준이 은근한 시선으로 이춘택을 보았다.

"이 형 안면을 이용해서 몇 장 찍을 수 없을까? 잡으면 그것도 특종인데."

"다, 저희들이 지어낸 말이야."

이춘택은 단호한 표정으로 머리까지 저었다.

"정치인들이 선거 때마다 하는 지랄들을 한두 번 겪어 보았어? 다 제가 대통령의 양자라도 되는 것처럼 말을 지어내지 않아?"

"하긴 그렇지."

순순히 긍정한 조필준이 입을 찢어질 듯 벌리고는 하품을 했다. 이번의 민주당 전당 대회는 모처럼 신선해져 가는 정치권에 다시 흐린 분위기를 뿜어내고 있는 것이다. 그래서 취재 분위기도 상대적으로 느슨해져 가는 중이었다.

고려항공편으로 인천 공항에 내린 김용순은 전처럼 여유 있는 태도로 휘적거리며 청사 안으로 들어섰다. 큰 키에 감색 정장이 어울렸고, 그에 비교하면 영접 나온 박지원은 체격 면이나 표정이 굳어져 있었다.

"안녕하십니까?"

다가선 김용순이 떠들썩한 목소리로 인사를 하면서 손을 내밀었다.

"어서 오십시오."

박지원이 웃음 띤 얼굴로 김용순의 손을 잡았는데 누가 보아도 압도당해 있는 것처럼 보였다.

"어쩔 수 없이 나왔겠지만 여전히 당당하군."

TV로 공항의 영접 장면을 보면서 조선일보 정치부장 고병진이 말했다. 7시가 넘어 있어서 사무실 안에는 직원들이 듬성듬성 앉아 있을 뿐 조용했다. 책상 위에 두 다리를 얹은 고병진이 옆쪽에서 열심히 자판을 두드리는 이한수 차장을 보았다.

"이봐, 이 차장, 이번 남북 고위급 회담으로 민주당에서 뭔가 건지지 않을까?"

그러자 이한수가 모니터에서 시선을 떼었다.

"건지다니요, 뭘요?"

"그, 뭐야, 국면 전환용 건수 말이여. 예를 들면 개성의 육로 관광이 열린다든지, 아니면 금강산 통행료를 없애는 조건으로 관광이 재개된다든지 말이야."

"그래서 민주당이 득을 볼까요?"

"그게 무슨 소리야?"

"이제는 북한이 평양 관광을 열었다고 해도 감동을 받을 국민은 몇 안 됩니다. 하도 써 먹어서요."

"하긴 그렇지."

주장이 확실한 고병진이 의외로 선선히 머리를 끄덕였다. 국민은 이제 단발성 최루 효과만 내는 북한의 개방 제스처에 무감각해져 있는 것이다. 이한수가 다시 입을 열었다.

"하지만 북한은 뭔가를 노리고 있는 것이 분명합니다. 민주당 전당 대회 닷새 전에 남북 고위급 회담을 열자는 제의를 해온 걸 보면 감이 잡히지 않습니까?"

"옛날 4·13총선 직전의 남북 정상 회담 발표처럼 건수를 주겠다는 속셈인가?"

쓴웃음을 지은 고병진이 눈을 가늘게 뜨고 말했다.

"그래, 그때도 박지원이 나섰지만 쇼킹하긴 했어. 총선 사흘 전이라 속이 뻔히 들여다보였지만 나도 감동을 했다니까."

"지금은 다릅니다."

정색한 이한수가 고병진을 보았다.

"그런데 북한은 현황을 알고나 있는 것일까요?"

"대통령이 아직도 민주당의 뒤를 조종하고 있는 것으로 확신하고 있는 거야."

이번에는 고병진이 자신 있게 말했다.

"내가 그 체제 인간들의 속성을 알아. 모두 자신들의 기준으로 판단할 것이 틀림없어. 그래서 뭔가를 내놓고 대통령과 흥정하려고 들거야."

"미행이 붙여져 있습니다."

강삼재가 불평하듯이 말하고는 소파 끝에 털썩 앉더니 YS를 보았다.

"요 며칠간 한시도 떨어지지를 않는데요."

"망할 놈들."

눈을 치켜뜬 YS가 힐끗 벽에 걸린 시계를 보았다. 저녁 7시 40분이었다.

"이놈들은 간첩이나 잡지 않고."

혼잣소리처럼 말한 YS가 옆쪽에 앉은 박종웅에게 말했다.

"정형근이를 바꿔."

"아버님."

끝 좌석에 앉은 김현철이 말리려는 듯이 불렀지만 YS의 눈치를 살핀 박종웅이 전화기를 들었다. 상도동 저택에는 오늘도 7~8명의 의원들이 모였다가 돌아갔는데 그들은 이제 정치력을 회복하기 시작한 YS당이라고 불리었다. 그러나 정동영과 김현철 등 민주당 의원에다 강삼재와 박종웅 등 한나라당 의원 5~6명을 합친 혼합 세력이다. 정형근과 쉽게 연결이 되었는지 박종웅이 긴장한 얼굴로 전화기를 건네주자 YS는 낚아채듯 전화기를 받아 귀에 붙였다.

"거기 정 원장이가?"

그러자 정형근이 놀란 듯 대답했다.

"아이구, 예, 접니다. 웬일로"

"이봐, 당신들, 날 아직도 못 믿나?"

"그게 무슨 말씀이신지, 잘."

"DJ한티 전하그라, 그 따위로 날 못 믿는다모 다 작파하자꼬 해라."

"자세히 말씀해 주시면."

"그만 미행시키그래이, 당신 도청도 하나?"

"아닙니다, 위원님, 그럴 리가."

"내가 갱고했데이."

그러고는 거칠게 전화기를 내려놓은 YS가 눈을 가늘게 뜨고 주위를 둘러보았다."

"DJ가 겁이 많데이, 아마 고칠 끼라."

"전당 대회가 이제 닷새 남았지요?"

전통이 부드럽게 물었으나 이인제는 상반신을 세웠다. 연희동의 저택 응접실에는 전통과 이인제가 둘이서 마주앉아 양주를 마시는 중이었다.

"예, 그렇습니다."

이인제는 전두환 원로 위원 소속으로 된 것이 처음에는 거북했다. 내심으로는 YS의 영향력을 이용하여 부산·경남에 기반을 굳히고 싶었기 때문이다. 그러나 전통을 겪어 보면서 크게 깨달은 바가 있었다.

전통은 전통 나름대로의 대통령관을 가진 인물이었던 것이다. 인간은 타인의 장점을 발견하는 안목이 없으면 퇴보하는 법이다. 조니워커 블랙을 스트레이트로 한 모금 마신 전통이 말을 이었다.

"내가 오늘 한 말이 있어서 이 최고를 오시라고 한 거요."

정색한 전통이 이인제를 똑바로 보았다.

"민주당 대선후보 경선에서 이길 것 같습니까?"

다른 사람 같으면 이긴다는 표현보다도 잘 될 것이냐거나 가능성이 보이냐는 등의 완곡한 표현을 쓰겠지만 전통다웠다. 술잔으로 시선을 내린 이인제가 쓴웃음을 지었다.

"가능성이 적습니다. 한화갑 최고나 김중권 대표까지 청와대의 내락을 받았다는 소문이 깊게 퍼져 있어서요."

"그건 나도 들었소."

"대의원 대다수는 절대적으로 DJ의 의중대로 움직입니다. DJ가 당적을 버리셨지만 오히려 전보다 대의원의 지지를 더 강하게 받고 있습니다."

"나도 압니다."

남은 술을 한 모금에 털어 넣은 전통이 아직도 강한 눈빛으로 이인제를 보았다.

"대의원들 사이에 금품 수수설도 들리더군요. 중상모략은 진즉부터 난무하고."

"저도 단속하고 있습니다만 현장 분위기는 잘 알고 계시다시피……."

"전혀 변하지가 않았지."

자르듯 말한 전통이 스스로 빈 잔에 술을 채우더니 불쑥 물었다.

"설령 민주당 대선후보가 된다고 칩시다. 사분오열이 된 당력을 모아 이회창 씨를 이길 수 있을 것 같습니까?"

머리를 든 이인제는 전통의 강한 눈빛에 눌려 다시 시선을 내렸다. 만일 후보로 선출된다면 1년 동안 지역 기반을 굳히는 데 전력을 다해야 될 것이다. 그리고 경상도 지역의 표를 모으기 위해 박근혜나 강재섭 등을 러닝메이트인 부통령으로 끌어들여야만 한다. 그러기 위해서는, 그때 전통이 헛기침을 했다.

"산 너머 산이오, 이 최고. 그러나 방법은 있습니다."

3차에 걸친 장관급 회담에서 북측이 제대로 이행한 사안은 남북 간 이산가족 상봉이었지만 단발성이어서 열기는 식어져 있었다. 그래서 다음날 오전에 워커힐에서 시작된 남북 고위급 회담은 6·15선언에서 부터 장관급 회담의 결과를 점검하는 것으로 시작되었다. 김용순을 포함한 북측 대표단 5명은 진지한 자세여서 남측 대표들의 움직임도 활기를 띠었다. 북측과의 이런 적극적이고 성실한 회담은 드물었기 때문이다. 김용순은 사안의 하나하나를 짚으며 이행이 늦어진 이유를 명확하게 설명해 주었는데 박지원은 그것만으로도 이번 회담은 큰 성과를 얻은 것이라고 생각했다. 12시가 되어갈 무렵, 박지원이 담당 직원으로부터 식당에 점심 준비가 되었다는 귓속말을 듣고 난 후였다. 김용순이 정색하더니 장방형 테이블 건너편에 앉아 있는 박지원을 보았다.

"박 선생, 나하고 잠시 단독 회담을 했으면 합니다만."

"좋습니다."

선선히 동의한 박지원이 얼굴을 펴고 웃었다.

"곧 준비하겠습니다."

본회의실에서 바로 복도 건너편의 특실 방으로 두 사람이 옮겨 앉은 것은 그로부터 10분쯤이 지난 후였다. 특실의 침실 옆에 마련된 응접실의 소파에 마주앉았을 때 김용순이 웃음 띤 얼굴로 입을 열었다.

"이번 대선에서 승산이 있습니까?"

"글쎄요, 원체 한나라당 이 총재 세력이 만만치 않아서요."

박지원이 부드럽게 말을 받았다.

"이번에는 아주 힘들게 되었습니다."

"민주당 대선후보는 누가 될 것 같습니까?"

"글쎄요. 그것도."

"남한의 급작스러운 폐쇄 정책과 좌익 탄압이 우리가 지금까지 이뤄 놓은 6·15선언이며 북남의 화해 통일 작업을 무산시키고 있다는 걸 알고 계시지요?"

김용순이 정색하고 물었으므로 박지원도 따라서 얼굴을 굳혔다.

"그대로 갔다가는 정권이 무너지게 되었으니까요. 북한은 도와주지는 못할망정 그렇게 되도록 상황을 만든 결과가 되었습니다."

"이대로 밀고 나가실 겁니까?"

"국기가 단단히 굳어질 때까지는 그럴 것입니다."

"군사 정권 때에도 이러지는 않았어요."

"그때는 정권이 민주주의에 대한 도덕적 자신감이 없었기 때문이지요. 우익을 빙자한 권력 강화라는 비판이 두려웠던 것입니다."

"지도자 동지께서는 우리가 도와 드릴 일이 있으면 허심탄회하게 말씀하라고 전하셨습니다."

김용순이 한마디 한마디를 분명하게 말했다.

"민주당과 차기 대선을 위해 공화국은 최선을 다해 돕겠다고 하셨습니다."

"그렇습니까?"

"이만하면 민심도 잡으셨으니 단단해진 기반 위에서 더 통이 크게 사업을 벌일 수가 있을 것이라고 하셨습니다."

박지원의 시선을 잡은 김용순이 목소리를 낮췄다.

"대선까지는 딱 1년이 남았으니 그동안 얼마든지 상황을 조성할 수 있을 것입니다."

"알겠습니다."

머리를 끄덕이는 박지원을 향해 김용순이 얼굴을 펴고 웃어 보였다.

"난 이 말씀의 회답만 듣고 가면 됩니다, 박 선생."

다음날은 아침부터 눈발이 흩날리기 시작하더니 오전 10시가 되어 갈 때쯤에는 500원짜리 동전만 한 눈송이가 천지를 뒤덮듯이 떨어져 내렸다. 첫눈이었다. 바람도 없는 날이어서 천천히 떨어져 내리는 눈은 금방 차도와 빌딩, 그리고 도시의 어두운 구석까지 모두 하얗게 뒤덮어 버렸다. 민주당사의 아래층 기자실에서 창밖을 내다보던 MBC 기자 이춘택은 어젯밤의 취기가 아직 가셔지지 않아서 소리 죽여 트림을 했다. 동료 기자들과 폭탄주를 돌린 것이다.

"이봐, 무슨 발표가 있다니까 어디 나가지 마."

옆쪽에서 안면이 있는 동아일보 기자가 동료 사진 기자에게 말하는 소리를 듣고 이춘택은 몸을 돌렸다.

"김 형, 무슨 발표야?"

"거, 뭐, 전당 대회에 관한 일이겠지. 될 수 있는 한 전당 대회 기사를 많이 써 줘야 분위기를 탈 테니까."

대수롭지 않게 말한 기자가 커피 자판기 쪽으로 갔으므로 이춘택은 다시 트림을 했다. 남북 고위급 회담이 열리고 있는 워커힐로 가는 편이 차라리 나을 뻔했다는 생각이 들었다. 그쪽은 멀어서 후배에게 맡기고 이쪽으로 온 것인데 별 기삿거리가 있을 것 같지가 않은 것이다.

10시 25분 무렵에 기자실로 대변인실 직원이 들어왔을 때는 이춘택은 졸고 있었다.

"자, 강당으로 가십시다. 그곳에서 발표가 있습니다."

떠들썩한 직원의 목소리에 이춘택은 눈을 떴다. 기자들이 술렁대며 일어섰고 창가에 서 있던 조필준도 다가왔다.

"어서 몇 방 찍고 해장이나 먹으러 가지, 이 형."

조필준도 어젯밤 폭탄주 그룹에 끼어 있었던 것이다. 기자들 사이에 끼어 강당으로 들어선 이춘택은 이맛살을 찌푸렸다. 연단에 의자가 나란히 놓였고 이미 당대표 김중권은 물론이고 고문인 이수성과 노무현, 그리고 한화갑과 이인제, 김근태 등 대권주자는 빠짐없이 앉아 있을 뿐만 아니라 최고 위원 그룹과 당무 위원 거의 전부가 빼곡하게 연단 위에 들어차 있었던 것이다. 이것 봐라?

술기운이 순식간에 달아난 이춘택이 거칠게 사람들을 제치고 앞쪽으로 나섰다. 다른 기자들도 분위기를 느낀 모양인지 강당 안은 자리다툼으로 한동안 소란스러워졌다.

"자, 여러분, 조용히."

대변인 전용학이 마이크를 쥐더니 장내를 진정시켰다.

"그럼 지금부터 새천년 민주당 대표이신 김중권 대표께서 성명을 발표하시겠습니다."

누군가 대권 후보가 조금 전의 당무 회의에서 미리 결정된 모양이다. 기자의 육감으로 조필준은 그렇게 추측했다. 아니면 지금 소외되어 있는 대선후보 몇 명이 사퇴를 하는 것인지도 모른다. 선거운동이 혼탁해져 가는 것에 대통령이 압력을 가할 가능성이 충분히 있었다. 김중권이 연단 위에 섰는데 여느 때와 마찬가지로 포커페이스였다. 하지만 그의 패는 언제나 반쯤 드러나 있다. 그때 김중권이 입을 열었다.

"친애하는 국민 여러분, 집권 여당인 새천년 민주당의 대표인 저는 오늘, 2001년 12월 17일을 기해 여러분께 중대 발표를 하려고 합니다."

저 사람이 언제 중대 발표를 한 적이 있던가? 메모지에 아직 펜을 대지도 않은 채 조필준은 입맛을 다셨다. 대권 후보가 결정된 것이냐? 아니면 누가 사퇴를 했는가만 빨리 말해. 김중권의 시선이 우연인지 자신에게로 옮겨져 왔으므로 조필준은 시선을 돌렸다. 김중권의 말이 이어졌다.

"오늘 2001년 12월 17일자로 새천년 민주당과 한나라당은 합당을 합니다. 이것은 한나라당 이회창 총재와도 합의를 한 것으로 지금 이 시간에 이회창 총재도 합당 발표를 하고 있을 것입니다."

놀란 조필준은 볼펜을 떨어뜨린 줄도 모른 채 메모지에 쓰려고 빈손을 휘둘렀다가 벌떡 일어섰다. 그때는 이미 강당 안은 기자들의 아우성으로 덮여 있었다.

"잘했어."

임시 뉴스를 TV 자막 화면으로 보고 난 YS가 만족한 듯 얼굴을 펴고 웃었다. 그러고는 옆에 앉은 김현철을 보았다.

"너도 새 한국당에서 잘해 보그라."

"예, 아버님."

김현철이 기운차게 대답했다. 새 한국당 당명은 YS가 지어준 것이다. TV 자막에 새 한국당의 창당 발기인 이름이 나오고 있었으므로 그들은 입을 나물였다.

새 한국당의 고문에 대통령의 이름부터 차례로 전직 3명의 대통령 이름이 나타나고 있었다. 그리고 민주당과 한나라당 대표와 총재는 공동위원장을 맡게 되는 것이다.

"새로운 정치사가 시작되는 것이다."

엄숙해진 얼굴로 YS가 TV를 보면서 말했다.

"새 한국당에는 이제 한국의 전 지역이 망라되어 있는 것이라, 지역당이 아이다."

"그럼 새 한국당에서 정부통령 후보가 뽑히는 건가요?"

이순자 여사가 묻자 전통이 머리를 끄덕였다. 그들도 응접실에 둘이서 나란히 앉아 TV를 보는 중이다.

"당연하지."

"새 한국당의 정부통령 후보가 곧장 대통령, 부통령이 되겠네?"

"그렇겠지."

"언제 선출하는데요?"

"시간이 넉넉하지 않겠어?"

소파에 등을 붙인 전통이 웃음 띤 얼굴로 이 여사를 보았다.

"대선일의 전날에 선출해도 상관없는 일이지, 후보가 곧 당선이 될 테니까."

"당신은 이런 일을 나한테까지 비밀로 하고 있었군요."

투정하듯 이 여사가 말했지만 화난 것 같지는 않았다.

"이탈은 예상하고 있었으니까."

이회창은 아직도 상기된 표정이었으나 목소리는 가라앉아 있었다. 그가 옆쪽에 앉은 박근혜와 강재섭, 강삼재 등을 부드러운 시선으로 둘러보았다.

"어쨌든 거대 여당이 되겠습니다. 그렇지 않아요?"

"200석은 넘을 것입니다."

하순봉이 얼른 대답하자 박희태가 머리를 저었다.

"200석이 뭐야? 내 계산으로는 230이 넘어요."

"자민련에서도 들어올 테니 그 이상이오."

누군가가 말했을 때 이회창이 정색한 얼굴로 그들을 둘러보았다.

"이제 전현직 대통령 네 분까지 오신 데다 전국 각 지역을 망라한 새로운 정당이 탄생했습니다. 우리는 지금부터 새로운 정치사를 만들어 국민들에게 희망과 믿음을 심어줄 책임이 있는 것입니다."

조금 전에 기자 회견에서 말한 내용하고 똑같았지만 모두의 얼굴은 숙연해졌다. 국민의 믿음을 원치 않는 정치인은 없는 것이다.

12시가 되었을 때 박지원은 부드러운 시선으로 김용순을 보았다.

"점심 드시기 전에 잠깐 TV를 보시지 않겠습니까?"

그러자 김용순의 시선이 힐끗 회의장 위쪽에 장치된 60인치 TV를 스쳤다. 어제회의 때만 해도 없었던 대형 TV다.

"좋습니다."

김용순이 머리를 끄덕였을 때 박지원의 눈짓을 받은 직원이 TV의 스위치를 켰다. 디지털 화면이 금방 선명하게 밝아지면서 곧 아나운서의 모습이 드러났으므로 직원은 볼륨을 높였다. 그 순간 아나운서의 목소리가 회의장을 울렸다.

"오늘, 한국의 50년 정치사상 최초의 여야 대통합이 이루어졌습니다. 이것은 고질적인 지역 갈등과 소모적 정쟁을 타파하기 위한 새천년 민주당과 한나라당의 역사적인 거사라고 불려도 과언이 아닙니다. 양당 총재와 대표는 10시 30분 정각에 각각 당사에서 동시에 합당 성명을 발표했습니다. 그럼 먼저 새천년 민주당 대표의 성명을 들으시 겠습니다."

김중권의 모습이 화면에 나오고 발표가 끝날 때까지 김용순은 손끝 하나 움직이지 않고 TV를 보았다. 다른 북측 대표들도 마찬가지였다. 이어서 이회창의 모습으로 바뀌었을 때 김용순이 머리를 돌려 박지원 을 보았다. 무표정한 얼굴이었다.

"이것이 어제 내 제의에 대한 대답입니까?"

"그렇게 생각하셔도 좋습니다."

직원이 얼른 TV의 볼륨을 줄였으므로 박지원의 목소리가 또렷하게 회의장을 울렸다.

"한국에 새 정치, 새 체제가 시작된다는 것이 답이 될 수도 있겠습 니다."

"어딜 가시려는 게요?"

코트를 건네주며 이희호 여사가 묻자 대통령이 우물거렸다. 그래서 이맛살을 찌푸린 이 여사가 바짝 다가섰다.

"코트는 왜 필요해요?"

"임진강 지역의 수재민이 아직도 천막을 치고 산다고 해서."

"그래서요?"

"가보려고."

"하필 오늘 같은 날 말이에요?"

"그럼 언제서?"

"양당 합당으로 나라가 떠들썩한데 모두 불러서 저녁이라도 같이 하 는 것이 순서 아네요?"

"순서는 무슨."

혀를 찬 대통령이 코트를 걸치고는 몸을 돌렸다.

"나 없어도 즈덜끼리 잘 해나가도록 버릇이 되어야 해."

대통령 관저를 나온 대통령이 본관 앞에 도착했을 때 한광옥과 박준영 등의 뒤에서 주눅이 들어 서 있던 이춘택과 조필준이 아비를 만난 자식처럼 다가왔다. 조필준은 대통령과 시선이 마주쳤을 때 인사를 하는 대신 웃기까지 했다.

"오늘은 저도 모시고 갈 랍니다."

한광옥이 한 걸음 나서면서 말했다. 그도 두툼한 털 코트 차림이었다.

"지가 여기서 할 일도 별로 없습니다."

"그려."

선선히 머리를 끄덕인 대통령이 머리를 들어 하늘을 보았다. 아침부터 내리던 눈은 그쳐 있었지만 하늘은 아직 흐렸다.

"아따, 눈이 올라면 학실하게 오든지 허지, 벌써 그쳐 버렸네잉."

한광옥은 대통령이 이렇게 확실하고 공공연하게 전라도 사투리를 쓰는 것을 모시고 있는 동안 처음 들었다. 다만 확실하게를 '학실하게'라고 발음한 것은 YS에게 배운 것이 틀림없었다.

<2권 김대중 편 끝>

297

군주론 ❷ 김대중 편

초판1쇄 인쇄 | 2016년 7월 4일
초판1쇄 발행 | 2016년 7월 10일

지은이 | 이원호
펴낸이 | 박연
펴낸곳 | 스토리뱅크

등록일자 | 2009년 11월 17일
등록번호 | 제313-2009-250호
주소 | 서울시 마포구 모래내로 83 한올빌딩 6층
전화번호 | 02 · 704 · 3331
팩스번호 | 02 · 704 · 3330

ISBN 978-89-6840-223-4 04810
ISBN 978-89-6840-221-0 (세트)